商務印書館（上海）有限公司　出品
The Commercial Press（Shanghai）Co.Ltd

# 民 间

## 作为中国现当代文学研究的视野与方法

## （修订本）

王光东　著

商务印书馆
创于1897 The Commercial Press

**图书在版编目(CIP)数据**

民间:作为中国现当代文学研究的视野与方法/
王光东著.—修订本.—北京:商务印书馆,2021
ISBN 978 - 7 - 100 - 19906 - 3

Ⅰ.①民…　Ⅱ.①王…　Ⅲ.①中国文学-文学研究-
20世纪　Ⅳ.①I206.6

中国版本图书馆 CIP 数据核字(2021)第 084256 号

民间:作为中国现当代文学研究的视野与方法
(修订本)

王光东　著

商　务　印　书　馆　出　版
(王府井大街36号　邮政编码100710)
商　务　印　书　馆　发　行
浙江海虹彩色印务有限公司印刷
ISBN 978 - 7 - 100 - 19906 - 3

2021年8月第1版　　开本670×970　1/16
2021年8月第1次印刷　印张17¼
定价:86.00元

王光东，1961年7月生，文学博士。现任上海社会科学院文学所副所长、研究员，兼任上海大学博士生导师。已出版学术著作《现代·浪漫·民间》、《20世纪中国文学与民间文化》（合著）、《民间原型与新时期以来的小说创作》（合著）、《城乡关系视野中的新世纪小说创作》、《新世纪文学评论集》等，主编有《上海当代文学创作史实述要》《大学文学读本》《解读张爱玲经典》等，在《中国社会科学》《中国社会科学·英文版》《文学评论》等重要刊物上发表论文多篇。主持并完成多项国家社科项目，曾多次获省部级以上奖励。

# 目 录

# 引论 | "民间"的概念

在以往的文学史和文学批评著作中，"民间"虽也常被提到，但作为文学研究和批评的概念，真正引起重视却是在20世纪90年代，这意味着知识分子注重重建自己的精神世界，建立多元的文化与文学研究格局。这一变化还意味着，研究者把以往忽略的一个文学史空间展现出来，这为当下的文学研究与批评提供了不断发展和丰富的可能。

"民间"概念是由陈思和在20世纪90年代提出来的，他在《民间的浮沉》和《民间的还原》两篇论文中做了系统的阐述，又在老舍、萧红以及当代许多作家的研究中，对这一民间理论做了进一步的说明，确立了民间理论的内涵，在20世纪30年代以后文学史的发展过程中，探讨了"民间"的存在形态、价值和意义。因为它触及对文学史的重新理解、知识分子的价值立场及精神重建等重大问题，立即引起学界的广泛注意，并引发强烈的争鸣。梳理这一讨论中的各种观点，提出我们对"民间"概念的理解，显然是进一步讨论"民间"与中国现当代文学关系的必要前提。

陈思和认为"民间"是一个多维度、多层次的概念，从描述文学史的角度出发，它具备了以下几个特点：1. 它是在国家权力控制相对薄弱的领域产生的，保持了相对自由活泼的形式，能够比较真实地表达出民间社会生活的面貌和下层人民的情绪世界；虽然在政治权力面前民间总是以弱势的形态出现，但总是在一定程度内被接纳，并与国家权力相互渗透，它毕竟属于被统治的范畴，有着自己的独立历史和传统。2. 自由自在是它最基本的审美风格。民间的传统意味着人类原始的生命力紧紧拥抱生活本身的过程，由此迸发出对生活的爱憎，对人类欲望的追求，这是任何道德说教都无法规范、任何政治律条都无法约束，甚至连文明、进步、美这样一些抽象概念都无法涵盖的自由自在。在一个生命力普遍受到压抑的文明社会，这种境界的最高表现形态只能是审美的。所以，它往往是文学艺术产生的源泉。3. 它既然拥有民间宗教、哲学、文学艺术的传统背景，用政治术语说，民主性的精华与封建性的糟粕交杂在一起，构成了藏污纳垢的独特形态，因而要对之做简单的价值判断是困难的。[1] 显然，这一概念是在 20 世纪 30 年代以后文学史的范围内，以文学作品为依据概括出来的。这一民间理论拓展了文学史的研究空间，从一个新的维度丰富了文学史的研究内容，对中国现当代文学史研究具有重要的学术意义和理论价值。我们将沿着这一思路，对"民间"问题展开进一步的讨论。

质疑者的观点认为："民间本身并不包含有多少现代性的内容，因为迄今为止的民间文化形态大致是悠久的农业文明的产物，在历史上当知识分子的道统与国家政统发生冲突时，政统更多的是通过民间发挥作用，中国民间文化传统与官方意识形态在历史当中形成了水乳交融的深层关系，民间的存在价值就值得考虑。"[2] 还有人认为："民间的就意味着传统的和非现代的"，"走向民间则意味着走向传统和丧失现代性"，"真正的民间已经成为各种陈旧观念的旧货厂"，"当代中国的民间文化像一锅大杂烩，其中煮着全部自发的生机和几千年积淀的陈腐。在这里生机是微弱的，腐朽却因为长期发酵而气味特别浓烈"。[3]

对民间文化形态的理解为什么会出现截然相反的观点？其根本原因在于他们是在不同的层面来理解"民间"的。陈思和所说的"民间"是在文学史范围内，这个"民间"既联系着现实的民间文化空间，又包含着知识分子的民间价值立场，以及由此所认同的民间审美原则。而质疑者所讨论的"民间"则主要是现实的民间文化空间，现实的空间是丰富、复杂、多

---

1　参见陈思和：《陈思和自选集》，广西师范大学出版社，1997 年，第 207—208 页。

2　陈思和、李振声等：《理解九十年代》，人民文学出版社，1996 年，第 178 页。

3　李新宇：《泥沼前的误导》，《文艺争鸣》1999 年第 3 期。

样的：既自由自在，又残酷丑陋；既有善的提升、美的升华，又有恶的堕落与欲望的冲动……这些复杂的内容在时代的变化中，在各种文化力量和政治力量的影响下又可能发生变化。这个"民间"虽与"民间的文学世界"相关联，但又不能等同于"文学的民间"。那么，应怎样理解"民间"的内涵呢？

我们既然在中国现代文学史的范围内讨论民间问题，文学的民间内涵自然是思考的核心。我认为下面几个问题应该注意：第一，现实民间文化形态中的许多内容不可能全部被文学史包含；第二，文学史上已出现的与"民间"相关的作品，由于作家进入民间的立场不同，其特点也不一样；第三，不管作家以何种立场进入"民间"，都会与现实民间所包含的文化因素发生联系，不然就无法获得现实的依托和支撑。由此，从文学史的意义上理解"民间"，至少有两个基本层次：一是民间作为现实的自在文化空间（包括民间文化精神层面的内容），它的丰富复杂为作家从不同立场去理解和表现它提供了依据，这就必然带来文学作品中"民间"世界的多样性。从现代知识分子的启蒙立场看民间，更多关注的是民间的愚昧无知、腐朽麻木；从政治革命立场出发所发现的，可能是民间社会蕴含的现实斗争的巨大力量；从民间价值立场看民间，看到的更多是民间所蕴含的自由精神以及对他们自在生活逻辑的尊重和理解。二是这种种不同的"民间"都与现实的本源性民间相关联。那么，哪一种民间更接近民间文化的真相和艺术的根本性问题呢？从现实的民间文化角度看，"民间"的弱势地位决定了它不可能具有很大的独立自由空间，但是承认现实的严酷性，并不等于否定民间存在着向往自由的本能，也不等于否定民间自身文化、生存逻辑的存在，而且越是在现实中不存在或被压抑的东西，越是在心理上产生神圣、强烈的向往。这可以在大量的民间传说、歌谣、绘画等民间艺术中找到证明。在这里，民间文化并不仅仅指民间物质形态的生活，同样也包含了民间生命的精神活动。更为重要的是，对民间文化自由性的理解，与文学审美的自由性有某种一致性；既然是在文学史范围内讨论民间问题，文学的根本性问题——文学审美的"自由"品性是不能忽略的，艺术创作中一旦放弃了对于美、自由的追求，艺术也就难以称其为艺术了。另外，从知识分子的价值立场来说，现实的本源性民间所具有的自由自在的生机，有可能通过知识分子的中介，转化为一个自觉的自由艺术世界，这种转化过程必然包含知识分子自由精神的自觉或不自觉的投射。在这里，民间的自由自在与知识分子的自由精神趋向一致，知识分子民间价值立场确立的根本理由就在于此。有了这种民间的立场，不仅使知识分子的精神能够获得现实的支撑，而且在文学史研究中，获得了对能够体现知识分子精神的"民间"文本的更为真切的把握。

在现实的民间文化空间、艺术的审美原则、知识分子的民间价值立场三者的联系中，确立了"民间"的核心内涵是"自由—自在"时，又该怎样理解"自由—自在"呢？"自由—自在"既包含生命的自由渴望，又包含民间生存的自在逻辑两个层面：第一，"自由"主要是在民间朴素、原始的生命力紧紧拥抱生活本身的过程中体现出来。生命总有向往自由的本能，在追求自由的过程中，不可避免要面对苦难和不幸，但民间的生命总是顽强地去承担或征服它，生命的这种精神总是或强或弱地弥漫于民间大地之上。这样一种民间文化精神不仅存在于现实的民间生活，同时也体现在与民间生活密切相关的民间文学中。第二，"自在"则是指民间本身的生存逻辑、伦理法则、生活习惯、审美趣味等的呈现形态。民间生存的这种自在状态，虽然也受到知识分子启蒙思想及其国家权力意识形态的渗透和影响，但却有着自身的发展逻辑，民间自有民间的喜怒哀乐和生活方式。这样一种"自由—自在"的民间文化形态与知识分子发生联系时，从民间的价值立场来说，就是理解、尊重、承认民间的完整、自足，并依据民间固有的价值原则去理解民间的生命与生活。民间文化形态正是以这种"自由—自在"的精神特质，参与自由的、批判的、战斗的现代文化、文学的构建过程。

当我们确认了知识分子从民间立场所理解的民间文化形态的意义和审

美原则时，是否意味着要忽略中国现代文学史上其他各种类型的民间形态（文学史中呈现的民间）的价值呢？显然不能。讨论这一问题的目的恰恰在于：充分挖掘民间文化所具有的"自由—自在"特点对文学史发展具有的重要作用和意义。从中国现代文学史的发展来看，主要有三种民间理念：一是"五四"启蒙文化视角下的"民间"观。在五四时期，李大钊、周作人、胡适等人都明确提出了"民间"问题，他们所说的"民间"是作为底层的、普通百姓生存的那一文化空间。他们对这一民间文化形态意义和价值的发现，由于立场的差异，表达的内容和对民间的态度也就不同，但在现代文化、文学的范围内，民间文化形态的价值和意义都与"自由—自在"的精神品性相关。另一种民间理念主要体现在20世纪三四十年代的文学发展中，从政治革命的立场上，强调运用民间艺术形式传播革命观念，以达到启蒙大众的政治目的。明确提出"民间形式"问题的是向林冰。他在40年代"民族形式"论争中提出了这样的观点：以"民间形式"为"民族形式"的中心源泉。这一民间理念显然是30年代大众化讨论中出现的"民间"理念的继续和发展，只不过在提法上更加明确。"民间"所指涉的对象，在毛泽东延安文艺座谈会上的"讲话"中又转化为"工农兵"和"人民"等，但在内涵上与民间有着同义关系。第三种民间理念是以老舍、沈从文、赵树理等作家为代表的民间观，这些作家把民间文化的价值原则作为自己判断是非的基本标准，或者把民间作为灵魂栖息的归宿，或者依据民间的道德伦理、生存逻辑去理解民间，进而表达自己对于政治、启蒙、社会文化潮流的认识和态度，比较真实、全面地体现了民间文化形态的自在生存逻辑和自由生命渴望，知识分子的民间价值立场及由此带来的审美趣味在此获得了完整体现。

中国现代文学还有一种民间类型，即通俗文学。通俗文学的文化指向是通俗文化，通俗文化自然具有民间文化的某些特点，但却明显具有时尚化、流行性的特征，并且与商业文化密切相关，因此，在这种文学类型中，民间文化心理及其审美原则，在商业、市场的引导下，更多表现出迎合大众审美趣味的倾向，民间文化中难以在这类作品中体现出参与现代文化构建的积极努力和主动追求，因此，本书不拟进一步讨论民间文化形态与通俗文学的关系。

在中国现代文学史的范围内，确立了"民间"的内涵及其对象范围，因此，这一民间理论就成为我们分析与民间相关的各种文化、文学现象的基本出发点。这样，在讨论民间与启蒙、民间与政治意识形态的复杂关系，知识分子对民间的理解，以及民间的现代意义方面就有了可靠坚实的基础。

上编

民间视野中的
中国现当代文学

# 第一章

# "民间"的现代价值[*]

　　讨论中国新文学的生成、发展以及有着怎样的传统等问题，自然不能忽略它与世界文化、文学间的联系，同样不能忽略它与本土的民间文化形态之间的关系。本文主要在乡土民间的范围内讨论中国现代文学与"民间"的关系，因为具体到 20 世纪中国知识分子的生存环境，乡村民间与他们的精神构成、文学追求有着极深刻的内在联系，也可以说现代知识分子对民间意义的发现，构成了中国新文学的一个方面，这是与启蒙文学密切相关的另一种传统。既然在中国现代文化、文学范围内讨论民间问题，最重要的就是思考：在何种意义上民间文化形态参与了中国现代文化、文学的构建？中国现代文化的内涵非常丰富，但它所具有的自由批判特征和现实战斗精神，却是极为重要的文化品格，对于民间文化形态价值的理解，也必然与这种文化精神发生关联。

一

　　从中国现代文学的发展来看，五四时期，陈独秀、胡适等人发动了轰轰烈烈的新文学运动，这一时期的启蒙主题决定了知识分子与民间的关系是启蒙与被启蒙的关系，但也应充分重视这种关系所包含的另一内容，即他们在为民间启蒙时，也充分利用了民间文化资源。五四时期，中国现代

---

* 原载《中国社会科学》2003 年第 6 期。

知识分子对民间意义的发现，首先从下面两方面开始：一是对来自民间的口语、白话语言的重视；二是始于 1918 年春的民间歌谣的搜集和整理。这两者共同构成了新文学产生的民间文化背景。这一民间文化形态进入现代知识分子的精神视野是与他们的文化启蒙思想和如何建立新文学的现代审美标准密切相关的。在胡适、刘半农、沈尹默等人看来，倡导白话文学，一面是"开通民智"，另一面则是"创造中国的文学"。从启蒙和新文学建设的立场出发，对来自民间的白话语言和体现民间文化的民间文学，从审美的意义上进行了充分肯定。可以说，他们是从"启蒙—民间"的立场解释民间和民间文学的，这是现代作家与民间关系的第一种类型。胡适不仅在文学史研究中，得出民间的白话文学最有生命力的结论，而且不止一次在文章中提出民间是文学产生的源泉。在此意义上，这些现代知识分子对以民间文化形态为主要表现内容的民间文学有着极大的热情。他们先在 1918 年春发起征集近世歌谣运动，后于 1922 年 12 月创办《歌谣》周刊杂志，专门搜集、发表全国各地的民间歌谣和研究、介绍与民间文学相关的文章，从文学的意义上把民间文学纳入了新文学审美标准的构建中。胡适的《尝试集》用民间口语作诗，刘半农模仿家乡四句头山歌的曲调，用江阴方言创作《瓦釜集》，沈尹默、周作人、康白情诗中所流露出的民歌诗韵，都证明了来自民间的艺术因素对新诗建设所起的作用。这些现代知识分子不仅发现了来自民间的语言对新文学的意义，而且还看到了民间文学那种自由、真挚的情感表达方式。刘半农就认为，民歌的长处，全在于它能用"最自然的语言和最自然的声调来表达最自然的情感"[1]。"五四"现代知识分子对民歌"率性而为、自由表达"情感的肯定，实际上与个性主义的启蒙文化思想是一致的，他们在民间文化、文学中发现了反抗封建束缚的个性、自由精神和对自我生命的认同。这种带有个性、自由因素的文学

---

1 洪长泰：《到民间去》，上海文艺出版社，1993 年，第 98—99 页。

形态被现代作家自觉理解时，就转化成新文化、新文学的内容，与建立在个性主义基础上的"真情自然流露"诗学观融会起来，获得了强有力的现实依托和理论依据，对五四新文学的发展产生了积极作用。显然，这些作家从"启蒙—民间"的价值立场理解民间时，发现的是民间文化中与启蒙思想一致的内容，并从审美意义上肯定了民间审美形式的价值。

鲁迅、周作人等现代知识分子对民间的态度要复杂一些，当他们从启蒙立场理解民间时，对民间持二元态度，既强调批判民间达到启蒙的目的，又充分吸取和肯定民间蕴含的积极和健康成分。这是现代知识分子与民间关系的第二种类型。从启蒙立场理解民间所持的二元态度，带来了他们理论和小说的两种民间世界：第一，周作人从建设新文学的角度认为"民歌的最强烈最有价值的特色是它的真挚与诚信，这是艺术品的共同的精灵"[1]。鲁迅在《社戏》中描述了洋溢着田园牧歌风味、自由自在、平等纯朴的民间文化世界，孩子们没有世俗观念，而是合乎自然地生活着，即使打了太公，一村的老老小小，也没有一个会想出"犯上"两个字来的。第二，在肯定这一民间时，周作人又认为民歌无论从形式还是从思想上都不能让我们满足，文体幼稚，缺少生活的真挚热情。[2]鲁迅则在《阿Q正传》《祝福》等作品中，写了愚昧麻木、自欺欺人、妥协顺从、等级森严的民间生活形态。这两种民间哪一种更接近民间文化形态的本源状态？这种设问本身就与鲁迅、周作人等人的启蒙立场相矛盾，因为他们不是从民间立场认识、理解民间，而是把自己的启蒙思想贯彻于社会文化改造的实践过程中，作品中出现的两种民间形态，实际是从启蒙的不同视角认识民间社会和文化的结果，前者寄托了启蒙者的社会理想及对民间文化部分内容的认同，后者在现实层面深刻感受到民间文化形态中包含的封建落后内容。在这里，"民间文化"呈两方面的意义：一是它的纯朴、自由自在及其对现实的反抗

---

1　周作人：《自己的园地》，《歌谣》第 16 号 8 版，1923 年 4 月。

2　参见周作人：《猥亵的歌谣》，《周作人民俗学论集》，上海文艺出版社，1999 年，第 165 页。

性；二是其愚昧、麻木与自欺欺人。这二者交织在一起无法简单分开。如何理解这种形态的复杂性，往往体现出现代知识分子不同的价值立场。当鲁迅在现实的民间社会中展开启蒙思想时，两种异质文化必然发生激烈冲突，但这并不意味着民间文化与其创作毫无联系，在其小说中必然透露出民间文化对人物的制约。《阿Q正传》中阿Q那句唱词就来源于绍剧《龙虎斗》。绍剧早先的主要对象是农民，所以绍剧的内容非常符合农民刚直倔强的性格和反抗斗争的意愿。《龙虎斗》这出反映为国除奸、报仇雪恨的戏，在绍兴家喻户晓、妇孺皆知。难怪阿Q也能哼上几句，而这唱词也恰好表现了阿Q的原始反抗性格。[1]对《祝福》中的祥林嫂命运产生重大影响的是对"鬼"的迷信，而"鬼""阴间"的存在正是民间文化的重要内容。实际上，在鲁迅以乡村民间为背景的小说中，民间文化形态始终构成人物形象的精神意蕴，这样说并不意味着鲁迅认同民间文化的价值立场，他更多是在批判的意义上揭示民间文化中包含的非现代性内容。

　　既然鲁迅没有认同我们说的"自由自在"的民间价值立场，又如何说明鲁迅小说的民间意义呢？我以为在此应做两点辨析：第一，在中国现代启蒙文化中，"自由"是一个至为重要的观念，这种"自由"与民间的"自由自在"内涵并不完全相同，但在精神向往上有着一致的心理基础，鲁迅在批判乡村民间的非自由性和残酷性时，正是以"自由价值"的确立为前提的，这种启蒙精神的确立也暗含着对民间蕴含的自由精神的肯定，由此才有了《社戏》，有了对阿Q原始反抗精神的描述。有了这种"自由"的渴望，对乡村民间残酷性现实的描述就愈深刻，也就愈能显现出民间文化精神中"自由"因素的可贵，鲁迅启蒙小说的民间价值正在这里。第二，从人物形象的美学意义看，如果人物缺少本土的民间文化内容，也就缺少丰富、生动、真实的魅力，因为民间作为底层农民生存的文化环境，他们

---

1　参见裴十雄等：《鲁迅笔下的绍兴风情》，浙江教育出版社，1985年，第60—63页。

的行为方式、生活欲求、人生态度无不与此相关。失去了这种"文化"支撑，也就难有人物灵魂的深度。所以，知识分子不管与"民间"有着何种关系，始终无法脱离民间文化形态对其艺术创作的制约。

抗战前知识分子与民间关系的第三种类型是以李大钊、邓中夏等人为代表的民间观。这种民间观，后来与革命实践相结合，经过瞿秋白、毛泽东的努力，使之成为中国现代文化和文学的重要组成部分。"民间"与革命性、政治性的意识形态连在一起，也是中国现代文化和文学的重要内容。从现代历史的发展逻辑看，五四思想启蒙运动的完成直接导致社会制度的变化，但在国内外各种力量的冲突碰撞中，在启蒙还未完成的条件下，便急剧转入社会政治革命。从当时的整体情形看，大部分知识分子由启蒙、文化的立场转向了政治革命的立场。在这一转换过程中，李大钊所倡导的"到民间去"和改造民间的理想，与现实政治斗争的关系日益密切。在这一背景下，民间文化形态更多地与"革命文学"的倡导者和左翼知识分子的"大众化"倡导者联在一起。

这种理解民间的方式为文学创作带来哪些新的因素，民间"自由—自在"的文化意蕴与其是怎样的关系呢？对于那些有乡村民间切身体验的作家来说，民间所蕴含的地域色彩、特殊文化意蕴仍旧给他们的小说带来了生动的艺术韵味，有着"政治宣传"本身包含不了的内容。如茅盾的《春蚕》、艾芜的《南行记》等作品就是如此。茅盾的《春蚕》是一篇主题先行的小说，演绎的是在帝国主义、封建主义、官僚资本主义的统治下，江南农村经济破产和蚕农们的悲剧命运。凭阅读感觉，这篇作品的真正魅力不在于写"蚕农"如何破产的过程，这个过程的描写是散乱、生硬，甚至干瘪的，造成蚕农破产的外部环境描写也不充分，倒是与这个"主题"没有太多联系的几个农妇的片断描写和老通宝对洋货的仇视心理及企盼蚕宝宝丰收的虔诚更能打动人心。像荷花与六宝的对骂、六宝和多多头的调情，在溪畔、桑川的映衬下，别有民间生活的情趣；老通宝的纯朴、勤快、守旧，也与自然形态的中国农村社会及文化观念相关，比较真实地体现了挣扎在社会底层的农民的生活态度和精神状态。显然，《春蚕》的审美魅力主要不是来自"主题的深刻"，民间的审美力量在作家的"思想"之外获得了重要意义。在此，我们看到这类作品的"民间"呈现两个层面的内容：一是从政治、革命的立场理解民间；二是作家直接感受到的，有着自在形态和自由生存渴望的民间。前者体现了作家所谓的"主题思想"，后者则因其生动、真实决定了作品的美学价值。这样两个层次的民间在许多作品中都交织在一起，特别是40年代初解放区的许多作品，如孙犁的小说、李季的诗还有秋歌剧的改编等表现得更为突出。这两个"民间"的相互关系，及它们对文学的意义和局限，构成了我们理解这一类作品的重要出发点。

沈从文、老舍和赵树理是来自民间，并从民间立场理解民间文化的三位作家。这是中国现代知识分子与民间关系的第四种类型。如果说胡适等人在体现民间文化的民歌中，从"启蒙—民间"立场发现了民间的语言形式及情感表达方式的现代审美意义，那么，沈从文则以知识分子的民间立场，在美丽、纯朴的湘西，描绘着那种"自由—自在"、相对活泼、体现着下层人生活情趣和态度的民间世界，他把一种人性的理想融于民间文化形态中，或者说他在民间中发现了这种人性的理想，一种更合理、更严谨的伦理道德标准，他倾心描绘着这种民间形态及其意义的庄严。民族文化形态出现了另外一种特征——纯朴、善良、富有生命的自由活力，这种活力鼓舞着他以自己的天赋赞颂家乡的神话、习俗及原始的仪式，而不是对它们进行贬斥。老舍与沈从文虽然都从知识分子的民间立场去理解民间，但老舍更关心的是民间自在的生存逻辑和自由生活渴望在社会动荡、变化中的呈现形态。所谓知识分子的民间立场，在《骆驼祥子》中首先体现在作者从祥子自身的生存逻辑和思维方式、行为方式出发，去想象、虚构他的艺术世界。老舍自己曾说："我自幼很贫，做事又很早，我的理想永远不和目前的事实相距很远，假如使我设想一个地上乐园，大概也和那初民的满地流蜜，河里都是鲜鱼的梦差不多。贫人的空想大概离不开肉馅馒头，我就是如此。明乎此，才能明白我为什么有说有笑，好讽刺而并没有绝高的见解。"[1] 显然，老舍对祥子的想象和描写正是基于这种没有"绝高见解"的民间生活态度。祥子有自己的生活原则——靠卖力气挣钱吃饭，他不关心战争怎样地毁田，也不关心春雨有无，只关心自己的车，有车就有钱，有钱就有烙饼和一切吃食。这种诚实、勤劳、利己的态度，正是在"土地"上讨日子的农民的生活逻辑，是与几千年的小农意识联系在一起的，我们可以说他狭隘、目光短浅，但对于在战乱、贫困中生存的祥子来说，追求这种起码的生存权利难道不合理吗？这种追求自然也有他对"自由"的理解，这种"自由"就是吃穿住行的满足和不受贫穷折磨的理想。但是这个"体面的、要强的、好梦想的、利己的、个人的、健壮的、伟大的祥子"消失了，他成了一个"自私的、不幸的、社会病胎里的产儿，个人主义的末路鬼"。[2] 民间文化所培育出的生存逻辑和梦想，被无情的社会毁灭了。祥子的毁灭既是对社会、市民文化，甚至也包括对民间文化的批判，但他又在民间立场上体现了中国现代作家的现实战斗精神传统。这样一种写作与知识分子启蒙立场或政治立场的写作不同，它从民间的视角为中国现代文学带来了富有本土内涵的艺术世界，也直接启示我们从这一视角重新理解民间文化形态在中国现代文学中的意义和价值。

## 二

1937 年抗战全面爆发后，中国社会的文化结构发生了重大变化，其主要标志是民间文化形态的意义和价值被置于重要地位，不管是国统区、沦陷区，还是解放区，民间文化形态以各种各样的方式和国家权力意识形态、知识分子精英意识发生联系。这种联系方式是复杂的，"在国统区，知识

---

1 老舍：《我怎样写〈赵子曰〉》，《宇宙风》1935 年第 2 期。
2 老舍：《骆驼祥子》，《老舍小说全集》，长江文艺出版社，1993 年，第 435 页。

分子的代表是胡风，他以犀利深刻的理论风格把新文化传统推进抗战的炉膛深处，同时又一再受到来自政治权力的压迫；民间文化则以通俗文学与抗日主题相结合重新焕发活力。在沦陷区，知识分子的代表是周作人，以被奴役的身份萎缩了新文化的战斗性；而民间文化形态则复杂得多，一方面它受到侵略意识的渗透，伪满政权曾利用通俗演义故事来宣传其民族的英雄史诗，或把通俗文艺作为侵略的宣传品，但同时也有些都市通俗文学曲折地表达出新文化与民间文化的合流。至于抗日根据地，知识分子传统因为王实味、丁玲等人的文章而受到清算，但民间文化则在抗日宣传的主题下得到了倡导"[1]。在文化结构发生这种复杂变化的过程中，民间文化形态开始转变为文化的主导性因素，并且有着浓郁的政治意识形态色彩。如果说五四时期的民间文化形态在与启蒙文化形态的联系与冲突中，呈现出有利于新文化、文学建设的意义，是部分而非整体地进入现代文化的构建，那么，这一时期的民间文化形态在抗战影响下，成为与启蒙文化相对应、而非包含于启蒙思想系统中的文化形态。它把30年代大众化问题的讨论，由埋论的倡导转入具体的社会实践。在这种情况下，知识分子转到民间立场的写作就有了自己的特点。现主要以赵树理和孙犁为例进行探讨。

抗战时期对文学的通俗化、大众化以及民间艺术形式的重视，使许多新文学作家都以工农兵的生活和民众所喜欢的艺术形式进行创作。为什么赵树理成为"文学的方向"，而其他人则没有？其中一个重要原因是，赵树理自觉地站在民间立场写作。赵树理的人生经历决定了他与农民、与民间文化形态有着天然的血肉联系，他不需要像其他知识分子那样被要求改造世界观，他的世界观本来就属于农民，他从小就生活在农村，真正知道农民，知道农民的经济生活和农村各阶层的日子是怎样过的，也熟悉农村

---

1 陈思和：《民间的沉浮》，《陈思和自选集》，广西师范大学出版社，1997年，第204页。

各方面的知识、习惯、人情及其生活的欲望和理想,在这样的环境里,民间文化天然地成为他思考社会、理解人生的基本出发点,民间的自在生活逻辑、生活欲望与自由渴求及其与其他社会意识形态的关系成为他文学表达的重要内容。另外,他又通晓农民的艺术,特别是关于音乐戏剧方面的,他参加农民的"八音会",锣鼓笙笛没有一样弄不响;他接近唱戏的,戏台上的乐器件件可以顶一手;他听了说书就能自己说,看了把戏就能自己耍,他能一个人打动鼓、钹、锣等数样乐器,而且舌头打梆子,口带胡琴还不误唱。[1]参加革命后,他又一直和农村生活保持着密切联系。因此,作为一个在民间文化形态中生长的作家,赵树理一开始就深刻理解农民的生活、思想、情感,这使他描绘景物、叙述时间、塑造人物时,总以农民的感觉、印象为基础,用他们的眼光来观察,用他们的心灵来感受,不写他们不感兴趣的话题。与此密切相关的是,赵树理的艺术表现形式是通俗易懂、来自民间的叙述方式,从而使他的作品呈现出"五四"以来的新文学所没有的一种审美境界。

赵树理的小说呈现的这一民间世界,是否完全是民间本身?是否呈现出沟通政治意识形态的努力?这一点是肯定的,赵树理说他的小说要做到"老百姓喜欢看,政治上起作用",就包含他从民间立场出发,沟通民间与政治关系的意思,但他思考民间的基本出发点是从民间立场开始的,试以《小二黑结婚》为例做一具体说明。董均伦在《赵树理怎样处理〈小二黑结婚〉的材料》一文中讲到《小二黑结婚》是赵树理在太行山里写的,那是1943年上半年,新政权在太行山已经建立了四年,土改才开始了一年,当年农村有个几乎与土改同等重要的问题是反对封建思想、封建习惯,因为那时不但地主维护封建,就是一般农民也是如此。[2]《小二黑结婚》就是在这样的情况下写出的。当时赵树理听到这样一个真实事件:一个名叫岳冬

---

1 参见王春:《赵树理是怎样成为作家的》,《人民日报》1949年1月16日。
2 参见董均伦:《赵树理怎样处理〈小二黑结婚〉的材料》,《文艺报》1949年第10期。

至的男青年和一个叫智英祥的女青年因反抗父母包办婚姻而自由恋爱，智英祥同时又被出身于富农的村长和青救会的秘书看中，这两个已婚的村干部遭到智英祥的拒绝，便联合其他村干部，以腐化的罪名斗争岳冬至，把岳冬至打死了。赵树理在这一真实事件的基础上所做的"艺术创造"，我认为，最重要的"创造"在结尾，正是在结尾部分，体现出赵树理巧妙沟通民间文化形态与政治意识形态的努力。这一改造有两个方面值得重视：第一，乡村生活的残酷性被代表了"正义"的区长、村长消解。依据赵树理熟悉的情况看，抗战初期，老实的农民对新政权还摸不着底子，不敢出头露面，有些流氓分子便趁机表现积极，常常被没经验的同志认为是积极分子，提拔为村干部。如果按照这种实际情况来写，不符合毛泽东所要求的"歌颂无产阶级光明"的艺术方向，这种"改写"自然就具有了某种政治性的隐喻。第二，乡村生活的这种政治性"改写"又与民间文化形态中人们的心理愿望吻合。在民间社会里，由于人们处于弱势地位，在遇到不平和苦难时，总寄托于另一种力量（往往是宗教或权力的）来拯救自己，所以就有了数不清的"清官"戏和通过神仙来救世救难的传说。赵树理在《小二黑结婚》中，通过村长、区长使两个青年人获得幸福的生活，也暗合了民间的这种文化心理。正由于赵树理这种民间立场写作中包含着政治性的指向，小说一发表不仅受到广大农民的欢迎，也得到了权力意识形态的肯定，这也同时说明了当时的"政治"与民间文化形态的生存追求有着天然的亲和关系。既然民间文化形态和权力政治意识有着并不相同的特点，两者就会有冲突和差异，特别是当政治对民间的改造过于强烈，以至于民间的利益受到某种戕害时，来自真正民间立场上的写作就隐含着受到政治意识形态否定的可能。赵树理的人生追求以及对文学意义的理解，使他能够从民间的立场出发，去表达来自民间的声音，并寻求与政治之间的圆通，但他不会不顾民间的真实情形，依照某种指令去肆意地涂抹"民间"。在《小二黑结婚》《李有才板话》等作品之后，赵树理的创作精神就开始出现了某种无奈的悲凉感,这种情形在 1948 年写作《邪不压正》之后就表现出来。赵树理的小说始终关注农村中的小人物和真实状况,在写《小二黑结婚》时,他就看到了农村干部的严重不纯,但并没有作为"主线"来写,《邪不压正》则主要写这一问题。小说发表后引起争议,有人批评作者"善于表现落后的一面,不善于表现前进的一面,在作者所集中表现的一个问题上,没有结合整个历史的动向来写出合理的解决过程"[1]。这种批评实质上表现的是,政治意识形态对民间社会的改造、对文艺的规范性要求与民间立场写作之间的冲突。这种冲突在 1949 年后变得更加尖锐。在抗战时期,由于抗战影响和《讲话》的权力推动,民间文化形态(特别是审美功能形态)被提高到文学的重要位置后,在开拓出一片新的文学天地后,又随着社会的变动、发展,演变为政治意识形态的寄生性内容,在这种情形之下,民间文化形态的美学意义变得更加重要。因为在文学创作中,它所指向的真实、感性、审美等内容,消解或淡化了由于政治宣传而带来的作品的概念化、观念化的弊端。赵树理所代表的民间立场写作,在 40 年代文学中的重要意义,就是保持了文学作品中民间的丰富和完整,以及对民间自身生存逻辑的尊重。

赵树理依据农民的眼光观察社会、人生,并在参与革命实践活动的过程中,使民间文化形态的意义得到多方面表现,尽管有时这种表现是隐晦、曲折的。孙犁的小说与赵树理有所不同,他在民间发现的是,在抗战中农民身上表现出的自觉的政治热情和爱国热情,民众在他笔下变得单纯、乐观,深明民族大义,他们别妻离家走向战场,绝无缠绵的哀伤,但有无畏的勇敢。显然,孙犁笔下的民间文化形态包含着更符合当时政治意识形态指向的价值追求。由此,他作品中的乡村生活变得简单却又富有诗意,人物形象变得崇高却又明净。如果说《边城》中的翠翠是一种自在状态的生

---

1　竹可羽:《评〈邪不压正〉和〈传家宝〉》,《人民日报》1950 年 1 月 15 日。

活方式，昭示出人性的朴素与静穆的庄严，那么，孙犁《荷花淀》中的水生嫂则有着自觉的生活追求，在她身上人性的善良与抗日救亡的崇高行为是密切联系在一起的，她不再有祥林嫂的愚昧、麻木，也不再有虎妞的刁钻、蛮横，她是民间文化中的一个时代精灵。至于孙犁小说中的水生嫂（还有如水生嫂一样崇高的众多女性形象）在多大意义上表达出民间文化形态的真实内涵暂且不论，让我感兴趣的问题是：在孙犁的小说中，知识分子与民间文化形态的关系。在抗战以前的文学作品中，代表了乡土民间文化形态的农民或农村妇女大多是被启蒙或批判、同情的对象，知识分子在他（她）们面前有一种精神优势，但在孙犁的小说中，民间文化形态的代表者成为被歌颂的对象。他（她）们的精神和行为使知识分子"自惭形秽"，在知识分子眼中，他（她）们才是历史的真正推动者，知识分子已有的价值体系、独特的话语表述，已完全被民间文化形态中所出现的高尚精神、政治热情所取代。这种根本性的变化说明了什么呢？

这种变化留给我们的思考是复杂的。在这种变化中，民间与政治、知识分子之间是怎样的一种关系呢？在前边的论述中已经看到民间文化形态意义的确立是抗战的需要，也是政治权力的推动所致。从政治权力的角度说，要求知识分子转移到工农兵的立场写作，这种转移就是要去歌颂劳动人民，唤醒民众的民族热情，而这一目的又是为了国家权力的建立。由此看来，知识分子、民间文化形态、政治权力三者之间关系的沟通，在此是以政治为中心贯通在一起的，在这种情形下，我们就不难理解以胡风为代表的知识分子写作、以赵树理为代表的民间立场写作，都会受到质疑和批判的原因。但民间既然已被唤醒，它本身已有的文化价值系统就不可能完全被政治取代，由此延伸出民间与政治既同又异的复杂关系。

三

应该说，中国现代作家不管持何立场，他们都以各自不同的方式与

"民间"发生深刻的联系。自"五四"以来，民间文化形态始终是知识分子关注的对象，有的从民间文化中寻找审美的力量，有的从政治立场发现民间的革命性因素，还有的从民间立场寻找民间的精神……但他们理解和艺术地把握民间的思路不外乎有两方面：一是知识分子从"民间"外部向"民间"的内部进入，在这种进入的过程中，民间文化形态总是与知识分子已有的价值系统发生碰撞，在碰撞过程中呈现出对民间文化形态的理解；一是知识分子把自己置于民间之中，从民间内部发现民间的意义，因而对民间文化形态有着更直观的理解和把握。这两种理解民间的视角带来了文学中民间怎样的面貌，又给文学带来了怎样的特点？或者说，"民间"的现代价值到底体现在哪些方面呢？

既然是在中国现代文学史的范围内讨论知识分子与民间的关系，那么，民间的现代价值首先体现在丰富了创作主体的精神、情感，带来了富有本土内涵的个性化艺术世界。从"民间"的外部向"民间"的内部进入，理解民间的意义和价值的作家，在前一部分的论述中，可以明显地看到主要是五四时期的胡适、鲁迅以及30年代的茅盾、丁玲、艾芜等作家，也包括40年代解放区文学中的部分作家，这些作家与从民间立场来理解民间文化形态的老舍、沈从文、赵树理等人在创作主体的精神方面有着明显的不同。譬如：鲁迅和老舍。当鲁迅从启蒙主义的立场上去理解民间时，民间文化形态总是与知识分子已有的价值系统发生碰撞。这种碰撞使知识分子对现实思考的深度有了历史的纵深感，特别是像鲁迅这样的作家，在个体与群体、知识分子与民众的纠缠中，更深刻地理解了"中国人"存在的问题，其作品获得了现代性的意义。老舍与鲁迅不同，他是把自己置于民间之中，从民间内部发现"民间"的意义，因而他对民间文化形态有着更直接的理解，进而以此展开这一文化形态对于人之命运的作用。因此他的作品较少描写作为知识分子的独特痛苦，却有来自民间的辛酸和悲痛，因为民间作为社会的一个弱势群体，在寻求生存的过程中，总是要受到各种损害和凌辱。从精神上作为这一群体中的一部分，这种损害和凌辱也是属于他个人的，他与"他们"已经不是一种对话关系，而是处于同一价值系统中的话语言说，因此，《骆驼祥子》虽没有什么"绝高"的见解，但所展开的艺术世界却是具体、平实、生动的。老舍的幽默也就与平庸的幽默有了区别，是与苦难、不幸、伤痛联结在一起的流泪的幽默，他机智的语言也不会让人轻松，而是浸透着试图化解苦难的挣扎，越是表现得轻松，内在挣扎的痛苦也就愈加深重，两者之间的张力所留下的空间则溢满了同情的眼泪、包容的无奈、批判的深刻。这就是老舍，他从民间的写作立场，创造出了一个不同于鲁迅笔下的艺术世界，他也"哀其不幸"，但哀的是无力挣脱文化制约的人；他也"怒其不争"，但这个"怒"是针对压迫人、毁灭人的社会，即使是"争"了的祥子，不是也被社会毁灭了吗？由此看来，只要有了人的良知和对人的存在的关怀，无论以何种方式进入民间，都会有一个引人思考的艺术世界出现。从这个意义上说，艺术的价值不仅仅在于立场，而在于何种程度上与世界之间建立了别人无法替代的意义关系。沈从文和赵树理的小说创作也可作如是观，他们都把自己融于民间的文化世界中，以"下层人"的眼光去理解社会、人生、政治，去体悟民风民情，把自己的心交给那一浸润着民间文化精神的大地，叙说"乡下人"的心理内涵、生命渴求与行为方式。从创作主体精神的角度而言，他们缺少启蒙知识分子居高临下的精神优越感，在价值取向上更多地认同民间文化自身所具有的生存伦理和道德法则，对于政治意识形态的理解和判断也是依据民间的经验，因此这些作家在精神上与民间处于同一种文化空间中，透露着民间文化的质朴、生动与生存智慧。

对于那些从民间的外部理解民间的作家而言，其创作主体的精神特点则较为复杂，虽然他们都拥有自己的一套价值言说系统，但与"民间"所建立起的关系却有着诸多差异，胡适、刘半农等人从启蒙的立场上发现民间的意义，并将其纳入启蒙文学的构建过程中，把民间文化的部分内容转化为启蒙文化的系统之中，为启蒙文化找到了本土的理论支撑，同时也可以说是民间文化其自身的价值逻辑与启蒙文化部分地发生了对接。鲁迅虽然也有着这种特点，但更多的是把启蒙文化贯彻于社会改造的实践过程中，因此，在他的小说中，主要表现出的是两种价值取向的冲突，对民风、民俗的表达也是与启蒙话语空间相关的言说。在30年代大众化文学论争中，从政治的、革命的文化立场上去理解民间的过程中，情形也是如此。像茅盾的《春蚕》、丁玲的《水》等作品中的创作主体都体现出鲜明的政治性、革命性的风貌，而艾芜的《南行记》却以一个知识漂泊者的眼光，叙述边疆异域特殊的下层生活，他在"劳工神圣"的政治信仰支撑下，以特殊的敏感，在"藏污纳垢"的民间世界中，发现了民间生存中包含的强悍的生命力量，他和这一时期的沙汀、吴组缃、叶紫等作家不同，没有用政治的、革命性的眼光仅仅去发现下层人民身上与革命要求相一致的内容，去批判那些反面的人物品质；而是以外来者的姿态，惊喜地看到了这一民间世界中闪光的精神，这种精神并不是以善恶是非二元对立的方式存在，而是包蕴在生命的整体之中。这种复杂性也就使得民间文化形态在文学作品中有了不同的面貌，但就创作主体所具有的精神特质而言，却是共同的，这就是民间文化形态并不是他们能够全部认知的价值系统，他们的"外来者"认知角度，决定了他们不可能把民间文化形态的价值作为他们理解民间的立场。但是民间文化形态所具有的真实性及其民风、民俗、人情所具有的审美价值，却仍然在他们"外来者"的视阈中有着极其重要的意义，这些感性的、生动的文化因素，在他们思想、情感的表达过程中，构成极其重要的艺术内容。

其次，"民间"在文学史范围中的价值，还体现在使中国现代作家清醒地意识到了民间是新文学产生的重要精神、审美资源。正如《歌谣》周刊发刊词中所说："我们相信民俗学的研究在现今的中国确是很重要的一件事业……歌谣是民俗学上的一种重要的资料，我们把它辑录起来，以备专门的研究，这是第一个目的……从这学术的资料之中，再由文艺批评的眼光加以选择，编成一部国民心声的选集。意大利的卫太尔曾说：'根据在这些歌谣上，根据在人民的真情感之上，一种新的民族的诗也许能够产生出来。'所以这种工作不仅是表彰现在隐藏着的光辉，还是引起将来的民族诗的发展，这是第二个目的。"周作人更明确地说"民歌在一方面是民族的文学的根基"[1]，又可以"供诗的变迁的研究，或作新诗的参考"[2]。胡适也说中国新诗的范本有两个来源："一个是外国文学，一个就是我们自己的民间的歌唱。"[3]显然，民间文化、文学成为新文学重要的精神资源和审美资源。从文学史的发展过程来看，一个时期的文学一旦形成规范、凝滞的情形，民间文化、文学往往以其纯朴的清新之风为文学带来新的生命活力。新文学作家同样在民间文化、文学中发现了新文学的活力所在。胡适就曾认为"中国文学上的许多优秀作品都与民间有着密不可分的联系，倡导民间歌谣也是要给中国文学开辟一块新的园地"[4]。胡适的这段话虽然写于1936年，但也正是现代作家倡导民歌的目的。在30年代的大众化讨论中，左翼作家之所以"走向民间"也与文学的审美形式的建立有着密切的关系。"左翼理论家对于'五四'以来的白话文成就颇多微词，在他们眼里，汉语现状的最大问题还是不够通俗，这种白话文依旧保持了知识分子式的腔调。""郭沫若曾经将这种腔调控告为'知识阶级'的高蹈。""瞿秋白的批评更为严厉：'五四'的新文化运动，对于民众仿佛是白费了似的！'五四'式的新文言（所谓白话）的文学，只是替欧化的绅商换换胃口的鱼翅宴席，劳动民众是没有福气吃的。"[5]在他们这种激进、偏颇的言辞中，所表现出的对五四新文学的评价，自然包含着更为复杂的社会文化内容和知识分子的道

---

1　周作人：《中国民歌的价值》，《歌谣》第6号8版，1923年1月。

2　周作人：《自己的园地》，《歌谣》第16号8版，1923年4月。

3　4　胡适：《歌谣》第一卷第一期复刊词，1936年。

5　南帆：《民间的意义》，《文艺争鸣》1999年第2期。

路选择不同而带来的深刻分歧，但如果仅仅从文学审美形式的角度来看，正是对于五四新文学审美语言形式的不满，使他们再一次要求文学应该有大众所乐于接受的形式，对方言、民谣、短剧、绘图本小说、漫画、木偶戏、连环画这些活跃于民间的艺术形式表示了浓厚的探寻兴趣。换句话说，他们也是从新文学建设的角度再一次在民间文化、文学中寻求文学发展的动力。由此可见，民间文化、文学中的审美形式一直是中国现代作家在文学建设中所关注的对象，也是新文学发展过程中的一个重要精神资源。

最后，民间文化形态并不仅仅在艺术的审美形式上对新文学产生强有力的作用，而且为知识分子的精神生成提供了现实的文化土壤。自近代以来，民族意识的觉醒、启蒙思想的出现、世界文化的影响，三者非常复杂地交织在一起，对知识分子的道路选择产生了重大的影响。特别是1840年鸦片战争的爆发，使知识分子意识到民族生存的危机，进而到西方去寻求救国的真理，确立启蒙的意义，而启蒙的根本目的又在于唤醒国民以求民族的强大，在这样一种背景下，与本民族本土文化密切相关的民间文化形态引起知识分子探寻的兴趣也就成为必然，在这里"民族—国民—民间"构成了现代知识分子思考中国问题的基本思路。在1840年鸦片战争爆发后，为了强国达到以求民族生存的目的，统治阶层的开明派和一些具有先进意识的知识分子携手开展了洋务运动以及后来的戊戌变法，前者以经济为中心，后者以政治变革为主导，两者的根本目的都在于迅速达到强国。但是在中国的现实历史情境中都半途而废，即使后来的辛亥革命也未能把共和的梦想顺利实施，这对于具有西方启蒙主义思想的中国现代知识分子来说，就提出了一个严峻并且急需回答的问题：既然经济和政治的变革，甚至是革命都不能从根本上解决中国的问题，那么，中国的出路在哪里呢？正是在这样的背景下，陈独秀、胡适、鲁迅等人以"革新人心""促使新的国民产生"为己任，掀起了轰轰烈烈的新文化启蒙运动，"国民改造"成为新文化运动的核心问题。"国民"又是什么呢？在以农业为主的中国，农民——乡村民间文化形态的承担者，自然成为重要的关注对象，一旦农民进入中国现代知识分子的思想视野，民间文化形态的生存逻辑、伦理欲求、审美趋向也就与他们的文化观念、文学创作发生了密不可分的联系。这就是我们在前一部分突出强调"民间"作为一个有着"自由—自在"文化品格的空间，在各种不同类型创作中的呈现形式以及对知识分子精神构成所产生的重要作用的原因。既然中国近现代历史、文学史已经证明民间不仅以其丰富的精神滋养着知识分子的灵魂，而且在知识分子精神与民间精神的联系中不断赋予民间以新的内涵，那么，"民间"的现代价值就是无法否认的。否认民间具有现代性精神特征的论点，一方面没有充分地意识到民间中所蕴含的自发的现代生机，另一方面则没有看到现实的自在民间文化空间与知识分子民间价值立场之间的关系，知识分子的民间价值立场并不是与民间自在文化的完全契合，而是从自身精神出发，对民间文化价值的认同。当这种精神品格与民间自在文化形态中蕴含的生命活力和生机相互对撞时，民间的、富有活力的生机（这种生机可能微弱，甚至与腐朽纠缠在一起）就会迸发出现代的精神光辉，而以知识分子心灵为中介，转化为具有审美意义的艺术世界。既然我们所理解的"民间"包含有"自由—自在"的文化精神和生命活力，在"民间"这个丰富、驳杂的世界中，多种文化因素相互纠缠、相互依存，那么，知识分子就有可能在此发现与自己的精神共鸣的契合点，同时也会在这种精神启示下，确立自己的现实文化立场，正是在这个意义上，民间文化形态为知识分子的精神生成提供了各种可能性，始终以其丰富的存在，召唤着知识分子前行的步伐。

# 第二章

## 胡适：民间形式的审美活力<sup>*</sup>

中国新文学的产生是从白话文学开始的，如果我们把白话文学的倡导仅仅理解为一种形式上的变革显然是不够的，在这一形式变革的过程中，也包含着现代知识分子的价值立场和文学审美标准的重大变化。这种变化是在中国文化、文学自身历史的逻辑推演过程中，重新找到了新文学得以产生的源泉，这个源泉就是活的、富有生命力的民间文学以及包含于其中不断变化的民间文化形态。五四时期，胡适的重要贡献就在于发现了民间中活的白话语言对文学变革的巨大意义。从中我们也可以看到文学变革的深层动因在于本民族的民间文化中所包含的现代性因素。

在讨论胡适倡导白话文学时，不能忽略胡适在《尝试集》自序中说过的这一段话："我们认定文字是文学的基础，故文学革命的第一步就是文字问题的解决。我们认定死文字不能产生活的文学，故我们主张若要造一种活的文学，必须用白话文来做文学的工具，我们也知道单有白话未必就能造出新文学；我们也知道新文学必须要有新思想做里子。但是我们认定文学革命经有先后的程序，先要做到文字体裁的大解放，方才可以用来做新思想、新精神的运输品。我们认定白话实在有文学的可能，实在是新文学的惟一利刃。"这段话包含有两层重要的意思：其一，胡适在倡导白话文学时，并没有忘记文学内容的变革，只是在他看来文学的变革首先是从"形

* 原载《当代作家评论》2005 年第 2 期。

式—语言"入手才有完成的可能；其二，唯有活的文字才能产生活的文学，以表达新的思想和精神。由此看来，胡适并不是一个纯粹的形式主义者，他对于"白话文学"的倡导，实质上包含着他对于整个文学革命过程的认识，在这一过程的实践中所确立起的民间文学价值立场和对民间审美形式的重视，应该说是 20 世纪中国文学的第一块理论基石。

一

白话文的倡导并不是始于胡适。在他之前的梁启超、黄遵宪等人都曾有倡导白话文学的主张，并有多种白话小说出现，还有《白话报》《白话丛书》等出版物出版。周作人曾认为那时的白话文与"现代的白话文"有两点不同：一是现代的白话文是"话怎样说便怎样写"，那时的白话文都是由八股翻白话，仍然是古文的格调。二是态度的不同——现在我们作文的态度是一元的，无论对什么人，做什么事，一律都用白话，而以前的态度却是二元的，作文是为老爷用的，白话是为听差用的。总之那时的白话是出自政治方面的需求，只是戊戌政变的余波之一。[1] 胡适自己也说："这些人可以说是'有意地主张白话'，但不可以说'是有意地主张白话文学'，他们的最大缺点是把社会分作两部分：一边是'他们'，一边是'我们'。一边是应该用白话的'他们'，一边是应该作古文文法的'我们'……这种态度是不行的。"[2] 而"一九一六年以来的文学革命运动，方才有意地主张白话文学"，"这个运动没有'他们'与'我们'的区别。白话并不单是'开通民智'的工具，白话乃是创造中国文学的惟一工具"，是"国语的文学建立的基础"。进而，胡适在中国文学史的研究过程中，得出了民间的白话文学是最有生命力的文学，也是我国文学发展的必然趋势的结论，他认为新文

---

1　参见周作人：《中国新文学的源流》，华东师范大学出版社，1995 年，第 55—56 页。

2　胡适：《五十年来中国之文学》，姜义华主编：《胡适学术文集·新文学运动》，中华书局，1993 年，第 149 页。

学的建设应以民间的白话文学作为其最高价值典范。胡适就不止一次地在多篇文章中提到"民间是文学的产生的源泉"。直到 1932 年，他还认为文学的来源大约有四条路：一是源于实际的需要；二是源于民间；三是源于国家所规定的考试；四是源于外国文学。其中最重要的是民间文学。中国文学史没有生气则已，稍有生气者皆自民间文学而来。[1] 胡适这种一元文学史观所体现出的民间价值立场，主要是认同和肯定了民间文学的生动的、活的审美力量，特别是其语言形式的魅力，至于与民间文学密切相关的民间文化形态中所包含的价值、情感与精神是否有其精神上的共鸣则没有更多的论述，他更看重的是源于民间的文学对文学发展的渗透和影响意义。由此可以说胡适所理解的民间主要是：源于民间的文学以及与此相关的民间白话语言；这种民间的文学和语言与所谓的正统文学或贵族文学是对立的；这种文学和语言与平民的日常生活是联系在一起的，是表达新的思想和情感的工具。

在胡适的这一民间观中，我们清楚地看到两个鲜明的现实意向，他是通过民间一方面反传统、反古文；一方面是寻找新的文学和表达方式。虽然胡适的这种文学史一元民间价值立场，更多地重视其形式因素的意义，但在这形式背后却体现着一种革命性的意义。这种革命性的意义主要体现在胡适通过一元文学史观——民间价值立场的确立，完成了从传统士大夫到现代知识分子价值立场的转换。康梁变法前后，许多近代的有识之士倡导白话文。正如胡适所言，仍然存在着"我们"和"他们"的区别，所认同的仍旧是传统士大夫的价值观念，也就是说康梁等人是在"庙堂"之位，通过白话文，沟通与民间之间的关系，民间自身的价值系统和民间文学中的审美活力并没有引起他们足够的重视。所以周作人说："那时候的目的是改造政治，如一切东西都用古文，则一般人对报纸仍看不懂，对政府的命

---

1　参见胡适：《中国文学过去与来路》，姜义华主编：《胡适学术文集·新文学运动》，中华书局，1993 年，第 184—185 页。

令也仍将不知是怎么回事，所以只好用白话。但如写正经的文章或看书时，当然还是做古文的。"[1] 这种对白话文的二元态度实际上证明了近代知识分子在沟通庙堂与民间的过程中，仍然没有摆脱传统士大夫的庙堂角色。而胡适则是要把白话文和源于民间的文学看作是文学的最高典范，建立统一的"文学的国语"和"国语的文学"，他从民间的立场上，彻底否定了古文存在的可能和传统士大夫赖以存在的价值体系，也可以说胡适是用民间的力量否定了庙堂的意义，他所倡导的白话文和民间文学与庙堂之间并没有必然的联系，完全是源于民间的一种要求。以民间对抗士大夫的庙堂，以平民反叛贵族，而确立了一种新的文学的基本特质。正是在这种"对抗与否定"的过程中，现代知识分子在价值立场上开始显示出了他们不同于传统士大夫的崭新姿态——从"民间""平民"以及与此相关的民间文学中寻找自己新的价值取向和文学审美标准。

胡适在倡导白话文和民间文学的过程中所体现出的民间性价值立场与现代知识分子的启蒙立场是不矛盾的。因为启蒙就是要让自己的思想被别人所理解。而与"民间""平民"密切相关的白话文倡导，恰是启蒙的必要前提。正如胡适所说："我们的中心理论只有两个：一个是我们要建立一种'活'的文学；一个是我们要建立一种'人的文学'。前一个理论是文学工具的革新，后一种是文学内容的革新。"[2] 从这个意义上说，民间性的内容也是五四时期现代启蒙知识分子的一个思想侧面，并构成了潜在的理论价值依托，正是出于这个理由，刘半农、周作人、鲁迅等人虽然对民间的理解和对民间的态度各有不同，但在倡导白话文和对民间审美形式的肯定态度上都是相同的。譬如刘半农重刊清代小说《何典》，认为没有任何一部小说能像《何典》那样把民间谚语运用得炉火纯青。由此惹怒了一些保守派人物，鲁迅站出来为其辩护，批评那些"戴着面具的绅士"对刘半农的攻击

---

1　周作人：《中国新文学的源流》，华东师范大学出版社，1995年，第55—56页。
2　胡适：《中国新文学大系建设理论集·导言》，上海良友图书印刷公司，1935年，第18页。

正好暴露了自己的无知，称赞《何典》对"谚语、谜语和笑话的运用恰到好处，不愧为一部反映民众生活的上乘之作"。[1]

当胡适从现代知识分子的价值立场出发，肯定了民间白话语言的审美活力，并把民间文学看作是新文学的源泉和最高审美价值规范后，民间文学以及与白话文相关的民间文化形态与其具体的文学主张之间是怎样的一种关系呢？

## 二

胡适在五四时期的重要学术著作《白话文学史》《十七年的回顾》《五十年来中国之文学》等文章中，反复论证的一个问题就是白话文学是文学的正宗，一切优秀的作品都来源于民间，民间文学是最高的审美典范。这些论证的最终目的是确立倡导白话文学的现实必要性和历史必然性，那么他所认定的白话文学有什么样的特征呢？

胡适的白话文学主张集中体现在《文学改良刍议》和《什么是文学——答钱玄同》两篇文章中。在《文学改良刍议》中他提出了著名的"八事"主张，也就是须言之有物；不模仿古人；须讲求文法；不作无病呻吟；务去滥调套语；不用典；不讲对仗；不避俗字俗语。在《什么是文学》一文中，胡适认为："语言文字都是人类达意表情的工具；达意达的好，表情表的妙，便是文学。"这"好"与"妙"有三个要件："第一要明白清楚，第二要有力能动人，第三要美。"所谓"美"就是"明白"和"有力"相加起来自然产生的结果。有人认为胡适"八事"主张是在美国意象派诗歌理论的影响下提出的，但如果把胡适对什么是文学的理解和"八事"主张联系起来看，他的理论与民间文学的联系更为密切，也许与意象派有着某种影响关系，然而从根本上说其是对民间文学一些基本特点的概括。

---

1　转引自张南庄：《何典》，刘半农校注，附鲁迅《题记》及林守庄《关于刘校〈何典〉的几个靠得住的正误》，《语丝》第 91 期，1926 年 8 月 9 日。

民歌区别文人诗词的三条标志是显而易见的，"即语言明快、情感真实和表达的口语化"[1]。刘半农、顾颉刚、俞平伯等人都表示过相似的观点，刘半农就认为民歌的长处"全在于它能用最自然的语言和最自然的声调来表达最自然的情感"[2]。"民歌的三个主要特征：明快、真实、口语化"，与胡适提出的文学改良"八事"的标准基本吻合，即"务去滥调套语""不作无病呻吟"和"不避俗字俗语"。[3] 换句话就是"明白清楚、有力动人"。由此可以说胡适文学改良的基本精神来源于中国本土的民间文学。他自己也曾认为那些民间中的匹夫匹妇、痴男怨女，他们想歌就用他们自己的语言歌出来，想唱就用自己的语言唱出来，那般民歌童谣儿歌恋歌之类，就是由此而产生的，他们要表现他们的文学情感，便有了很多很好的很有价值的白话文学来。[4] 胡适在与民间文学的联系中所确立的新的文学审美标准和规范，同时也体现在这一时期的文学批评活动中。

胡适是 1920 年歌谣研究会成立和 1922 年 12 月《歌谣》周刊创刊时的积极参与者，在《北京的平民文学》一文中，他说："现在白话诗起来了，然而作诗的人似乎还不晓得俗歌里有许多可以供我们取法的风格与方法，所以他们宁可学那不容易读又不容易懂的生硬文句，却不屑研究那自然流利的民歌风格。"[5] 所以他极力推荐那些在北京产生的有文学趣味的俗歌，这些"俗歌"的基本特点就是"明白""动人""真实"和"口语化"。他在评论康白情、俞平伯、汪静之等人的诗歌时，所运用的也是这样的批评标准。他认为康白情 1920 年以前的诗还属于"一个尝试的时代，工具还不能运用自如，不免带点矜持的意味"。1920 年左右的写景诗，"容易陷入'记账式的列举'"。他的记游诗则有"漂亮"的境界，也就是"读来爽口听来爽

---

1　洪长泰：《到民间去》，上海文艺出版社，1993 年，第 98 页。

2　刘半农：《半农杂文二集》，上海良友图书印刷公司，1935 年，第 93 页。

3　洪长泰：《到民间去》，上海文艺出版社，1993 年，第 99—100 页。

4　参见胡适：《新文学运动之意义》，《晨报》副刊 1925 年 10 月 10 日。

5　载《读书杂志》第二期，1922 年 10 月 1 日。

耳"。认为俞平伯的诗的最大缺点就在于让人看不明白；汪静之的诗"未免有些稚气，然而稚气究竟远胜于暮气；他的诗有时未免太露，然而太露究竟远胜于晦涩，况且稚气总是充满着一种新鲜风味"。在这里仍然是以"明白、动人、真实、口语化"的标准来评价《惠的风》。一直到1936年，胡适仍然深信"民间歌唱的最优美的作品往往有很灵巧的技术，很美丽的音节，很流利漂亮的语言，可以供今日新诗诗人的学习师法"[1]。由上论述，可以看到胡适对民间文学以及来自民间的语言形式有着强烈的认同和热烈的赞美，但这并不意味着他对于内容的忽视，他谈到康白情的诗时曾说他"自由吐出心里的东西；他无意于创造而创造了，无意于解放而他解放的成绩最大"[2]。在此他是看到了内容对于"形式"的某种制约作用的。在谈到北方的评话小说时说："北方的评话小说可以算是民间的文学……但著书的人多半没有什么深刻的见解，也没有什么浓挚的经验。他们有口才，有技术，但没有学问。他们的小说，确能与一般的人生出交涉了，可惜没有我，所以只能成一种平民的消闲文学。"[3] 看来"没有我"与"经验"的民间文学也是胡适所不喜欢的。胡适在当时特定的历史情境下，突出强调民间审美形式的意义是由他对文学革命的发展进程的理解所决定的，也就是说在他看来文学的变革必先由语言的变革开始，进而才能谈到新文学的出现，仅有新的内容，没有新的形式，也就难以"达意"。

胡适与钱玄同、刘半农等人所倡导的白话文学运动对于新文学的影响是深远的，在五四文学初期所出现的一些较为优秀的作品，如周作人的《小河》、康白情的《草儿》、俞平伯的《冬夜》、汪静之的《惠的风》、刘半农的《瓦釜集》等，都在用白话写诗的时候，吸取了与民间文学及与民间

---

1 胡适：《歌谣》周刊复刊词，1936年4月4日。

2 胡适：《康白情的〈草儿〉》，《读书杂志》1922年9月。

3 胡适：《五十年来中国之文学》，姜义华主编：《胡适学术文集·新文学运动》，中华书局，1993年，第134页。

文化形态密切相关的精神营养，如果不带任何先验的观念去阅读这些作品，就会发现这些作品是在民间审美形态的直接作用下产生的，也可以说新文学最初的胜利，就是民间审美形式的胜利。

三

民间审美形式为什么会在新文化、新文学运动的初期获得广泛的认同呢？这样说是否意味着忽视了外国文化、外国文学对新文学所产生的巨大推动作用？这一问题直接牵涉到对本土的民间审美形式意义的评价。

胡适曾认为中国几千年的文学史上有两个趋势，一个是上层的文学，一个是下层的文学。上层的文学是贵族的、文人的、私人的、朝廷的文学，是模仿的、古典的、没有生气的文学；而下层的文学是老百姓的、活的、用白话写的文学，是人人可以懂、可以说的文学。[1] 也可以说下层的文学，就是民间的、非正统的、富有新鲜生命活力的文学。民间的、下层的文学中虽然并非具有自觉的反正统的意识，甚至也包含着正统文学中的某些意识，但由于在价值取向上的平民性和世俗化，与正统文学具有不同的审美特质，特别是在正统意识形态的压抑下，下层的民众具有摆脱压抑、向往自由的本能渴望，因此在他们的文学中，就具有了对正统意识形态的消解和抵抗。为什么民间文学中的男女情歌占有很大的比重？其原因就在于男女之情在封建社会所受的桎梏最多。民间文学中所具有的这种质朴、自由的心灵情感用民间活的、生动日常的口语化语言表达出来的时候，往往有清新、活泼、生动的审美特点。胡适等人在审美形式上突出强调白话的口语化、生动性等特点时，就从我们本土的文化内部发现了抵抗古文、反叛正统意识形态的力量。这种力量是包含在本土的文化之中的，尽管在倡导之初受到各种力量的反对，但却有着普遍的文化基础，也就较易达到人们

---

1　参见胡适：《中国文艺复兴运动》，台北《新生报》1958 年 5 月。

的理解和认同。从这个意义说"白话文正宗论"最大限度地利用了中国文学的传统资源，才使得中国文学的形式在它自身内部并按照其本身的逻辑完成了革命性的历史转型。这可以理解为是改良主义的胜利，同时，白话文学所包含的民间性的价值立场和文学史观念，与五四时期的启蒙思想内涵和新文化精神不仅完全一致，而且还构成了其潜在的价值依托和理论起点。在这里，形式获得了它的最为巨大和最为丰富的历史内容。从此，白话文成为中国新文学的主流，这又可以理解为是形式主义的胜利。[1] 形式的胜利虽然包含有丰富的历史性内容，但丰富的历史性内容并非全部由形式本身能够承担，在形式变革的同时，内容的革新就成为五四新文学最为重要的内容，这一点在胡适倡导白话文的时候，许多人就已经意识到了这一点。形式虽然可以依托民间文学及民间文化形态中的审美活力来完成，但内容的变革却难以完全由民间文学及民间文化形态的自身现代化因素的转变来完成，这是由五四"启蒙"主题所决定的一种历史性选择，由此，外国文学、文化又构成了五四新文学产生的又一个重要条件，外国文学、文化观念及审美形式又与以白话文学为主的民间审美形式融为一体。在相互的选择融化中，才有了新文学的新境界，这一强调民间审美形式活力为理论起点的新文学变革的重要意义并不意味着对外来文化、文学的忽视，而是突出这样一个基本的理论观点：任何一种新文化、新文学的诞生都不可能与本民族文化中的内部因素割断联系。

---

1　参见吴俊：《民间性的文学传统》，《作家》1999 年第 9 期。

# 第三章

# 周作人：在民间与启蒙之间[*]

　　胡适在五四新文学时期发现了民间文学及民间文化形态中的白话语言所具有的审美活力，从审美的角度肯定了语言形式对新文学变革的巨大意义，但仅有白话的语言形式是难以真正完成新文学的变革过程的，周作人就认为"古文多为贵族的文学，白话多是平民的文学，但这也不尽如此"，"白话也未尝不可雕琢，造成一种部分的修饰的享乐的游戏的文学，即使是用白话也仍然是贵族的文学"。[1]周作人在倡导白话文的时候，就已经看到了在建设新文学过程中仅仅强调白话语言本身，是有一定的局限的。他不仅在白话的倡导中与胡适有着不同的看法，在民间文学、文化形态与新文化、新文学应该怎样建设、新文学与外国文学等问题上也有自己独特的见解。那么，周作人是如何看待民间文学、文化形态与新文学的关系，又是如何理解"民间"的呢？

一

　　周作人一生著述广泛，涉及诸多领域，但对于民间文学、文化形态的研究一直怀有浓厚的兴趣。在神话、民间传说、故事、童话、民歌、笑话、谜语等各个方面的研究都具有开拓性的意义。周作人的民间文学、文化研究与外来文化思潮有着密切的关系。在初到日本的时候，就接触到了《英

---

[*]　原载《文艺争鸣》2002 年第 1 期。

1　周作人：《平民的文学》，《每周评论》第五期，1919 年 1 月 19 日。

国文学中的古典神话》、安德鲁·兰的《习俗与神话》《神话、仪式与宗教》以及中国古代儿歌集《天籁集》、日本柳田国男的《远山野语》等著作。在它们的影响之下，周作人对民间文学、文化的研究呈现出深刻的现实意义，这种意义是与新文学的建设密切相关的。五四时期，周作人的文学观是典型的启蒙主义文学观，他说："平民文学决不单是通俗文学。白话的平民文学比古文原是更为通俗，但并非单以通俗为唯一之目的。因为平民文学不是在做给平民看，乃是研究平民生活——人的生活的文学，他的目的，并非是要想将人类的思想趣味竭力按下，同平民一样，乃是想将平民的生活提高，得到适当的一个地位。凡是先知或引路人的话，本非全数的人尽能懂得，所以平民的文学，现在也不必个个'田夫野劳'都可领会……正因为他们不懂，所以要费心力，去启发他们。"周作人所说有两个意思值得重视：第一，平民文学与平民的生活是相关的；第二，平民文学应有高于平民的思想趣味。这种启蒙主义的文学立场，决定了周作人对于来自民间的白话语言，不会像胡适一样简单地从审美的角度进行热情的肯定，而是更加重视白话所要表达的内容，也不像胡适一样认为"一切新文学的来源都在民间"，而是对民间表现出复杂的二元态度，即一方面看到了民间文学与文化中包含着新文学建设的重要因素，另一方面又对民间的文学形式与思想持怀疑和批判的态度。周作人曾认为对于民间歌谣的态度应有两个方面：一是学术的，一是文艺的。我们首先从文艺的角度来看周作人对民间文学与文化的认识和理解。

周作人认为："'民间'这意义，本是指多数不文的民众民歌中的情绪和事实，也便是这民众所感的情绪与所知的事实……所以民歌的特质，并不偏重在有精彩的技巧与思想，只要能真实地表现民间的心情，便是纯粹的民歌。"[1]周作人对民间及民歌的理解与胡适显然有所区别。胡适理解的

---

1　周作人：《人的文学》，《新青年》第5卷6号，1918年12月15日。

民间虽然也是指下层的民众，但他重视的是民众语言的明白、朴素、生动，他所看到的是民歌中活泼的语言魅力对于古文文学的反叛，周作人所强调的则是"真实地表现民间的心情"。也可以说胡适强调形式，周作人强调内质，在强调以形式为主的民间文学和魅力时，胡适自然认为新文学的形式完全可以以民间文学为楷模，这一点周作人也否认，他曾说意大利人（Vitale）在所编的《北京儿歌》序中指出对读者的三项益处，第三项是在中国的民歌中可以寻找一点真的诗，接着又说这些东西虽然都是不懂文言的人的创作，却都有一种诗的规律，与欧洲诸国类似，与意大利诗法几乎完全相合。根于这些歌谣和人民的真的感情，所以一种国民的诗或者可以发生出来[1]，并认为这是极有见解的思想。在这里周作人同样肯定了民歌的形式因素，但是一旦把"真的感情""心情"作为民歌的根本特质时，他肯定文学应以白话为基本的形式，但并不以为所有的白话文学都是好的文学，在民歌中也有粗俗的、技巧笨拙的劣等品，所以周作人不像胡适那样满怀激情地肯定白话文学语言形式的巨大意义，而是特别重视民歌的真挚与诚信。他说："民歌的最强烈最有价值的特色是它的真挚与诚信，这是艺术品的共同的精灵。古特生说民歌作者并不因职业上的理由而创作，他歌唱，因为他是不能不唱……但他的作品，因为是真挚地做成的，所以有那一种感人的力，不但适合于同阶级，并且能感及较高文化的社会。这个力便是最足够供新诗汲取的。"[2]由此看，在新文学与民间文学的关系中，胡适主要强调语言上的明快、朴素、生动，周作人强调的是内在的情感的"力"，并且这个"力"与各个阶级相通，那么，这个"力"是什么呢？他在《人的文学》一文中，引用美国世纪诗人勃莱克的话说，"力是唯一的生命，是从身体发生的。理就是力的外面的界"，"力是永久的娱乐"，认为这话"很能说出灵肉一致的要义。我们所信的人类正当生活，便是这灵

---

2　参见《歌谣》第 6 号，1923 年 1 月 21 日。

3　周作人：《自己的园地》，《歌谣》第 16 号 8 版，1923 年 4 月。

肉一致的生活",也就是"爱人类的""个人主义的人间本位主义"的生活态度。显然周作人对民间文学与文化的理解与认识，是与他的"人的文学观"联系在一起的，从这样一种知识分子启蒙主义的"人学观"出发，他在充分肯定民间文学的"真挚与诚信"时，对民间文学与文化中所体现出的"非人"的因素，便持一种激烈的批判态度。这一点胡适与周作人有很大的差异。胡适从白话语言的角度，对《水浒传》《三国演义》《红楼梦》《西游记》都给予极高的评价，认为是伟大的白话小说，周作人则认为从"人的文学"的角度看，中国文学中极少有"人的文学"，从纯文学上举例，他举了十类中国文学中不好的作品，其中就有《西游记》和《水浒传》。他说人的文学和非人的文学区别在于"一个严肃、一个游戏。一个希望人的生活，所以对于非人的生活，怀着悲哀或愤怒"[1]。从这样的角度，他也不认为所有的白话文学都是好的作品，贵族文学也未必都是坏的作品，对于民间文学及民间文学中所体现出来的民间文化形态也是这种态度。

周作人一方面肯定了民歌原是民族文学的根基，对于民族诗的发展有重要的意义，另一方面，他又认为民间的文学作品存在着许多问题，无论从形式和思想上都不能使我们感到满足。他从一张包布的纸上发现了一首民歌。[2]他说这首歌与许多的剧本山歌相同，都是以七言为基本形式，因此多成为拙笨单调的东西。在谈到猥亵歌谣时，他也说："民间的原始道德思想本极简单不足为怪，中国的特别的文字，尤为造成这种现象的大原因。久被藐视的俗语，未经文艺上的运用，便缺乏了细腻曲折的表现力。简洁高古的五七言句法，在民众诗人手里又极不便当，以致变成了那种幼稚的

---

1　周作人:《人的文学》,《新青年》第 5 卷 6 号, 1918 年 12 月 15 日。

2　周作人:《民众的诗歌》,《晨报》副刊, 1920 年 11 月 26 日。原文为: "要把酒字免了去, 若要请客不能把席成。要把色字免了去, 男女不能把后留, 逢年过节谁来把坟上。要把财字免了去, 国家无钱买卖不周流。要把气字免了去, 众位神仙成不能。吃酒不醉真君子, 贪色不迷是英豪。"

文体，而且将意思也连累了。"[1] 周作人不仅对于部分民歌的文学形式表示不满，而且从思想内容上也对其提出了批判，从他所发现的那一首诗里，他看到了中国绝大多数人的思想——"妥协、顺从，对于生活没有热烈的爱着，也便没有真挚的抗辩"，"倘若有威权出来一喝，说'不行'，我恐怕他将酒色财气的需要也放弃了，去与威权的意志妥协，因为中国的人看待生活太冷淡，又将生活与习惯并合了，所以无怪他们好像奉了极端的现实主义生活着，而实际上却不曾热烈的生活一天"。[2] 这显然是周作人从"人的文学"的启蒙知识分子立场对民间文学中所体现出的民间文化及人生态度的严肃批判。从社会的角度，周作人看到了民间社会中的"非人"的生活境遇，也看到了民间社会被"威权"的主流意识形态所控制而表现出来的奴性与驯从。因而他以"启蒙"的立场，呼唤"人"的文学的诞生。但这并不意味着他对民间文学与文化的全部否定，这一点在前已有论述。他从民间文学中，仍然看到了与现代启蒙意识及文学相通的那种现代性因素。

从文学的角度看民间文学及其所体现出的民间文化形态，周作人所采取的是一种"二元"批判态度，那么从学术的或者历史的角度来看民间文学与文化时，周作人的思想又是怎样的呢？在这一层面，他又涉及了哪些重要的问题呢？

## 二

周作人始终认为对民间文学及所体现出的文化形态，应有学术的、历史和文艺的、道德的两种态度的分别。从文艺或道德的方面说，他对民间持二元态度，这种二元态度体现着一个启蒙知识分子对新文学、新文化建设的热烈渴望和试图从民间中寻找精神资源的深切思考。而从学术或历史角度，周作人认为无论如何粗鄙或不道德的文学都应加以收集，都可以

---

1　周作人：《猥亵的歌谣》，《歌谣》纪念增刊，1923 年 12 月 17 日。

2　周作人：《民众的诗歌》，《晨报》副刊，1920 年 11 月 26 日。

作为研究的资料。其研究目的主要体现为两个方面：一是民俗学的，二是文艺的。正如他自己所说："神话不但在民俗研究上的价值很大，就是在文艺方面也很有关系。"

从学术的、民俗学的角度去研究民间文学与文化，周作人所涉猎的范围非常广泛，神话研究尤为重要。他曾说："我是一个嗜好颇多的人……我也喜欢看小说，但有时又不喜欢看了，想找一本讲昆虫或是讲野蛮人的书来看。但有一样东西，我总喜欢，没有厌弃过，而且似乎足以统一我的凌乱的趣味，那就是神话。"[1] 在周作人看来，神话不仅能让我们看到当时社会上的思想、制度、风俗和信仰习惯，而且在文学上有其独立的存在价值，因为它真诚地表现出了人的质朴的感想。如人性没有根本的改变，无论内容形式如何奇异，一样是能感动人的，所以我们不能以科学的知识去攻击神话的虚假和迷信，而应在迷信、虚假中发现美。对于童话，周作人所持的观点与神话基本相同。由此，周作人不仅研究了神话研究的学派，神话、童话的起源及其特点，而且认为神话、童话、传说、民歌等是民族文学的根基，他认为童话可分为民间童话与文学童话两种，前者是小说的化身、抒情与叙事法的合作。从民间流传的神话、童话、传说等内容中发现与个人的文学创作之间的关系是周作人民间文学与文化研究中一个应该引起重视的内容，因为任何一个时期、一个民族的文学发展过程，都不可以与民族的、本土的、民间的精神割断联系。他在《神话的趣味》一文中，讲了天狗吃月这类的传说，当天狗正吃月时，家家击锣打鼓，以为把天狗惊跑了，月亮就能复圆。从前的人很相信月真的被天狗吞吃了，所以便造出许多的神话来，流传至今犹为乡俗。又讲中国小说如《聊斋》里面记载鬼狐的故事很多，并且相信人也可以变成狐狸精。在这里周作人就说出了一个极为深刻的文学现象，传说变为乡俗，成为一种文化现象，又体现在其后

---

1　转引自苏雪林：《周作人先生研究》，《青年界》，1934 年 12 月。

的文学创作中，从而形成了一个民族的文学的独有风格和特点。在《抱犊固的传说》中，他还讲了绍兴城内"躲婆弄"的来历和贺家池的传说，接着认为"这些故事，我们如说他无稽，一脚踢开，那也算了，如若虚心一点仔细检察，便见这些并不是那样没意思的东西，我们将看见《世说新语》和《齐谐记》的根芽差不多都在这里边，所不同者，只是《世说新语》等千年以来写在纸上，这些还在口耳相传罢"[1]。周作人对民间文化与文学创作的这种关系虽没有明确的文艺或道德上的价值判断，但却指出了民间文化与文学作品之间的深层联系。

周作人在他的民间文学与文化研究中，还谈到了民间信仰与民间道德、人格行为、思想、文学之间的关系。在谈到神话和童话的起源时就认为："童话（广义的）记得最早，在'图腾'时代，人民相信灵魂和魔怪，便据了空想传述他们的行事，或者借以说明某种的现象。"[2]指出了信仰对于民间文学与文化的形成所起的重要作用。更重要的是他从民间信仰的角度，指出了民间社会与文化所存在的问题。他认为流行于中国民间的信仰是道教，所谓的道教不是指老子的道家者流，乃是指有张天师做教主，有道士们做祭司的，太上老君派的拜物教。在没有士类支撑的乡村，这个情形更为明显。"因为相信鬼神魔术奇迹等事，造成的各种恶果，如假皇帝、烧洋学堂、反抗防疫以及统计调查、打拳械斗、炼丹种蛊、符咒治病等等。"[3]还有就是相信"命"与"运气"，人相信命，便自然安分，不会犯上作乱，却也不会进取。周作人认为这种民间的道教信仰实在是社会改革的最大阻力。他从民间信仰看到民间社会的愚昧、麻木与盲从形成的原因，这是五四时期极为深刻和独特的一种认识。当五四新文学的同仁们高扬"反儒"的旗帜时，他却从民间的角度看到"道"的危害，这也就难怪他把与这种道教思想相

---

1  周作人：《抱犊固的传说》，《语丝》第 16 期，1925 年 3 月 2 日。

2  周作人：《神话的辩护》，《晨报》副刊，1924 年 1 月 29 日。

3  周作人：《乡村与道教思想》，《语丝》第 100 期，1926 年 10 月 9 日。

关的迷信鬼怪书类《封神榜》《西游记》等，神仙书类《绿野仙踪》等，妖怪书类《聊斋志异》《子不语》等，奴隶书类"甲种主题是皇帝状元宰相，乙种主题是神圣的父与夫"等，通通看作是妨碍人性的生长、破坏人类的平和的东西，"该排斥"。[1] 这里典型地体现出了周作人对民间文化以及体现这种文化的文学作品的批判。由此我们也看到了民间与文学之间的一种非常复杂的关系。从社会学或民俗学的意义上看民间，民间是藏污纳垢、美丑并存、善恶交织的，当这一民间在文学作品中呈现出来的时候，就价值取向上看，有的就如周作人所说是一种"非人的文学"，有的则具有人的文学的特点。因此，在民间理论研究中，绝对不能把社会学的"民间"与文学的"民间"等同起来，而应加以区别。

周作人在为刘经菴所编的《歌谣与妇女》一书所写的序中说："中国妇女向来不但没有经济政治上的权利，便是个人种种的自由也没有，不能得到男子所有的几分，而男子自己实在也还过着奴隶的生活，至于能爱的权利在女子自然更不必说了。但是这种种不平不满，事实上虽然很少人出来抗争，在抒情的歌谣上却是处处无心的流露，翻开书来即可明了地看出，就是末后的一种要求，我觉得在歌谣唱本里也颇直率地表示着。这是很可注意的事。"[2] 在此周作人敏锐地看到了"文学的民间"所呈现出来的不同于"事实的民间"的特点，"文学的民间"里不仅有对不平不满的宣泄，也直率地表示着对爱的自由的向往。这是人心中真挚情感的表现。周作人在歌谣中看出蛮风古俗、民间儿女的心情、家庭社会中种种情状的同时，也看出了事实民间中很少有这种声音，恰恰是从审美的角度指出了民间歌谣的价值所在。五四时期大部分民间文学的现代知识分子也正是从启蒙的立场上看到了民间这种个性自由的生命追求，从而把其纳入新文学建设的过程中，构建新文学的现代性品格。

---

1　参见周作人：《人的文学》，《新青年》第5卷6号，1918年12月15日。

2　转引自刘经菴编：《歌谣与妇女》，《燕大周刊》第82期，1925年10月7日。

五四时期，周作人的民间文学研究还有一个重要的方面就是对于儿童文学的研究，他从 1910 年左右开始搜集儿歌并发表了大量儿童文学方面的研究文章，对中国现代儿童文学的发展做出了开拓性的贡献。他的贡献不仅在于探讨了儿童文学与成人文学的相同和差异以及其基本特色，更为重要的是提出了把儿童看作"完全的个人"，认为儿童在生理心理上虽然和成人有所区别，但有他自己内面和外面的生活，所以不应该像以前一样，不是将他当作缩小的成人，拿圣经贤传尽量灌输下去，就是把他当作什么都不懂的小孩，一概不理。这种以儿童为本位的文学观，鲜明地体现着他的"人的文学"思想。正如郭沫若所说："儿童文学无论其采用何种形式（童话、童谣、剧曲），是用儿童本位的文学，由儿童的感官可以直溯于其精神的堂奥者，以表示准依儿童心理所产生之创造的想象与感情之艺术。"[1] 周作人正是从这种儿童本位文学观的立场出发，提出了儿童文学的价值及其对儿童教育的方法和对儿童文学作品的要求。

周作人民间文学与文化的研究还涉及谜语、笑话等各个方面，到 1930 年，他直率地承认，自己的观点已经改变，民间的即兴，全在于将因袭的陈言很巧妙地结合起来，这与真诗人的创作相去甚远。[2] 这种转变所留给我们的思考，留待日后再做探讨。

## 三

通过如上五四时期周作人对民间文学、文化的论述，我们看到周作人是从文学的整体意义上来看待民间文学与文化，他只是把民间文学看作是文学的一种类别，他虽然从学术的层面上论述了民间文学各自不同的问题特征及其文学史的意义，但从新文学建设的角度，他所寻找的是文学共同

---

1 郭沫若：《儿童文学之管见》，郭沫若：《〈文艺论集〉汇校本》，黄淳浩校，湖南人民出版社，1984 年，第 197 页。

2 参见周作人：《重刊霓裳续谱序》，《看云集》，上海开明书店，1923 年。

的东西，他对于民间文学肯定的方面也是整体的文学所必须具有的真挚与诚信以及以人为本的信念，由此他对胡适提出的以民间文学对抗贵族文学的思想持怀疑态度，因为在他看来，民间文学与贵族文学都各自带着普遍性的人类文化价值，都可以成功地表示人类的真情实感。对于那些不能成功表达人类情感或所表达的内容与其"人的文学"相背离的民间文学作品则持批判的否定态度，这就必然带来他对民间及其文化形态的二元态度。

周作人对中国民间文学及其文化形态的研究是在世界性的范围内展开的，他的许多观点都与国外的民间文学研究者相联系。他自己在《我的杂说》中所提到的就有安特路朗、弗雷泽、威思武玛克等。他研究的对象也不仅仅局限于中国的作品，古希腊神话也是其重要的研究内容。正是有了这种世界性的眼光，他才特别重视民间文学与文化形态的研究，正如他自己所说："中国现代的文艺的根芽，来自异域，这原是当然的，但种在古国里，吸收了特殊的土味与空气，将来开出怎样的花来，实在是很可注意的事。希腊的民俗研究可以使我们了解希腊古今的文学。若在中国想建设国民文学，表现出大多数民众的性情生活，本国的民俗研究也是必要的，这虽然是人类学范围内的学问，却于文学有极重要的关系。"[1] 这也正说出了"五四"现代知识分子对民间文学及文化富有热情的根由，因为民间与民族文学的产生是密切联系在一起的。

---

1　周作人译：《在希腊诸岛》，《小说月报》第 12 卷 10 号，1921 年 10 月 10 日。

# 第四章

## 大众化与民间<sup>*</sup>

民间文化形态与政治性、革命性的意识形态联系在一起，并成为一个时期文学的主要内容，是在中国现代知识分子价值转向过程中产生的，它直接与早期共产党人李大钊为代表的"到民间去"、实现社会改造的政治理想联系在一起。在五四时期以鲁迅、周作人、胡适、刘半农等人为代表的文化启蒙思想，随着中国现代社会的发展发生了重大的变化。中国现代社会的发展是充满了矛盾和悖论的。从历史的发展逻辑来说，五四思想启蒙运动的完成直接导致社会制度的变化，但是在国内外各种力量的冲突和碰撞中，却在启蒙还远远没有完成的条件下，便急剧地转入了社会政治革命的进程中，五四思想启蒙运动的落潮必然导致现代知识分子价值取向和立场的转换，正如郭沫若所说："我们没有这样的幸运以求自我的完成，而我们又未能寻出路径来为万人谋自由发展的幸运，我们内部的要求与外部的条件不能一致，我们失却了路标，我们陷于无为，所以我们烦闷、我们倦怠、我们漂流，我们甚至常想自杀。"<sup>1</sup>在这种情形之下，如何摆脱历史追求不能实现的危机感，新的人生目标又在何处，就成为现代知识分子在当时所面临的严峻的现实人生选择。这种选择对于在五四文化背景下成长起来的知识分子而言是痛苦而又悲怆的。个人文化背景和人生理想的不同，其选择的道路也就有所差异，也交织着不同立场之间的冲突和斗争，但从整

---

\*　原载《社会科学》2003 年第 6 期。

1　郭沫若：《文艺论集续集》，人民文学出版社，1979 年，第 7 页。

体而言，大部分"五四"知识分子的立场还是发生了重大的变化，这就是从文化的、启蒙的立场向政治的、革命的立场转换，这一转换过程中，李大钊倡导的"走向民间"并改造民间社会的政治理想与现实政治斗争之间的关系日益密切，许多知识分子在人生道路的选择过程中，都意识到要实现中国社会的改革，首要的问题就是要到"民间"去，唤醒民众，使社会革命的目标得以完成。

在这样一种历史背景下，民间文化形态更多地与倡导革命文学以及激进的左翼知识分子联系在一起，并进一步体现在 20 世纪 30 年代大众化问题的讨论过程中，并与"群众""平民""受压迫者""阶级"等概念密不可分，而在"新月派""第三种人"的文学活动中，由于这些概念所含有的文化意义、审美取向与其艺术原则之间的不协调，则很少被论述。显然，在 20 世纪 20 年代中期直至 30 年代，民间文化形态的意义引起重视，成为文学表现的重要内容，主要是由文学之外的社会力量所作用，进而和文学发生关系的。特别是文艺大众化问题的提出，由于"大众"与"民间"的某种同义关系，使民间文化形态在文学中的意义变得更加突出。那么，由于政治作用而使现代作家意识到的"大众"的"民间"，给文学带来了什么样的景观？它与现代知识分子之间是一种怎样的关系，又有什么样的特点呢？对于这些问题，简单的二元判断是难以说明的，这一时期理论的简单化和创作的丰富性之间的差异，带来了许多复杂的问题。在论述这些问题之前，我们首先对现代知识分子立场转换，与"民间"相关的问题做一分析。

一

在这一时期的"民间"为什么更多地与革命文学作家和激进的左翼知识分子联系在一起呢？这是因为在他们看来，乡村民间文化形态的承担者——农民——是实现社会革命和政治理想的重要力量，他们认识民间、理解民间并艺术地表现民间的所有动力都来自社会政治革命的理想，因此，他们的民间观与胡适、周作人、鲁迅等启蒙者的民间观有着重大区别，而与李大钊的民间观有着前后承继关系。五四时期倡导"到民间去"的李大钊在《青年与农村》一文中，认为中国是一个农民占劳动阶级人口绝大多数的国家，农民的境遇就是中国的境遇，唯有解放农民才能解放中国。"许多二十年代有名的报刊如《晨报》副刊、《努力周报》等都登载过'到民间去'一类的文章，提倡青年学生投身到乡村改革的洪流，担负起教育农民的义务。"具体一点说："首先，我们必须依靠我们的双手，运用讲演的风格和白话小说的形式去编辑通俗小册子……其次，我们必须依靠我们的口，使用浅显易懂的语言去教育农民。再次，我们必须依靠我们的双脚，不畏艰苦，到乡村去，认真研究乡村的形势，发现农村社会的弱点，寻找合适的方法去纠正他们的不是，尽量鼓励他们发扬自己的长处。"[1] 从知识分子与民间的关系的角度而言，这一时期郁达夫的思想和立场是值得重视的。郁达夫也和李大钊一样，特别重视农民，与创造社的其他作家有所区别。创造社其他人在由启蒙文学向革命文学的立场转换过程中，提出"到民间去""做第四阶级的代言人"等理论主张时，对中国社会的复杂情况是缺少了解的，只是简单地要求要有"革命""阶级"的意识，传达出第四阶级的声音。"民间"在他们的视野中是一个空洞、缺少实际内容的概念。郁达夫则不同，他认为："十六年来的革命得到的是什么？草菅人命，连帝国主义国家都有的言论、出版、集会和结社的自由都没有。一方面，租税未经人民的同意，负担却反而加重了，另一方面，人民却无从参与到政治中去。"[2] 由此，郁达夫认为组成我们社会的分子中，农民阶级占了大多数，中国政治社会的堕落与农民对于政治的不关心有关，进而要唤醒民众，提倡农民

---

1　洪长泰：《到民间去》，上海文艺出版社，1993 年，第 21 页。

2　转引自铃木正夫：《郁达夫：悲剧性的时代作家》，李振声译，广西教育出版社，2000 年，第 37 页。本章在写作过程中，所涉及的有关郁达夫的资料，均引自该书，以下不再注明。

文艺，在《农民文艺的实质》一文中，郁达夫对农民文艺在农民运动和农村革命中的效用做了阐明，接下来对农民文艺的内容做了如下解释：第一，是从客观立场上陈述农民生活状态如何朴素、如何悲惨的文艺；第二，是为农民申诉、为农民呐喊、在主观立场上完全是为农民而创作的文艺（因而，是与农民及农民生活有着密切关系者所写的正宗的农民文艺）；第三，是与资产阶级的都市文艺相对立的、具有地方色彩的农民文艺；第四，是使得农民自觉、得到启发的知识文艺。

郁达夫对于农民文艺的提倡显然与郭沫若等人不同，并不是仅仅在文学观念上求得阶级性的飞跃变化，而是从政治革命的理想出发，把乡村民间文化形态的体现者——农民，纳入自己的文学视野，通过替农民代言的农民文艺的创作，唤醒农民自觉的革命意识。为此，他于1927年9月创办《民众》杂志，《民众》停刊后，又在现代书局里创办了《大众文艺》月刊，在创刊号上的《大众文艺的释名》中认为文艺应该是大众的东西，并不能如有些人所说，应该将它局限隶属于一个阶级的，并认为："文艺是大众的，文艺是为大众的，文艺须是属于大众的。"这家后来成为左联机关刊物的《大众文艺》，在第二卷第三期上提出了"文艺大众化的诸问题"，并引起了30年代关于文艺大众化问题的讨论。由此看来，郁达夫这一时期所形成的对于乡土民间文化形态的认识，与后来左联时期的一些文学主张是一致的，他所认为的描述"农民的生活状态、为农民代言、给农民以启发的、具有地方色彩的"农民文艺，不仅在思想、情感上与民间接近，而且在审美方面也应有民间的、地方的色彩。

郁达夫的这种立场，虽然强调了文学与民间文化形态之间的关系，意识到了农民作为民间文化形态的体现者的力量以及审美意义，但仍然没有放弃启蒙的责任，只不过启蒙的内容发生了变化——由人性的、个性的、文化的启蒙转向了阶级的、政治的、革命的启蒙。这种从政治革命立场上对民间的亲近，在瞿秋白的理论中体现得更为明显和激进。瞿秋白的文学活动是与他的社会革命活动联系在一起的，文学是他从事社会斗争的工具，因此，他要求文学服务于"群众""平民""被压迫的苦难者"，瞿秋白所说的这些概念并不仅仅是指农民，更重要的是指城市中的下层劳动者（对于以农民为代表的乡村民间和以市民为代表的市民民间在此不做详细的论述，我所注意的是这些理论家表现出的"民间"倾向）。为此，他对于"人道主义"与"自由知识分子的文学"进行了猛烈的抨击，对于"新月派"以及茅盾《三人行》等作品中所表现出的"小资产阶级意识"也进行了批判，他认为："一切封建余孽和资产阶级的意识，应当要暴露，攻击……这是文化革命的许多重要任务中的一个。在这个意义上说，五四运动的确有'没有完成的事业'，要在新的基础上去继续彻底地完成。然而谁来完成呢？这是'被压迫者苦难者'群众自己的文化革命。"[1] 瞿秋白的这一思想，可以说是左翼文学理论中的重要观点。与这一文学观念相关的文艺的阶级性、作用等问题暂且不论，仅就知识分子和大众之间的关系而言，不管是郁达夫所说的"农民"，还是瞿秋白所讲的"群众""平民"，都与底层的民间社会有着深层的联系，在某种意义上甚至可以说是"民间"的代名词。虽然这些现代知识分子对"民间"的理解，在内涵上有所不同，但都表现出了强烈的深入民间、理解民间的倾向。那么，这一"民间"带来了对文学怎样的理解呢？

## 二

对于倾向社会革命的现代知识分子而言，在这一时期都认为文艺是有阶级性的，艺术价值不是独立的存在，而是与政治的、社会的价值联系在一起。简单的艺术，只要是强有力的简单的艺术，能够感动多数的简单的大众读者，也就构成了它应当有的艺术价值，如连环图画之类是可能发展

---

1　瞿秋白：《瞿秋白文集》二卷，人民文学出版社，1953年，第300页。

为较高级的艺术，并且一切大众艺术的价值到底是不能抹杀的。所以他们主张艺术必须深入大众，拥有大众乐于接受的形式。正如南帆所说："这是启蒙主题的延续，也是革命任务的迫切要求，许多理论家不约而同地谈到了方言、民谣、短剧、绘图本小说、漫画、木偶戏、连环画这些活跃于民间的艺术形式。"[1]并且掀起了轰轰烈烈的大众文艺问题的讨论，这次讨论的实质是用什么样的文艺形式来传播革命的观念，瞿秋白就认为："革命的大众文艺问题，是在于发动新兴阶级领导之下的文化革命和文学革命。忽视这种资产阶级民权主义的任务——正是以前革命的文学空谈大众文艺和文艺大众化，而没有切实斗争的最大原因。"要建立这种革命的大众文艺，必须要有一种新的语言，这种语言是属于大众的自己的语言。这种观点的确立，是以对"五四"以来的白话文学及其欧化倾向的否定为前提的。瞿秋白在他的文章中不止一次地表述过这一看法。他认为："中国的绅商阶级虽然已经是现代式的阶级，却仍旧带着等级的气味，他们连自己大吹大擂鼓吹着的所谓白话，都会变成一种新文言，写出许多新式的诗古文词——所谓欧化的新文艺。"这种文学是"只能够看的懂得人消遣消遣。只看不听，只看不读——所创造出来的：不是文学的言语，而是哑巴的言语；这种文学也只能是哑巴的文学"。所以他主张用平民小百姓的"活人"的话来作诗。"平民小百姓的真正活的语言正在一天天的丰富起来，如果平民自己能够相信自己的力量，脱离一切种种死人的影响，打破一切种种死人的艺术上的束缚，那么我们就一定能创造出平民的诗的语言。"[2]瞿秋白所强调的这种不同于"五四"以来的"大众语言"的"活的语言"，显然是一般平民百姓能够听得懂、说得出的语言，这样一种用平民百姓活的语言所创造的大众文艺，与五四时期所倡导的"人的文学""平民的文学"有什么不同呢？五四时期的"平民文学"是以人为本位的启蒙文学，而大众文艺却是以革

---

1 南帆：《民间的意义》，《文艺争鸣》1999 年第 2 期。

2 瞿秋白：《瞿秋白文集》一卷，人民文学出版社，1953 年，第 254、260、292 页。

命为本位的政治文学，其语言是以口语为主的、老百姓能听懂、能朗诵的文学形式，换句话说，大众文艺就是用通俗易懂的语言来传播革命的道理，显然民间文化形态在政治力量的作用下，进入现代知识分子思想范围时，民间的语言及其艺术审美形式同样引起了他们浓厚的兴趣。

那么，这种"大众口语"是什么样的语言呢？据瞿秋白的意见："在五方杂处的大都市里面，在现代化的工厂里面，他们的语言事实上已经在产生着一种中国的普通话（不是官僚的所谓国语）……这种大都市里，各省人用来互相谈话演讲说书的普通话，才是真正的现代中国语。至于革命的大众文艺，尤其应当从运用最先进的新兴阶级的普通话开始。"（这个"新兴阶级"并不是农民阶级，但包括了农民的成分，那些从农村进入城市的农民就构成了这个阶级的组成部分。但对这样一个群体的重视则有可能引起作家对包括农民在内的大众的重视，许多左翼作家的创作都以乡村民间为表现内容就证明了这一点）而茅盾则提出相反的意见，认为现代的大都市里并没有现代的普通话，在目前还是可以用白话来写大众文艺。鲁迅的意见与茅盾相似，他认为："现在的有些文章觉得不少是'高论'，文章虽好，能说而又不能行，一下子就消灭，而问题却依然如故。""现在能够实行的，我以为是：（一）制定罗马字拼音（赵元任等'国语罗马字'太繁，用不来的）；（二）做更浅显的白话文，采用较普遍的方言，姑且算是向大众语去的作品，至于思想，那不消说，该是'进步'的；（三）仍要支持欧化文法，当作一种后备。"鲁迅在这里实际上批评了大众化讨论中出现的激进的、"左"的脱离文学创作实际的片面的"宏论"，文学的语言是不能也不可以完全以口语来创作的，所以"文章一定应该比口语简洁，然而明了，有些不同并非文章的坏处"[1]。虽然，在这一时期，现代作家对于"大众语"的理解有分歧，但知识分子的精神世界已经与"民间"产生了不同于五四

---

1　鲁迅：《答曹聚仁先生信（一九三四年八月二日）》，《鲁迅全集》6卷，人民文学出版社，1981年，第77页。

时期的一种联系却是事实，知识分子不仅意识到了民间社会所存在的社会革命力量，而且意识到了民间的语言、艺术对文学的创作的意义所在，当然这种联系是以革命而非启蒙为纽带产生的。这样就有一个问题值得我们进一步思考：知识分子在文学创作中是怎样想象民间，又是怎样想象自己的呢？在这里我们可能会更明晰地看到民间、政治、文学之间的关系及民间对于文学的意义所在。

三

知识分子的"想象民间"和"民间想象"是有区别的。"想象民间"是知识分子从自身角度对民间的想象，包含着知识分子自身对民间的认识、感悟与理解；"民间想象"则更多地体现出依据民间自身的文化特点、心理逻辑对于生活的想象。在 20 世纪 30 年代的文学创作中，由于"民间社会"成为众多知识分子关注的对象，文学的"民间"色彩也就变得比五四时期更为浓郁，由于这一时期知识分子对民间理解、认识的差异，想象民间也就有了不同的方式。

首先，从革命文学到左翼文学的现代知识分子是如何想象民间的呢？这一提问本身就包含着一个想法——这些知识分子对于"民间"的理解是从自身的一种需要和观念出发去理解民间的。丁玲在 1931 年发表的《水》被认为是"普罗文学"的重大突破，冯雪峰在评价《水》时认为有三个重要特点："第一，作者取用了重要的巨大的现实题材；第二，在现象的分析上，显示出作者对阶级斗争的正确的坚定的理解；第三，作者有了新的描写方法……不是个人心理的分析，而是集体的行动的展开。"这三个特点表明丁玲对乡村民间的想象是从先验的观念开始的，民间主要是承担其政治思想、激情的场所。在这样一种想象民间的过程中，这些知识分子为了革命和宣传，把艺术的功利价值看得高于艺术的审美价值，《水》在艺术上所出现的叙述粗糙、人物缺少个性的缺点也证明了这一点。换句话说，这些知识分子对"民间"的呼唤和重视，并不是出于艺术和审美的需要，而是宣传政治革命思想的需要。当宣传成为作品的主要目的时，民间文化形态作为艺术的精神资源也就成为次要的或根本就不被重视的内容。这也正是这一类型的作品在后来的文学史研究中遭到非议的主要原因。有的论者把这一时期作品的艺术质量不高归因于"作家走向大众、民间"的结果，实在是一种误解，因为"民间"在这些知识分子的眼中是阐释政治思想的符号，而不是真正的民间本身。

虽然倡导大众化的知识分子有着鲜明的政治化倾向，但由此"民间"的魅力却被他们所意识到，并在创作中带来了新的审美因素，特别是那些对农村生活有着切身体验的作家，民间文化形态所蕴含的地域色彩和特殊的文化内蕴都给他们的小说带来了生动的艺术力量。沙汀小说沉闷、阴暗的色调中透露着民间生存的残酷和世态人情炎凉；吴组缃于细腻、冷静中写出破败农村的真相；极富浪漫色彩的艾芜在《南行记》里塑造了各色各样具有特殊命运的流民形象，这些下层人充满苦难、甚至被扭曲变形的生活里，一种原始的、野性的生命力量呈现出民间世界的丰富、驳杂。如上这些左翼作家，观察、思考民间的立场虽然是政治性的，但民间的因素——特别是作家与民间的深层联系而生成的情感以及民间生存欲望的特殊追求方式，都带来了政治宣传本身所涵盖不了的内容，为了更具体地说明这一问题，不妨对艾芜的《山峡中》做一详细分析。

《山峡中》的作者艾芜，曾怀着"劳工神圣"的信仰，漂泊于西南边境和东南亚各地。这篇小说的叙述视角是知识分子，但却有着民间的情感和立场，他对生存于社会边缘地带的流民、强盗的描写有着丰富的复杂和善恶交织、美丑相伴而生成的艺术的深邃。生存于荒凉、野蛮、残酷环境中的这些强盗，没有任何意识形态色彩的生存欲望是其根本，他们对于官兵的仇视、对外来人的拒绝都是为了生存的安全。他们杀人越货，让江水吞没同伴也是为了生存的需要，在这样有着野蛮、强悍的民间一隅，我们却看到了野猫子柔情似水、善良诚挚的美好心灵，洋溢着自由的生命精神和对于美好事物的追求。这样一个民间的艺术世界，在"五四"以来的小说中是很少出现的。蹇先艾的《水葬》曾写一小偷为生存需要偷盗时，被人抓住处以极刑，虽然也写到小偷的柔情和精神的不屈，但更重要是以此反衬看客的麻木、愚昧、冷酷。

20世纪30年代，现代知识分子对于民间文化形态的重视，其影响并不仅仅波及左翼知识分子，更重要的是像老舍、沈从文这样一些来自民间的作家，通过民间文化形态表达了自己对于人生的思考和追求。民间对于他们而言，并不仅仅提供了艺术想象的资源，更重要的是带来了他们思考社会、人生的一个新的角度。他们并不像左翼作家那样，从社会革命的角度去理解民间文化形态的价值，而是从民间的角度去寻找精神的栖息地，去思考文学的意义到底在哪里。沈从文"了解到他的乡土文化具有人类的普遍性，并且比他所要推翻的专制儒家更有生命力。通过扩展文化来兼容民间的知识和经验，新文化赋予了中国的'部落人'以聪明和创造性之称。在与潜意识相关的民歌和艺术方面，后者或许是名列前茅。沈从文曾为北京总忘不了他的外乡出身而忧虑，不过这反倒增强了他赋予其乡土背景以现代意义的决心"，"鼓舞着追随自己的天赋去赞颂家乡的神话、习俗及原始的仪式，而不是对他们进行贬斥"。[1]老舍判断是非的标准始终有一个民间的立场，看一件事情的意义，并不在于是否具有意识形态的政治意义，而是在于是否对平民百姓有益。《骆驼祥子》就始终在对底层百姓的不幸命运的描述中，思考着个人与社会之间的关系，他并不是从启蒙批判的立场上来贬斥祥子的落后，而是写这一活生生的生命，怎样一步步被损害、堕落的悲剧，这一民间立场同样构成了对社会、文化的批判。

由此引起我们思考的一个问题是知识分子与启蒙、民间的关系。启蒙

---

[1]　金介甫：《沈从文乡土文学在现代中国文学中的运用》，徐新建译，《中国比较文学》1999年第2期。

是现代知识分子向西方文化寻求真理的一次精神努力，其目的是让这种精神被民众所接受，如果这种精神不能形成相互之间的交流，仅仅成为知识分子自己的事，对于启蒙者来说就成为一个颇具悲剧意味的结果。先不说启蒙的功利目的能否实现，就启蒙文化系统来说，它也只有在与民间文化形态的相互参照中才有存在的意义，虽然两者的价值取向有所差异，但对于鲁迅、沈从文、老舍来说，都是致力于人的精神的重构和提高。由此看民间与启蒙都是知识分子精神生成的重要资源。

这一时期左翼知识分子对于民间和大众化问题的重视，导致的另一重要文学现象就是再一次激起了人们对民间文学、文化的热情，一个重要的标志就是在五四时期创刊的《歌谣》周刊，在停刊10年后再一次复刊。在此之前，中国诗歌会曾提出"歌谣化"的主张，强调"诗歌应当与音乐结合在一起，而成为民众歌唱的东西"。但由于对大众化的功利追求，这种对民间歌谣的艺术借鉴，并没有形成五四时期那种真正的艺术性创造，而呈现出"非诗的口号化"倾向。但歌谣的民间文化意义则在学术的层面上，得到了又一次深入的研究，并试图为大众文艺的建设提供范本。正如胡适在"复刊词"里所说："现在高喊'大众语'的新诗人要想做出这样有力的革命诗歌，必须投在民众歌谣的学堂里，静心静意的研究民歌作者怎样用漂亮朴素的语言来发表他们的革命情绪。"

在我们对大众化、民间文化形态与文学创作之间的关系做了如上分析后，可以看到这一时期的文学创作的确出现了以前文学创作所没有出现的一些新的文学因素，这种变化与左翼作家的倡导是分不开的，但是面对这一时期的文学仍然有两个问题值得进一步思考：其一，大众文艺的倡导者主张用平民百姓通俗易懂的艺术形式进行创作，但如上提到的优秀作品大多偏向于向外国小说学习，在语言上所沿袭的仍旧是左翼理论家所要反对的"五四"以来的白话语言，这种现象是否证明，大众化问题的讨论仅仅是理论上的倡导，民众话语权力仅仅在理论上被讨论，知识分子并没有对大众口语获得真正审美意义上的自觉。同时也是否说明"五四"以来的白话语言仍旧具有审美的生命力呢？这倒验证了鲁迅的说法："文章一定要比口语简洁、然而明了，有些不同，并非文章的坏处。""立论极高，使大众语悬空，做不得。"[1] 其二，左翼知识分子在倡导大众文艺时，是把文艺作为工具，把民间看作传播社会革命思想的场所，并要求自己成为"民众""平民""群众"的代言人，对他们自己来说，在精神上已经出现了某种微妙的变化，也就是相对于五四时期的启蒙姿态而言，已经转变为"阶级的一分子"。左翼知识分子对自身的这种想象，从社会革命的角度看是合理、进步的。但是为了这种进步放弃对社会、对人生的独特思考和体验，显然是违背艺术创作的审美规律的，因为审美总是与个人、主体密切相关，是"生命自身"的奥秘，而不是"集体""阶级"的思想能够替代的。大众文艺的倡导者在理论上固然存在着许多问题，但作家（特别是那些优秀的作家）由此意识到民间文化形态的存在并创造出的新的艺术世界已经与理论发生了很大的差异，这种差异正是民间对于文学的意义所在，是它消解或淡化了那些僵硬的政治宣传。如果说五四启蒙文学把民间文化形态纳入文学意义系统，使新文学的精神变得更加丰富，那么这时的民间则构成了对非文学因素的排斥，使文学成为"文学"，而不是宣传品。

---

1　鲁迅：《答曹聚仁先生信（一九三四年八月二日）》，《鲁迅全集》6卷，人民文学出版社，1981年，第77—78页。

# 第五章

# 民间形式·民间立场·政治意识形态<sup>*</sup>

　　1937 年抗日战争全面爆发后，中国社会的文化结构发生了重大的变化，其主要标志就是民间文化形态的意义和价值被置于重要的地位，不管是在国统区、沦陷区，还是解放区，民间文化形态以各种各样的方式和国家权力意识形态、知识分子精英意识发生联系，这种联系的方式是复杂的，"在国统区，知识分子的代表是胡风，他以犀利深刻的理论风格把新文化传统推进抗战的炉膛深处，同时又一再受到来自政治权力的压迫；民间文化则以通俗文学与抗日主题相结合重新焕发活力。在沦陷区，知识分子的代表是周作人，以被奴役的身份萎缩了新文化的战斗性；而民间文化形态则复杂得多，一方面它受到侵略意识的渗透，伪满政权曾利用通俗演义故事来宣传其民族的英雄史诗，或把通俗文艺作为侵略的宣传品，但同时也有些都市通俗文学曲折地表达出新文化与民间文化的合流。至于抗日根据地，知识分子传统因为王实味、丁玲等人的文章而受到清算，但民间文化则在抗日宣传的主旨下得到了倡导"[1]。在文化结构发生这种复杂变化的过程中，明显地看到民间文化形态开始转变为文化的主导性因素，如果说在五四时期的民间文化形态是在与启蒙文化形态的联系与冲突中，呈现出其有利于新文化、文学建设的意义，是部分而非整体地进入现代化文化的构建过程中，那么，这一时期的民间文化形态在抗战的影响下，成为一种与启蒙文

---

*　原载《当代作家评论》2002 年第 6 期。

1　陈思和：《民间的沉浮》，《陈思和自选集》，广西师范大学出版社，1997 年，第 12 页。

化相对应的、而非包含于启蒙思想系统中的文化形态，它把 30 年代大众化问题的讨论，由理论的倡导转入具体的社会实践的过程中，这种转化的动力来自何处？

从现实的层面上说，由于抗战的爆发，民族救亡的使命成为全体国民的责任，唤醒全体国民的民族救亡意识成为文化工作的中心。战争改变着一切关系，迫使作家走到了战斗的生活的原野中去，"十数年来作为中国新文化中心的上海，开始了新的酝酿，新的变化。在实际行动上，表现出了两种事实：一、回乡运动。在这一行动的口号底下，久居在上海租界里的作家，开始了分布与深入内地的移动，使文艺活动的范围更为实际、更为广泛的开展。二、参加战争。作家在这一号召底下，实践了实际的战斗生活，在战地建立了新的活动区域，开拓了新的生活领域"[1]。在作家与现实之间的关系发生这种重大变动的历史情景下，我们看到许多作家开始进一步地反思"五四"以来的新文学所存在的问题，正如老舍所说："现在我们死心塌地的咬定牙根争取民族的自由与生存，文艺必须深入民间，现在我们一点不以降格相从为正当的手段，可是我们也确实认识了军士人民与二十年来的新文艺怎样的缺少联系。"[2] 那么，如何在这新的历史变动过程中，确定文学与现实之间的意义关系呢？当民间文化形态成为文学的主导性价值取向后，其形态呈现出怎样的特点呢？理解这些问题，无法绕开这一时期关于民族形式问题的讨论、《讲话》的发表以及解放区赵树理、孙犁等人的文学创作。正是在这些事件的产生过程中，知识分子与权力意识形态、民间文化形态和五四启蒙文化之间的种种复杂性及其变化才能被我们认识。

一

1938 年 10 月，毛泽东在《中国共产党在民族战争中的地位》的报告

---

1　罗荪：《抗战文艺运动鸟瞰》，《文学月报》第 1 卷第 1 期创刊特大号，1940 年 1 月 15 日。

2　转引自罗荪：《抗战文艺运动鸟瞰》，《文学月报》第 1 卷第 1 期创刊特大号，1940 年 1 月 15 日。

中，提出了马克思主义在中国具体化的问题，要按照"中国的特点去应用它"，形成"为中国老百姓喜闻乐见的中国作风和中国气派"，把国际主义的内容和民族形式结合起来。毛泽东虽然是在政治范围内提出"民族形式"的问题，但对于身处抗战中的现代作家来说，却意识到了另外的问题：如何在现实关系的变动中，沟通与日益成为社会文化的重要力量——民间文化形态之间的关系？这一问题，在 30 年代大众化问题的讨论中，就已经表现了出来，郭沫若就认为民族形式不外是中国化或大众化的同义语。在1937 年至 1938 年 10 月之前，也有多篇讨论文学的大众化、通俗化以及利用"旧形式"的文章发表，其目的就是如何使文学与民众之间建立密切的精神联系。"民族形式"问题的提出，则进一步激发了作家在理论和实践上的思考。在这一问题的讨论过程中，民间文化形态的审美功能及包含其中的巨大现实力量，开始进入作家的精神世界，新文化传统出现了分化，"有坚持原来的启蒙立场而受到不同程度的挫折，也有慢慢地从自身传统束缚下走出来，向民间文化靠拢，如老舍、田汉等人的通俗文艺创作（国统区），如张爱玲、苏青等人的都市小说（沦陷区），又如赵树理等人向通俗文化的回归（抗日根据地）"[1]。战争给了民间文化蓬勃发展的机会，也提供了我们理解这一时期的文学理论与创作的一个基本视角。

正是在这样的背景下，向林冰提出了"以民间形式为民族形式中心源泉"的命题，他认为在民族形式的前头，有两种文艺形式存在着：其一，"五四"以来的新兴文艺形式；其二，大众所习见常闻的民间文艺形式，因为新质是"通过了旧质的自己否定过程而成为独立的存在"，所以"现存的民间形式，自然还不是民族形式"，"它的内部还包含着大量的反动的历史沉淀物"，"然而，在另一方面，民间形式由于是大众所习见常闻的自己作风与自己气派"，"而成为大众生活系统中所不可缺少的精神食粮"。"这

---

1　陈思和：《民间的沉浮》，《陈思和自选集》，广西师范大学出版社，1997 年，第 77 页。

样，民间形式一方面是民族形式的对立物，另一方面又是民族形式的统一物，所以所谓民间形式，本质上乃是一个矛盾的统一体，因而它也就赋有自己否定的本性的发展中的范畴，亦即在它的本性上具备着可能转移到民族形式的胚胎。"至于"五四"以来的新兴文艺形式，主要是借鉴了外来的形式，与普通大众相脱离，因此在创造民族形式的起点上，"只应置于副次的地位"，并根据其为大众所能欣赏的程度，"分别的采入民间形式中"。

　　向林冰这种否定五四新文化传统，主张民间形式为民族形式的中心源泉的观点提出之后引起了激烈的争论，胡风作为五四启蒙文化的代表，坚决反对向林冰的说法，他强调指出，"民间形式"作为传统民间文艺的形式，不能作为新的文艺民族形式所据以革新、发展的基础和起点，民族形式的创造只有适应于当代中国民族的现实斗争的内容时才涌现出来，民间形式在这里又能起借鉴或帮助作用，他还认为五四新文艺在实践和理论上不但和古文相对立，在民族形式的讨论中，所出现的这种截然对立的观点，表面上看是文学的形式问题，实质上则是两种不同的文化价值取向的冲突。"五四"以来的新文学虽然也与民间文化形态有着千丝万缕的联系，像老舍、沈从文这样的作家也有着民间的精神立场，但并未从整体上构成尖锐的精神对立，也就是说在知识分子与民众之间的关系上，民众是知识分子精神关照中的存在，然而抗战爆发后，民众成为抗战的主体力量，知识分子需要与民众融汇在一起，这必然就意味着原有的精神立场的转变，这种转变既是知识分子由启蒙向"民间"的转化，同时也包含着知识分子与权力意识形态之间的亲和关系，因为这时民间文化形态的意义呈现与权力意识形态对"民间"的重现密切相关，坚持知识分子精英立场的作家在否定民间形式的作用时，也必然与权力意识形态发生冲突，在解放区的王实味、丁玲等响应胡风思想的作家受到严厉的批判就是一个例子。在这里，我们看到了民间文化形态在抗战的历史中被唤醒后，与知识分子、国家权力意识形态的关系仍然是非常复杂的。像周扬、郭沫若、茅盾、何其芳等人，就试图从知识分子的精英立场来沟通启蒙文学传统与民间、权力意识形态之间的关系，周扬曾认为："五四的否定传统旧形式，正是肯定民间的旧形式；当时正是以民间旧形式作为白话文学之先行的资料和基础。"[1]他对"民间形式"的肯定，既是对新文学的民间性传统的肯定，同时又是对政治意识形态重视"民间"的认同。

在这一时期知识分子对民间形式与文学实践之间关系的种种不同理解和看法，并不仅仅是一个理论问题，如果在纯粹的理论范畴内讨论"民间"问题，民间形式与文学之间的密切关系自然是不能否定的。但是在现实的层面上来分析民间时，由于民间所承担的现实斗争任务，要求知识分子部分地放弃已有的精神立场去与民众结合，就必然造成"民间"对知识分子精神的压抑。这也正是被"五四"以来的大部分文学家所批评的向林冰的民间形式中心源泉论，在延安解放区则得到了艾思奇等人响应的原因。正如李泽厚在《记中国现代三次学术论战》[2]中谈到这一问题时，认为理解这一问题的关键在于当时中国的政治斗争形式。解放区在迅速地扩大，八路军新四军的力量飞速加强，中共领导下的农民和农村在开始着翻天覆地的变化。如何进一步动员、组织、领导农民进行斗争，成了整个中国革命的关键。从而，文艺如何走出知识分子的圈子，自觉地直接地为广大农民、士兵及他们的干部服务，便成了当时的焦点所在。要领导、提高他们，就首先有如何适应他们（包括适应他们的文化水平和欣赏习惯）的巨大问题。从民歌、快板、说书到旧戏、章回小说，民间形式本身在这里具有了某种非文艺本身（特别是非审美本身）所必然要求的社会功能、文化效应和政治价值。从当时的政治角度看，要进行革命的宣传和鼓励，旧瓶装新酒和通俗化、大众化便是十分重要甚至是首要的问题。只有在这样

---

1　周扬：《对旧形式利用的文学上的一个看法》，《周扬文集》第 1 卷，人民文学出版社，1984 年，第 54 页。

2　载《走向未来》1986 年第 6 期。

的具体历史背景下，才可能理解胡风所反对和批评的对方，为何绝大多数是中国共产党的文艺家、理论家才可能理解胡风所要求维护的五四新文学传统及其启蒙精神一再受挫的原因。显然，在这一时期被一再强调的民间形式并不仅仅是一个审美的问题，而是由民间形式来承担政治意识形态与民间之间关系的沟通，也就是以"民族的特殊性以推进内容的普遍性"[1]。"所谓马克思主义必须通过民族形式才能实现，便很警策地道破了这个主题。"[2] 当民间形式成为一个宣传、教育的工具时，它与文学创作是一个什么样的关系呢？这里实际上存在着一个尖锐的矛盾："民间形式的利用，始终是教育问题、宣传问题，那和文艺创作的本身是另外一回事……文艺的本道也只应该朝着精进的一条路上走，通俗读本、民众读物之类，本来是教育家或政治工作人员的业务，不过我们的文艺作家在本格的文艺创作之外，要来从事教育宣传，我们是极端欢迎的。他在这样的场合尽可以使用民间形式，若是他能够使用的话。有些人嫌这样的看法是二元，但它们本来是二元，何劳你定要去把它们搓成一个！不过一切的矛盾都可统一于图利民福或人文进化这些广大的范畴里面。"[3] 郭沫若的这种看法实际上牵涉到了当时文学创作中所存在的两个重要问题：第一，文艺创作与民间形式的利用宣传是两回事，文艺创作是否可以与宣传教育分开？那么，文艺是为什么人而写作呢？第二，文艺作家"本格"的文艺创作是以什么样的立场和情感为出发呢？这些问题在1941年至1942年的文学创作中是十分突出的现象并引起了文坛的注意。艾青在谈到抗战以来的新诗时，认为抗战以来的新诗，由于现实生活的巨变而赋予其"新的主题和新的素材"，并"繁生了无数的新的语汇，新的词藻，新的样式和新的风格"。文章以为由于诗晚会、诗朗诵、街头诗等样式的提倡和推行，"中国新诗和读者前关系"更为密切了，但一些诗人不是从生活中而是从流行读物里去寻找题材

---

1 2 3　郭沫若:《"民族形式"商兑》，重庆《大公报》1940年9月10日。

与语言，表现出创造力的贫弱，一些作品只是一些"流行的概念的思想"和"伪装的情感"[1]。也就是仅仅在"民间形式""通俗化"等方面去适应现实斗争的需要是不够的，更重要的是文艺作家要把自己的思想、情感、立场与其所面对的对象真正统一在一起。因此在民间形式问题的讨论中所提出的问题，仅仅局限在理论上的争议和形式上的变化是远远不能在文学上有更多的收获的，施蛰存所说的文学上的负因是有针对性并且是有道理的说法。

在历史发展、现实要求、文学价值的多层背景下，毛泽东《在延安文艺座谈会上的讲话》就有了重大的历史意义。他不仅强调民间形式的重要性，更重要的是强调知识分子的立场要转移到工农兵的立场上来，文学既然要为工农兵服务，就一定要深入工农兵群众、深入实际斗争过程中，在学习马列主义和学习社会的过程中，逐渐地实现世界观的转变。所以毛泽东在延安文艺整风中一再批判五四新文学的缺点，强调知识分子思想改造的重要性。《讲话》显然是站在社会政治的角度来谈文艺，要求文艺一定要为抗战及工农兵服务，但从文学史的意义上说，却是以政治权力的方式，确立了民间文化形态作为整体——从形式到内容的全部意义。也就是说民间形式的问题从 30 年代就被文学家所意识到，但民间的立场、情感等问题，只有在这时才在抗战的作用下被明确地提出来。但在此我们需要进一步提出的问题是知识分子立场的民间性转换同时也是政治性的转换，知识分子以民间话语作为自己的言说内容时，同时也包含着对政治话语的认同，甚至对于某些知识分子而言，与民间的沟通是由政治的强力作用而完成的。这就不可避免地带来了文学创作中民间文化形态的复杂性。具体一点说，牵扯到了三个方面的问题：其一，真正的民间是什么？其二，政治意识形态改造的"民间"是怎样的？其三，知识分子的民间性立场在创作中又是

---

1  艾青：《抗战以来的中国新诗——〈朴素的歌〉序》，《文艺阵地》第 6 卷 4 期。

怎样的?

民间在社会发展、变化过程中,其形态总是有所变化的,但其相对独立的一些特征还是较为明晰的,譬如"自由自在"是其最基本的存在形态,"民间的传统意味着人类原始的生命力紧紧拥抱生活本身的过程,由此迸发出对生活的爱和憎,对人生欲望的追求,这是任何道德说教都无法规范,任何政治律条都无法约束,甚至连文明、进步、美这样一些抽象概念都无法涵盖的自由自在"[1]。既然民间文化形态"拥有民间宗教、哲学、文学艺术的传统背景,用政治术语说,民主性的精华与封建性的糟粕交杂在一起,构成了独特的藏污纳垢的形态"[2],这样一种民间文化形态在抗战的文化背景下,从政治意识形态的角度来说,自然要进行改造,以适合抗战宣传的需要,突出表现在延安时代对旧秧歌剧和旧戏曲的改造,改造的过程是把以"恋爱""调情"为本质特点的旧秧歌剧转化为"斗争秧歌",秧歌已不仅是娱乐的方式,而且"已成参与政治斗争、社会活动的利器,在群众文艺运动上尤其起着极大的作用"。[3]由于政治意识的渗透和改造,秧歌原有的民间文化形态已经发生了重大变化,出现了缺乏"人物的性格化""舞姿与内容的游离"[4]等缺点,这种缺点实质上是内容与形式之间的不协调引起的,在这里的"民间"已成为政治化的民间。这种政治意识形态对民间戏曲的改造从这时起一直持续到70年代末。也就是从这时起,如何沟通民间文化形态与政治意识形态成为作家所面临的一个极其重要的问题。这是因为抗战爆发后,"民间"与"政治"在多重因素制约下,对以西方价值系统为基础确立起的知识分子启蒙精神的双重拒绝,并要求知识分子站在工农兵(或者说民间文化形态)的立场上写作,知识分子已有的话语言说方式,在新的历史语境中已退居次要地位。在这种情形之下,知识分子转移

---

1 2 陈思和:《民间的沉浮》,《陈思和自选集》,广西师范大学出版社,1997年,第208—209页。

3 4 丁里:《秧歌舞简论》,《五十年代》第1卷2期。

到民间立场的写作有一些什么样的特点呢？讨论这一问题所依据的二位重要作家，应是赵树理和孙犁。

## 二

抗战时期对于文学的通俗化、大众化及民间艺术形式的重视，使许多新文学作家都以工农兵的生活和民众所喜欢的艺术形式去进行创作，为什么赵树理成为"文学的方向"，而其他人则没有呢？其中一个重要的原因——赵树理是一位自觉地站在农民立场上写作的作家，他的价值立场、思想情感、审美标准都是准依农民的存在而存在的。他没有当时一些作家所存在的问题，正如郭沫若所说："尽管口头在喊'为人民服务'，甚至文章的题目也是人民大众的什么什么，而所写出来的东西却和人民大众相陌得何止十万八千里！我自己就有这样的毛病。我自己痛感文人的习气实在不容易化除，知行确实是不容易合一。"[1] 知道为谁去写作，但如何去实践正是当时文学界所存在的一个问题，这也是当时许多作品存有概念化、内容与形式不和谐等问题存在的原因。然而赵树理的创作却是真正地在立场上发生了转变——来自农民的写作，这正是毛泽东所要求的为工农兵写作的最好例证，受到推崇自然是情理之中的事。但是政治意识对赵树理的肯定是否就意味着赵树理所写出的"民间"就一定符合政治的要求，他不再需要去沟通民间文化形态与政治之间的关系？实际上这个问题一直困扰着赵树理的创作。这两者关系的处理又直接联系着艺术的成功与否。

赵树理在谈到《邪不压正》的写作意图时讲到了他对当时全部土改过程的了解。他讲到了三个方面：第一，在土改之前，封建势力占统治地位，流氓甘作地主之爪牙，狐假虎威欺压群众。贫雇农固然受其压制，中农亦常被波及。第二，发动土改之初期，封建势力受到削弱，但余威尚未消失。

---

1　郭沫若：《读了〈李家庄的变迁〉》，《天玄地黄》，大孚出版公司，1940年。

这时候其他各阶层之间的表现甚为复杂：①中农因循观望；②贫农中的积极分子和干部，有一部分在分果实中占到了便宜；③一般贫农大体上也算翻了身，只是政治上未被重视，多没有参加政治生活的机会；④有一部分贫农竟被遗忘，仍过他们的穷苦生活；⑤流氓钻空子发了点横财，但在政治上则两面拉关系。第三，"上级发现了被遗忘的群众没有翻身，追查其原因……在追究时，少数占了便宜的干部……就想把富裕中农也算到封建势力中去。流氓更善于浑水摸鱼，唯恐天下不乱。这两下结合，就占了上风，正派干部反倒成了少数，群众没有说话的机会……人人自危，无心再过日子，生产也因之停顿"[1]。赵树理的《邪不压正》就把写作重点放在了不正确的干部和流氓身上，揭示农村土地改革的复杂性，批判那些地痞流氓和具有流氓习气的村干部。这里赵树理显然是以农民的眼光看问题，与土改文件中对农村阶级状态的分析完全是两码事。小说发表后，引起了争议，有人批评作者"善于表现落后的一面，不善于表现前进的一面，在作者所集中表现的一个问题上，没有结合整个历史的动向来写出合理的解决过程"[2]。这种批评实质上表现出的是政治意识形态对民间社会的改造、对文艺的规范性要求与民间立场写作之间的冲突。这种冲突在1949年以后变得更加尖锐（后文将详细论述）。在抗战时期，由于抗战影响和《讲话》的权力推动，民间文化形态（特别是审美功能形态）被提高到文学的重要位置后，在开拓出一片新的文学天地之后，又随着社会的变动、发展，演变为政治意识形态的寄生性内容，在这种情形之下，民间文化形态的美学意义变得更加重要。因为在文学创作中，他所指向的真实、感性、审美等内容，消解或淡化了由于政治宣传而带来的作品的概念化、观念化的弊端。赵树理所代表的民间立场写作，在40年代文学中的重要意义就是保持了文学作品中民间文化形态的丰富和完整。

---

1　赵树理：《关于〈邪不压正〉》，《人民日报》1950年1月15日。
2　竹可羽：《评〈邪不压正〉和〈传家宝〉》，《人民日报》1950年1月15日。

关于孙犁的创作，前文已有论述，此处不再赘言。第一章第二节中所提及的"根本性的变化"在赵树理和孙犁两位作家作品上得到了最大的体现。

三

这种变化留给我们思考的问题是复杂的。首先，这种变化凝结着强大的历史能量和现实提供给知识分子的使命。正如李陀所说："千万个知识分子正是通过写作完成了从地主阶级、资产阶级或小资产阶级立场向工农兵立场的痛苦转化，投身于一场轰轰烈烈的革命，在其中体验作一个'革命人'的喜悦，也感受'被改造'的痛苦；在这个过程中，也正是'写作'使他们进入创造一个新社会和新文化的各种实践活动，在其中享受理论联系实践的乐趣，也饱受意识形态领域中严峻阶级斗争的磨难。如果说这样的写作使知识分子在革命中获得主体性，知识分子又正是通过写作使话语实践和社会实践在革命中实现了转化和连结。"[1] "转化和连结"的最终结果就是知识分子已有价值体系的没落，而在革命中，民间文化形态获得了前所未有的地位——民间不仅是物质生产的创造者，同时还是精神生产的主人公。那么，民间与政治、知识分子之间是怎样的一种关系呢？这正是我们要思考的第二个问题。

在前边的论述中已经看到，民间文化形态意义的确立是抗战的需要，也是政治权力的推动。从政治权力的角度而言，要求知识分子转移到工农兵的立场写作，这种转移就是要去歌颂劳动人民，唤醒民众的民族热情，而这一切的目的又是为了国家权力的建立。由此看，知识分子、民间文化形态、政治权力三者之间关系的沟通，在此时是以政治为中心联系在一起的。在这种情形下，我们就不难理解以胡风为代表的知识分子写作、以赵

---

1 李陀：《汪曾祺与现代汉语写作——兼谈毛文体》，《花城》1998 年第 5 期。

树理为代表的民间立场写作，都会遭遇到来自政治意识形态批评的真正原因。但是，民间既然已被唤醒，它本身已有的文化价值系统就不可能完全被政治所取代，由此延伸出了民间与政治之间的复杂关系。随着政治对知识分子改造、对民间的统辖愈益加强，民间文化形态在文学中的美学意义愈发突出。这一点在 1949 年以后的文学中体现得更为明显。

# 第六章

## "十七年"小说中的民间形态及美学意义<sup>*</sup>

　　如何评价"十七年"时期农村题材的小说创作？这是当代文学史研究无法回避的问题。在"十七年"农村题材的小说中，作家的叙述话语与富有权力色彩的政治话语是联系在一起的，他们相信通过政治所唤醒的人的力量，不仅使人的精神发生脱胎换骨的变化，而且能够改变自然和社会。因此，在他们的作品中，依据阶级性的特点，把人物形象划分为几个不同的层次并赋予不同的人物以不同的介入社会的方式，在这些人物的矛盾、冲突、斗争中，构建一个具有浓重政治倾向性和观念色彩的文本世界。在这样的文本世界中，是否保存了乡村民间社会丰富、生动、复杂的面貌，仍然具有历史、美学的意义呢？本文试图对此作一探讨。

　　在讨论这一问题之前，首先对两个问题做一简单说明：其一，"十七年"农村题材小说中的"民间"与新文学传统之间的关系；其二，"十七年"农村题材小说中"民间"的特点及内涵是怎样的——因为民间是一个变化的、流动的概念。

　　从新文学的发展过程来看，民间始终有着重要的意义。概括五四时期知识分子与民间之间的关系，大体上有三种类型：

　　（一）以李大钊、邓中夏等人为代表的与"民粹派"思想密切相关的民间观，后来与革命实践相结合，经过瞿秋白、毛泽东的努力使之成为政治

---

＊　原载《南方文坛》2002 年第 1 期。

符号和国家权力意识形态的符号。在他们看来，民间、农村、农民的内涵没有多大的差异，他们眼中的民间主要是指现实的、自在的民间空间，知识分子的价值立场是政治的、启蒙的立场，民间是承担其社会改造使命的场所。

（二）以刘半农、沈尹默、胡适、周作人等人为代表，以《歌谣》周刊为核心，在对民间文学的搜集和倡导中，发现民间文学及其文化形态的美学意义并纳入新文学的构建过程中。这些现代知识分子对"民间"的态度虽有所差异，但都从审美的角度肯定了民间文化形态的精神价值，他们所肯定的民间不是现实的、自在的文化空间，而是与此相关又有着重大区别的文化的审美世界。

（三）周作人在五四时期既充分肯定和吸收了民俗艺术中积极健康的生命力，又强调批判民间、提升民间以达到启蒙的目的。周作人对民间的这种二元态度与鲁迅是一致的。对民间的认同与批判都是与他们的启蒙思想有关。

五四时期现代知识分子对民间的这三种态度，在漫长而又动荡的中国现代文学史上各有沉浮和消长，影响和制约着中国新文学的发展。"十七年"农村题材小说中的民间与李大钊、瞿秋白、毛泽东等人的民间观是密切联系在一起的，他们都是要把改造社会的政治理想贯穿乡村民间的实践活动中，这一思想反映在文学上就是注重有历史意义的现实题材，在现象分析上强调阶级斗争的眼光，在故事叙述上强调集体行动的展开。这样一种传统，在"十七年"的文学创作中有怎样的变化呢？

在当代"十七年"时期，民间文化形态在农村题材的小说中有特定的含义，依据陈思和的观点主要有两个方面：首先包含了来自生活底层（民间社会）的劳苦大众自在状态的情感、理想和立场；其次包含了民间社会日常生活的风俗人情、生活习惯以及民间文化艺术特有的审美功能。这一民间文化形态在"十七年"农村题材的小说中并不是一个纯粹的存在，因为这时期的国家权力一直把乡村民间作为改造的对象，同时要求知识分子在文学创作中贯彻其思想，以实现政治意识形态所要求的现实社会秩序的构建，因此，民间作为权力意志的承担者，不仅自身接受渗透和改造，而且与政治权力共同构成了对知识分子的改造，这也就必然产生了对文学创作的规范化要求，不仅规定了文学写什么（题材），而且规定了怎样写（题材的处理、方法、艺术风格等）。在这种情形之下，民间文化形态的特点及其美学意义是如何体现出来的呢？这正是我们试图以赵树理、周立波、柳青的小说创作为例来说明的问题。

一

赵树理"十七年"时期的小说创作仍然延续了在 40 年代所形成的写作传统，即站在民间的立场上，运用民间的形式来表现民间的故事。但这并不是说他放弃了对国家意识形态的关心和责任承担，他曾说自己的小说要"老百姓喜欢看，政治上起作用"[1]。这里的"起作用"，不仅仅是利用通俗方法将国家意志普及远行，达到宣传的目的，同时也包含了站在民间的立场上向上传递民间的声音，沟通民间与权力意识形态之间的关系，换句话说，他是从民间的立场上去理解国家的意志和政策。

赵树理的这种写作立场决定了他对于乡村社会的基本想象方式是从农民的角度开始的，他不是从政治的先验观念出发去虚构乡村中各个阶层及其人物的特点，表现新的代表社会发展的力量怎样去改造乡村社会，而是以农民直接的感觉、印象、判断为基础，依据农民的思维方式去表现农民的思想感情以及在新的社会环境中的变化，表现以农民为主体的乡村民间文化形态与政治意识形态之间的关系，并在这种关系中展开小说的叙述和人物形象的塑造，这正是赵树理"十七年"时期农村题材小说的第一个特

---

1　转引自陈荒煤：《向赵树理方向迈进》，《赵树理研究资料》，知识产权出版社，2010 年，第 200 页。

点——由下而上地展开对于农民心理、行为及其社会事件的叙述，他不注重写"上边"的思想如何改造农民，而是写农民如何去接受"上边"的思想，这样在他的作品中农民成为主体，政治宣传的意图包含于农民自身转变的过程中，这个转变的过程不仅包含了民间文化形态的复杂、丰富与生动，也包含了小说文本艺术魅力来自何处的美学沉思，也就是说如何转变、怎样转变与民间文化形态和国家权力意志之间的关系密切联系在一起，当人物转变的内在动因与国家权力意志相一致或者说源于民间的愿望与国家政策没有冲突时，小说叙述与结构都有着较为自然、完整的特点，反之，则呈现出滞涩、简单以及无奈的笨拙。

赵树理写于1950年的《登记》是一篇反映乡村男女自由恋爱的小说，从政治意识形态而言是宣传和歌颂了新的婚姻法对于人的爱情生活的保障。小说中艾艾、小晚、燕燕、小进等人的爱情追求富有青春的活力，小飞蛾的人生经历则有着更为复杂的艺术底蕴，她作为一个饱受封建婚姻折磨的女人，对于艾艾的自由爱情起先不同意，经过犹豫后，终于认识到不能让艾艾走自己的路。这一觉醒转变的过程是以她自己的亲身经历为基础的，因此作家的叙述立场始终是站在乡村民间底层妇女方面，真实地表现了女性的悲剧性命运和柔顺、隐忍的性格形成的文化原因，她的转变既是对过去的告别，也是对新的生活的认同，这一认同的过程也正是源于民间底层的生命渴求与政治观念沟通并达到一致的过程，先验的观念并没有导致对生活的简单化处理，因此这篇宣传婚姻法的小说才更多地保留了民间底层女性的生活场景及民间文化的内容，具有了真实的艺术魅力。

长篇小说《三里湾》的叙述也是从乡村民间的农民立场开始的。作品一开始就置身于乡村民间的特定氛围中，写到了旗杆院扫盲夜校的学习，因为秋忙学生不来参加学习，有个学员说："我说县里的决定也有点主观主义——光决定先生不准放假，可没有想到学生会放先生的假。"这样一种从农民思想、行为出发的叙述，也就不会从政治规范的要求出发去构建现实应该有的意义秩序。譬如赵树理曾说："富农在农村中的坏作用，因为我自己见到的不具体就根本没有提。"这并不是说赵树理不关心政治，而是忠于自己对农村的认识，充分尊重大多数农民自身的生活和思想逻辑，因此他在写到糊涂涂、常有理、铁算盘、惹不起等人物时，并没有剑拔弩张的斗争和批判，而是真实地写出面对"扩社"时，他们内心的困惑、矛盾和抵触。在《三里湾》中，马多寿等人考虑问题都非常实际，他们的抵触和转变都与自己的实际利益有关，可以说他们目光短浅、私心太重，同样也可以说这正是农民自在状态的生活。马多寿不愿入社的原因是怕失去自己的土地，反对开渠的原因同样是怕失去"刀把上"那块地。为了保住土地和自己的利益不受侵犯，他费尽了心思、想尽了办法。当他思想转变，想入社的时候，也并不是对"扩社"有了根本性的"正确"认识，而是意识到自己追求的家大财多的梦想在分家后已无法实现，不如过个清净日子算了。这种转变虽没有进步的豪气，却有着丰富的内涵，这种丰富在于一方面体现了民间文化的自在状态开始发生了变化，另一方面却真实地表现了乡村农民在面对政治要求时，内心的复杂和微妙。在马多寿这个人物身上典型地体现了与土地相关的农民及其文化形态的特点，这一形象的美学意义也在这里。由于赵树理对民间文化形态的尊重，才不会在小说中把农村各阶级之间的关系简单化，而是意识到了在乡村民间社会中，宗族之间的关系、相互之间的姻亲关系与阶级关系是交织在一起的，政治斗争也渗透着伦理情感的因素在里面，政治观念不同所带来的生活冲突，并不是用政治的是与非就能解决的。伦理的、情感的诸多因素仍在制约着他们的生活。马多寿与其三儿、四儿之间的冲突，与其说是政治之间的冲突，倒不如说是一个民间底层的农民在民间文化的长期熏陶中形成的一种生活欲求能否实现的冲突，与实实在在的生活欲求联系在一起的人物心理变化和人物行为方式，使人物形象更加具体、丰满、生动，远比那些观念化的新人具有更高的美学价值。

正如赵树理在谈到《三里湾》的创作时所说："对旧人旧事了解的深，对新人新事了解的浅，所以写旧人旧事容易生活化，而写新人新事免不了概念化。"[1]概念化的原因正是失去了与民间文化形态具体的、深层的关系，更多地体现了某种观念化思想所造成的。《三里湾》后半部分出现的情节发展勉强、叙述过于匆忙的问题，也与这种观念化的思想有关，因为先验的观念已经预设了一个"扩社成功"的结局，这个结局无论出于何种原因都是不能改变的，人物自身的逻辑发展有时就不得不服从于这一结局。当外在的政治要求强大到一定要农民服从这一规范时，民间文化形态在小说作品中就变成了一种隐含的结构性因素。所谓隐形结构，"是指当代文学（主要是指五六十年代的文学作品），往往由两个文本结构所构成——显形文本结构与隐形文本结构。显形文本结构通常由国家意志下的时代共名所决定，而隐形文本结构则受到民间文化形态的制约，决定着作品的艺术立场和趣味"[2]。赵树理在1958年创作的《锻炼锻炼》，民间文化形态的美学意义就是隐含在两种思想斗争的显形结构中。从赵树理坚持的一贯的民间写作立场来看，对"吃不饱""小腿疼"这样一些农村妇女，应该从她们的情感、欲求出发去沟通与国家权力意志之间的关系，然而在这部作品中，她们则变成了受批判、受愚弄的对象，失去了独立人格的存在意义，变成了国家权力意志的对立面。但是在这种显性的政治斗争的结构中，在所谓的"落后人物"身上仍然有着民间的愿望和趣味，这也正是"吃不饱""小腿疼"等人物比那些"正面人物"更生动、更有艺术魅力的原因。同时，在作者略显急促的叙述和充满紧张感的人物关系中，读者也分明感到了他内心的无奈和悲凉。这无奈正是他在政治规范要求下不能真切表达民间的心理反应，以致后来难以写出更好的作品的原因。

---

1 赵树理:《〈三里湾〉写作前后》,《赵树理文集》第四卷, 北岳文艺出版社, 1990年, 第281页。

2 陈思和主编:《中国当代文学史教程》, 复旦大学出版社, 1999年, 第17页。

二

赵树理的小说创作是从民间的立场展开乡村民间社会的叙述并"由下而上"地沟通与政治意识形态的关系，达到"老百姓喜欢看，政治上起作用"的目的，周立波的小说创作则是"由上而下"地展开对乡村世界的民间想象，他的短篇小说《禾场上》《山那面人家》，长篇小说《山乡巨变》等作品，都是从国家意识形态的立场去审视乡村世界的变化，并试图沟通政治意识形态与民间文化形态的关系。讨论"十七年"小说创作是由下而上还是由上而下地沟通这种关系是重要的，因为在沟通过程中所展开的艺术想象与小说叙述，直接关系着民间文化形态的呈现方式及其美学意义，直接关系着小说的写作目的和功用。一部在当时引起轰动的小说所构建的现实秩序，必然隐含着当时多数人对现实的想象，自然有着合理的存在意义，但这种"合理"并非一定就具有美学的价值，因为现实秩序的构建并不完全是美学沉思的结果，有时是与政治意识形态对现实的改造联系在一起的，周立波对于乡村现实秩序的构建就是按照政治的规范和要求在作品中进行的。那么，周立波小说中的民间文化形态是以一种什么样的形态出现，其美学意义在哪里呢？

在赵树理的小说中，他的叙述起点是准依农民的思想、情感，从民间立场开始展开小说的发展过程，其叙述目的是沟通民间与政治意识形态的关系，写出农民是如何在时代的大变化中转变了自己的生活态度并符合政治的规范要求；周立波的小说叙述起点则是起自政治意识形态，《暴风骤雨》和《山乡巨变》"都有一个外来者'进入'的相似的开头，这是一个具有象征意味的场景：旧有农村秩序的破坏及重建是由外来者的进入来完成的，或者我们可以说小说的叙述是借助一个外来者的视点来完成。不过这个外来者是党的化身"[1]。从

---

1　萨支山：《试论五十到七十年代"农村题材"长篇小说》，《文学评论》2001年第3期。

这样的视点去叙述乡村民间社会及民间文化形态的变化，很容易造成乡村生活的简单化，因为这样的观念化视角，在写作中往往要求人物的思想逻辑和行为目的与观念相符，自然就会忽略远比观念更为丰富、复杂的现实中各阶层人物自身的内容，使作品中的人物变成平面化的形象或者是"观念的传声筒"。在周立波的《山乡巨变》中人物性格过于单一的遗憾（譬如陈大春的鲁莽、盛清明的活泼等）就与这一特点有关，但是周立波的小说为什么仍然具有文学史的意义呢？其关键原因就在于他在政治意识形态叙述立场的现实展开过程中，保留了某些民间文化形态的因素和传统文人对田园自然的审美情趣，也就是说他把国家权力意识形态对乡村民间的改造与民间风情、人情的变化联系在一起，较为真实地表达了处于自在状态的农民在外部力量作用下的变化过程和表现形态，优美自然风光的诗意穿插，则增强了乡村民间的审美意韵。

民间文化形态的自足性特点只是相对而言，当政治意识形态以强大的力量去改造乡村社会时，农民自在状态的立场、理想、追求也会发生变化。周立波的《禾场上》就选择了乡村富有诗意美感的一个夜晚写出了政治意识形态在构建乡村新秩序的过程中，政治要求与农民愿望相沟通时，那种和谐、快乐的欣喜场景。《山那面人家》也同样具有这样的生活韵致。但是这种和谐、快乐和欣喜一旦进入到变化、发展的过程中，就变得复杂和痛苦，因为农民长期形成的生活立场、愿望、习惯和错综复杂的人际关系，不可能在一个晚上就会脱胎换骨，每一点变化都会与其所处的文化形态发生联系，引起心理、情感、乡俗的深刻动荡，周立波《山乡巨变》的高明之处就在于写出了农业合作化运动在乡村展开时，农民文化心理的变化和复杂，尽管这种"变化与复杂性"的表现受到叙事视点的限制，其深度有限，但与同期的某些小说相比较，仍然有着较高的美学价值。这首先表现在他笔下的农业合作化的领导人不是缺少人情味的政治符号，而是与乡村民间的底层农民有着深刻的血肉联系并有农民的纯朴情感。譬如李月辉响应整顿的号召，收缩了唯一的合作社，被指责犯了右倾错误，他说："社会主义是好路，也是长路，中共规定十五年，急什么呢？还有十二年。从容干好事，性急出岔子。"别人批评他是右倾小脚女人，他理直气壮地反驳："我只懒气得，小脚女人还不也是人？有什么气得？"这种与农民利益和思想情感相连的行为方式，使人物形象在融于现实生活的人物关系中变得丰富、真实。对刘雨生与张桂贞的描述也是一种把政治行为与目的和民风、民情变化相联系的叙述、想象方式，这是《山乡巨变》艺术上取得成功的核心所在。其次，对于陈先晋、菊咬筋这些"落后人物"也不是一种简单的政治化理解——给予批判和否定，而是体现出复杂的双重态度：一方面，从政治意识形态出发的叙述目的，必然要求他们的精神、立场发生转变，纳入新的社会秩序的规范之中；另一方面，从尊重民间文化形态的角度则自觉或不自觉地对他们的勤劳、纯朴给予赞扬和肯定，即使对于他们的刁钻、工于心计，也没有疾言厉色的批判，而是有着善意的嘲讽。陈先晋是一个一心想发财、不愿入社的人，他的生活经验告诉他，只有守本分地在土地里劳作，才能过上发财的好日子。这是他爷爷的梦想，也是他一生奋斗的目标，为此他无怨无悔地把自己交给了土地，土地是他的生命，生命的意义就在于土地上的劳作。这样的农民，要让他把土地"上交入社"，其内心的精神冲突和情感折磨是深重的。他不愿入社并不是有意反对新的政策，而是缘于民间文化的生活欲望、理想不能实现时的深层痛苦。周立波在《山乡巨变》中就一定程度上理解了这种文化心理，不是粗暴地去否定它，而是在外部生活环境发生变化的描写中，让他自己的思想发生变化，这种转变虽然有点简单，但毕竟注意到了农民文化心理的复杂性，使文本叙述目的在符合政治要求的同时，突出了农民自身的思想逻辑和生活逻辑，真切地触摸到了人的灵魂。小说中的王菊生不同于陈先晋的纯朴、本分，而是工于心计、刁钻顽固，但仍然有着属于农民的勤劳。他为了守住自己的产业，想尽一切办法拖延入社的时间，其实也隐含着一个普通农民对"家"的生活刻骨铭心的热爱。在李月辉、邓秀梅去王菊生家动员他入社、他装病不起的场景描写中，典型地写出了处在自在生活状态的农民不愿接受改造的心理，他想："我有牛、有猪、有粪草、有全套家什，田又近又好，为什么要入到社里给人揩油？"这种心理虽然缺少"政治远见"，但又何尝不是属于农民的一种真实呢？周立波的《山乡巨变》的美学意义就在于写出了这种真实，写出了在国家权力意志改造乡村民间的过程中，民间文化形态的渐进变化过程，如果没有民间自身的这种生活逻辑和情感、精神的内容，或者从政治观念的视点，把这些内容视为"落后"和"反动"的东西，在文本中进行简单化的处理，那么，小说的美学意义就很值得人们怀疑了。

三

在"十七年"时期农村题材的小说创作中，作家都认同小说写作的政治目的和功用，但对于民间文化形态的态度却是有差异的，在小说写作中如何呈现这种民间文化形态也是不同的。赵树理是从农民的立场出发，在沟通农民与政治意识形态的关系中，对民间文化形态有着真切的生命感悟和表达，周立波则是从政治意识形态的角度去展开乡村社会的叙述，在叙述过程中对民间文化形态有着一定程度的理解和尊重。那么，柳青的小说是怎样的呢？

在讨论柳青之前，分析一下赵树理和周立波小说的缺点是必要的。赵树理在《〈三里湾〉写作前后》提到自己的小说有三个缺点：

> 一、重事轻人。二、旧的多新的少。三、有多少写多少。在一个作品中按常规应出现的人和事，本该是应有尽有，但我往往因为要求速效，把应有而脑子里还没有的人和事就省略了，结果成了有多少写多少。这三个缺点，见于我的每一个作品中，在《三里湾》中又同样

出现了一遍——如对魏占奎、秦小凤、金生媳妇、何科长、张信、牛旺子……就只是见了面而没有显示出他们足够的作用。又如写马多寿等人仍比金生、玉生等人突出。再如富农在农村的坏作用，因为我自己见到的不具体就根本没有提之类。[1]

赵树理的这种自我批评显然与当时政治对文学的规范要求有关，政治所要求文学的就是用阶级分析的眼光去描写乡村社会，塑造社会主义的新型农民。如果从赵树理作为一个作家，必须忠实于自己的生活体验的角度看，这又是他的优点，除了第一点之外，"旧的多新的少""有多少写多少"，恰是一个艺术家对于写作的严肃态度，他没有写到的东西是否正是现实社会中所欠缺的呢？这一点在前已有论述。

周立波的《山乡巨变》当时出版后，有的批评者指出作品"欠深刻"，"结构显得零乱"，"缺乏一个中心线索贯串全篇"。周立波辩解说："我以为文学的技巧必须服从于现实事实的逻辑发展。"[2]事实上还有一个重要的原因就是周立波从政治意识形态出发的叙述视角，不时被民间文化形态的因素和传统文人的审美趣味所干扰，使其叙述视点发生游移，这种游移可能带来了某些艺术的遗憾，但却使他的小说有了鲜明的个性，即从"自然、明净、朴素的民间日常生活中，开拓出了一个与严峻急切的政治空间完全不同的艺术审美空间"[3]。

柳青的小说创作可以说避免了赵树理、周立波小说在当时的缺点，他的《创业史》被誉为"经典性的史诗之作"，具有了思想的深刻性和矛盾冲突的尖锐性，这种符合当时国家政策的深刻和尖锐是否一定就具有了美学的意义呢？柳青在谈到《创业史》时说：

---

1　赵树理：《〈三里湾〉写作前后》，《赵树理文集》第四卷，北岳文艺出版社，1990年，第281页。

2　周立波：《关于〈山乡巨变〉答记者问》，《人民文学》1958年7月号。

3　陈思和主编：《中国当代文学史教程》，复旦大学出版社，1999年，第13页。

　　这部小说要向读者回答的是：中国农村为什么会发生社会主义革命和这次革命是怎样进行的。回答要通过一个村庄的各个阶级的人物在合作化运动中的行动、思想和心理的变化过程表现出来。这个主题思想和这个题材范围的统一构成了这部小说的具体内容。[1]

我们注意到柳青在这里提到了主题思想和题材范围的统一，也就是说他对乡村民间的文学想象是被主题思想所控制，以政治观念为指导的。这种符合国家政治政策的民间想象，使小说文本显现出阵线分明的两条线索：一条是以梁生宝、高增福等拥护合作化运动，坚决走共同富裕道路的贫雇农为主；一条则是以反对合作化运动，想重振威势的富农姚士杰以及富裕中农郭世富和村长郭振山为主。处于这两者之间的则是犹豫、动摇的梁三老汉。这样的想象方式，使《创业史》的文本世界充满了改造与被改造的紧张人物关系，事件的发展、人物心理的变化都具有政治的尖锐性，有人认为《创业史》是政治心理小说的原因也在这里。梁生宝显然也是社会主义的政治新人，在活跃借贷、买稻种和分稻种、进山割竹子等事件的发生过程中，始终表现出一种"新人"品质——克己奉公、吃苦耐劳，坚决拥护党的方针和政策，是体现了历史必然发展趋势和深刻性的人物形象。这种写作方式自然避免了赵树理、周立波的小说在当时被认为的缺憾，却在美学意义上带来了另外的问题，严家炎在谈到梁生宝这一人物时就认为："写观念活动多，性格刻画不足，外围烘托多，放在冲突中表现不足，抒情议论多，客观表现不足，并且存在着过分理想化的问题。"[2]相反，处于中间状态的梁三老汉却有着动人的魅力，他对土地的挚爱及生活欲望的追求，与《山乡巨变》中的陈先晋有着相同的意蕴。在此就不赘述了。为什么梁三老汉具有艺术魅力？其原因就是寄生于政治性民间想象和叙述中的民间文化

---

1　柳青：《提出几个问题来讨论》，《延河》1963 年第 8 期。

2　严家炎：《关于梁生宝的形象》，《文学评论》1963 年第 3 期。

因素，构成了形象生命的内在质感。这种因素在《创业史》其他的某些人物身上也时隐时现地存在着，透露出乡村民间中的真实气息。

由如上三个作家的小说分析，可以说"十七年"农村题材的小说创作始终与民间文化形态有着密切的关系，并构成了其美学意义的关键所在。至于柳青《创业史》所构建的文本世界在当代文学史上的某种合理性及其对后来文学的影响，是需要另文讨论的问题了。

# 第七章

## 民间大地的苏醒[*]

　　1949 年以后，伴随着新中国的建立，政治意识形态与民间、知识分子的关系仍然延续着在 40 年代所建立起来的模式，政治对民间进行强有力的改造、收拢，知识分子则在政治与民间的挤压下，进一步失去了独特的表达话语的方式。虽然民间和知识分子的声音仍然存在，但却是曲折、隐讳地寄生于政治意识形态的话语中。进入 60 至 70 年代，极左政治路线已不允许任何与政治相抵牾的声音存在，民间文化形态只能以"隐形结构"的形式存在于文学作品中，"即国家意识形态对民间文化进行改造和利用的结果，仅仅在文本的外在形式上获得了胜利（即故事内容），但在'隐形结构'（即艺术的审美精神）中实际上服从了民间意识的摆布"[1]。这种现象主要表现在公开出版的文本中，在没有公开出版或发表的"潜在写作"中，民间文化形态仍然有着真切的表现。由于"潜在写作"是一种非常复杂的文学现象，它所联系着的民间文化世界，也远比我们所讨论的文学与乡村民间文化的关系要丰富、复杂得多。因此，本章暂时搁置对这一问题的讨论，仅仅以"公开文学"为例来展开文学中乡村民间文化形态的讨论。如果把讨论的范围限制在这一层面，我们看到在 60 至 70 年代的文学作品中，民间文化形态虽然以"隐形结构"的方式存在，但其丰富的能量和意义是被强大的政治权力话语所压抑的，人们只能感受到它微弱的喘息和部分生

---

\*　原载《文学评论》2002 年第 4 期。

1　陈思和:《陈思和自选集》，广西师范大学出版社，1997 年，第 216、253 页。

命能量。这种现象进入 80 年代以后才发生了变化。

一

20 世纪 70 年代末期，中国社会发生大变动和思想解放，知识分子、民间文化形态、政治权力意识三者之间的关系得到了重新设定。获得"解放"的知识分子得到了重新言说的机会，政治权力意识也在反对极左路线的过程中，给了知识分子、民间更多的言说空间。那些曾经被"下放"到农村去的知识分子和那些曾经在广阔天地经受锻炼的知识青年，在拿起笔写作的时候，许多作品都带有了乡村民间社会的意蕴，虽然他们的作品有着现代知识分子的启蒙主义和现实战斗精神，也有着强烈的现实政治热情，但是民间文化形态不再在文本中以破碎的形式或者审美的结构性因素存在，而是有着独立的、文化的、精神的美学意义。它作为一种与知识分子、政治意识形态并不相同的文化价值系统，进入当代文化、文学的发展过程中，在各种不同的作家笔下具有了不同的意义，基本上延续了"五四"以来新文学发展过程中所形成的几种类型。由于文化语境、历史情形的差异，新时期文学在一步步恢复和发扬五四新文学传统的过程中，其文化精神的呈现形态自然并不完全相同，但我们从中可以明晰地看到相互之间的承继关系。

在 80 年代，民间文化形态与作家之间的关系基本上有这样几种类型：

（一）承继了由李大钊、瞿秋白到毛泽东所形成的以政治理想改造乡村民间的传统，着重表现的是新的政治意识是怎样进入乡村民间日常生活中，带来了自在状态的民间文化形态的变化，这一点突出表现在描写农村改革的作品中。贾平凹的《小月前本》《鸡窝洼人家》就表现出了在新的历史条件下，民间文化形态已有的价值观念发生着重要的变化，人们已不再把老实厚道、安分守己的庄稼人看作完美的人格象征，而是把富有开拓精神，在商品经济中大显身手的人看作新时代的骄子。路遥的《人生》虽然从乡村道德的角度，对高加林的人生选择给予劝诫，但我们也分明看到了高加林的人生挣扎所带来的乡村文化观念的动荡，当他不再把已有的价值观念看作生存的理想时，虽然他的追求失败了，但是留给民间的伤痛却是持久的。这种乡村民间价值观念的动荡在 80 年代的许多作品中都有所表现。

（二）从"五四"以来的启蒙主义立场出发，对乡村民间文化形态取二元态度，正如鲁迅、周作人一样，一方面看到了农民的纯朴以及民间文化形态中所包含的进步性力量，同时又对他们的劣根性进行无情的批判。高晓声的陈奂生形象系列，虽然重在揭示极左路线奴役下农民的悲剧性命运以及在社会变革过程中农民心灵世界的急剧变化，但当他把"促进人们的灵魂完美起来"作为小说创作的主旨时，无疑连接起了鲁迅的小说精神传统。在陈奂生这个善良、正直、无所专长、庸庸碌碌，似乎无足称道的农民身上，看到了乡村文化中逆来顺受的奴性，变态的自我精神安慰和狭隘的审视人生的目光。张炜的《秋天的愤怒》中的肖万昌是一个把自己裹得很严，骨肉内藏奸的角色。他的血管里流淌着残酷和凶狠的血液、潜藏着农民式的狡猾以及宗法制虚伪道德面纱下的丑恶。他可以靠与女婿合伙种烟田，骗取经济上的好处和政治荣誉，也可以肆无忌惮地摧残自己的女儿的爱情；他可以对顺从者施以小利显其宽厚，也可以施展伎俩对叛逆者借刀杀人；他可以借改革者之名笼络群众，也可以延续其恶霸作风，操纵农民的物质利益……这样一个集专制与自私、伪善与残酷于一身的人物，为何可以在周围农民的沉默与憎恨中保持着自己的权威地位？这里张炜对肖万昌的批判，实际上指向了整个乡村民间文化形态。这种启蒙主义的精神立场所导致的与乡村民间文化形态的对立与冲撞，不仅表现在如上作品中，同时也体现在张炜的《古船》、朱晓平的《桑家坪纪事》、矫健的《老人仓》等作品中。

（三）与如上直接面对现实变化和从启蒙精神立场对民间文化的批判不

同，另外一些作家则对乡村民间文化取一种比较温和、亲切的态度，他们似乎是从传统所圈定的所谓知识分子的使命感和责任感中游离出去，在民间的土地上另外寻找一个理想的栖息地。这类创作中的代表作家有被称为"乡土小说"的刘绍棠的《蒲柳人家》《瓜棚柳巷》等中篇小说，有以家乡风情描写社会改革变化的林斤澜的《矮凳桥风情》，特别是以家乡纪事来揭示民间世界的汪曾祺的短篇小说，在80年代的文学中开拓出了一个清新、自然、世俗、潇洒的艺术世界，在《受戒》《大淖纪事》等作品中，人物不受清规戒律的束缚，却没有任何奸猾、恶意，众多的人物之间的朴素自然的爱意组成了洋溢着生之快乐的生存空间。对民间文化世界的这种审美态度，自然使我们想到胡适、刘半农在五四时期对民间文化的那种倾心向往，想到废名、沈从文的如诗如画的小说意境。在这一小说传统中，民俗、民情、人性天然融汇在一起，构成了与激烈变动的社会发展过程相对应的一个静穆、庄严同时又是诗意、流动的审美世界，它与中国20世纪现代化的历史进程不尽同步，却包含着一种永恒的、朴素的人性光辉，让我们思考着人的真正的现代性意义到底在哪里，现代性不仅以物质的进步为标志，人的精神、人性的变异该怎样在现代性的意义上进行审视呢？这静穆、庄严、诗意的人性之美在民间中生成而普照于人类的内心。

（四）在激烈变动着的80年代社会文化语境中，社会改革所带给乡村民间文化形态的激烈动荡，价值观念的变化与冲突，同样带给了作家与民间文化形态的多样性联系，与贾平凹的《小月前本》不同，王润滋的《鲁班的子孙》不是从社会进步的价值趋向上对农民自在形态中的道德观念进行贬斥，而是从民间文化的立场上，从农民朴素的伦理、道德观念出发，执着于追寻民间道德在现实变化中的合理性。这种准依农民的眼光审视社会变化的写作，使我们想到赵树理的小说写作，但比赵树理有着更强烈的道德性，这种民间道德意识在王润滋《小说三题》中的《海祭》一篇中表现得最为鲜明，作者采用魔幻手法，写了一个小孩在承包渔船的大队长家里和镇上所过的凄惨生活的经历，揭示出了在改革给人带来经济财富时，要意识到单纯的物欲追求会给人们带来精神的创伤和生活的灾难。张炜继《一坛清水》后，在长篇小说《古船》中也从民间文化形态的演变中提出了一个历史的，也是道德的命题：人只为自己生存拼搏，不为大家着想是难以取得事业成功的。这种民间道德的巨大现实意义融入当时许多山东作家的作品中，矫健、李贯通、左建明、尤凤伟等作家的作品都不同程度地进入了民间文化的道德世界，并以民间的道德为精神的内核，构筑起了在急剧变化的社会进程中一个独特的民间文化世界。

（五）与王润滋等人不同，韩少功、贾平凹、郑万隆等人，在"寻根文学"的实践和倡导过程中，把民族文化之根放置于民间文化形态中，不是在民间道德的意义上，而是在文化的整体定义上突出了民间的价值。这些作家大都从"一个特殊地域或领域入手，溯源而上找寻民族文化赖以存在的土壤，这类题旨的小说主要有以下几个分支：贾平凹的'商州系列'、郑万隆的'异乡异闻系列'、李杭育的'葛川江系列'，以及韩少功的带有湘西特点的几个中短篇，王安忆的《小鲍庄》等。这些作家在一个时期内以自己熟稔的地域为素材，深入地探求民族文化滋生的原因，并且企图将失落的自然、旺盛的生命力找回来"[1]。它的独特的审美价值在于从文化的意义上而不是意识形态的意义上，把偏远的民间社会中那种原生意义上的民间文化形态展现了出来，这样说并非是讲民族的就是民间的，但民间的自在、本源状态的内容却往往体现着民族的风格、特点，这也正是民族寻根寻到民间的原因。在40年代所展开的民族形式问题的讨论中，民间形式成为争议的中心话题的原因也在这里。民间文化形态的这种意义呈现，与当代知识分子的现代性追求是无法分离的，没有他们与世界文化精神接轨的渴望，追求民族独立性品格的努力，也难以有这样一种民间世界的

---

1　吴亮等编：《民族文化派小说》，时代文艺出版社，1989年，第3页。

出现。

（六）莫言在80年代的文学中异军突起，以《透明的红萝卜》《红高粱家族》等作品开创了一个崭新的艺术世界，这个艺术世界虽然也能看到艾芜《南行记》的影子，看到那些土匪、强盗，凶蛮、原始的生命活力中洋溢出的人性强力，但艾芜笔下的民间世界是以知识分子的外来叙述视角展开的，也就难以在更丰富的层面上展示民间那种"藏污纳垢"的本质形态，莫言是以民间叙述人的身份叙述民间并且有天马行空、特立独行的叙述气魄，民间不再依附于知识分子的启蒙精神，也摆脱了政治意识形态对民间的限定，这种意义不仅是审美的，而且是文化的、情感的、生命的。如果说民间大地在80年代文学中苏醒，那么这种苏醒的真正标志就是莫言。

在我们对80年代文学创作中民间文化形态的几种类型做了如上简略说明后，在本部分重点展开分析的是后面三种类型，这不仅仅在于与前面三种类型相联系的内容在1949年以前的文学发展中已有所论述，更重要的是这三种类型中的文学作品并没有超出与其相关的上一辈作家已经形成的基本特点，甚至还没有达到上一辈作家已有的思想深度和美学高度。换句话说，我们将要展开分析的后三种类型比前三种类型包含着更为丰富的当代性内容和文学发展的新因素。对后三种类型的分析，将分别以代表这三种类型的重要作家王润滋、韩少功、莫言的具体作品为例，说明民间文化形态在80年代文学创作中的意义和价值。

二

王润滋迷恋农村的生活，更迷恋世世代代在这块土地上辛勤耕耘着的中国农民身上那种民间的纯朴道德。这绝非仅仅因为他了解农民，熟悉农村，而是有着更为深层的原因，在一篇题为《人民是土地，文学是树》的创作断想中，他这样写道：

在现今的中国，有一班"文明人"看不起农民，以为农民愚昧、落后，甚至以为农民是中国现代化的包袱。而在我看来，正是这些农民，却硬要比那班"文明人"高尚得多，伟大得多。当有些人在为私利费尽心机拼命钻营的时候，在为一瓶茅台酒、一张舞会票东奔西跑的时候，在贪污盗窃、消极怠工、腐化堕落、走后门、拍马屁……的时候，农民在做什么呢？在六月的烈日下锄草；在十月的寒霜里收割；在为一斤盐、一盒火柴精心掂算；在铺着硬席的土炕上抚摸劳伤的筋骨……我们的农民多么好！他们像负重的骆驼，走多远的路都不发一声怨言，他们用血汗换来的成果，养活了十亿人哪！

这充满激情的语言中所表露出的是王润滋一种朴素的民间道德感，他从农民身上看到了民间朴素道德世界是这样的美好，他就从这样一种民间道德的立场出发，去审视社会生活的变化，以这样一种原则去发现生活中的美与丑、善与恶，由此他看到乡村贫穷的生活并没有压倒农民的生活信念，他们依然以顽强的生命力在爱和恨：爱一寸草、一棵树、一片黑黝黝的土地；有时也恨，恨自私、伪善，恨一切丑恶卑劣的行径。这种源于乡村民间文化中的美好情感成为王润滋小说创作的精神支撑，并把这种民间道德放置于社会改革的现实进程中，表现它的自在状态受到冲击时那种惶惑、迷惘中的执着。

王润滋在 80 年代的小说中，没有否认社会改革所带来的变化和成就，但也没有陶醉于改革所带来的欢乐中，也没有廉价、肤浅地认同人们趋于经济实例的价值原则，他的民间道德立场使他关心的是：人们在社会改革中的精神世界到底发生了什么样的变化？已有的道德是否会随着社会的变化而进入日常生活之中？由他的民间道德的立场而衍生出的这一系列问题，成为他的中篇小说《鲁班的子孙》的主题。正是在这一点上，王润滋表现出了文学史上老一辈作家的民间立场中所没有触及的民间道德问题，而表现出丰富的当代性内容。

《鲁班的子孙》围绕着父子二人在社会变革时期道德、良心、处世为人等方面的矛盾冲突展开。父亲与儿子分别成为两种不同道德价值观念的承载后，父亲身上体现了乡村民间的传统道德，而儿子作为新时代的青年却有着浓重的趋利指向，在一个经济至上的时代，是按照老木匠的道德——忠厚、善良，以干好活为根本，至于报酬多少不去计较为原则呢？还是像小木匠一样，以挣钱多少为目的，活干好干坏放在次要地位呢？现实生活的迅猛发展，使老木匠对几十年的人生信条开始疑惑，使他失去了以往那种对生活的自信和坚定，仿佛两脚悬空，失去了一切凭靠。该如何重新寻找到一块可以站稳脚跟的坚实土地呢？作者带着一种不容否认的感情倾向，在极富对比色彩的描写中，集中揭示了老木匠内心的迷茫与困惑。

这是一种沉重的历史感，这种历史感表明历史向现实伸展，民间传统向今天的延续。在伸展和延续中，王润滋所执着追寻的是老木匠身上所具有的淳朴、善良、自强不息、舍己为人的精神。这绝不是一般意义上的追寻，而是对人生做更为深刻的理解和更为有力的展示，在这里可以觉察出生命的跃动、历史的变迁，以及一种至善至美的情怀在遭遇到冲击时内心的沉重和悲凉。这既是生活本身的沉重感，也是对土地与人的忧虑的沉重感，不是直面人生把心植根于民间大地上的人是不会有沉重和悲凉感的。于是《鲁班的子孙》中老木匠那淳朴、善良的心灵之美，如同石窟中原始壁画的雕刻，闪着斑驳陆离的光辉，如此难以磨灭，而小木匠奔跑、忙碌的身姿倒有些"时尚"的浅薄。

王润滋这种坚定的、来自民间的道德立场，在《小说三题》的《残桥》中有着进一步的表现，并且充满了一种哀怨之情，这种哀怨来自人们对民间淳朴道德的蔑视。在《小说三题》的《三个渔人》中，三个渔人的生活倏然改观，但它却来自一块黑浪滔天、浊雾弥漫的凶险水域。他们得到了什么，又失去了什么？为什么渔老大脸上布满愁云，海生与小顺子的目光中常流露出隐隐的不安？爱情、友谊与忠诚已被作为新的祭品奉献在物质财富的祭台上，难怪富裕后的人们感到了一种可怕的内心空虚。尽管道上曾一度闪现出一丝灵魂美的光亮，然而，它毕竟只是昙花一现，转瞬即逝。渔老大虽明知用金钱换来的只是婚姻，不是爱情，但他仍然不愿放走不爱自己的妻子；海生深受着良心的谴责，却一次又一次做出不忠实于大哥的事情；小顺子再次收下宾馆司务长的礼物，却把改邪归正的决心放在了"以后"……这一切无不打上了在变动时代里趋利的原则与民间古朴道德的冲突，私欲战胜了理智，美德被恶行踩死，他们在不可抑制的物质占有欲中一步步地堕落了。

在《残桥》中，王润滋感受到了这种民间道德写作所带给他的内心痛苦，外部力量的残酷挤压使他表现出了义无反顾的批判锋芒。在《残桥》中，他笔下的人物在变得越来越陌生的环境中生活，一切高贵的、美好的东西，一切能使人的心变得高尚的东西，都被那些无法抑制的利己主义和追求逸乐的欲念所窒息，这就是《残桥》的氛围和主旨。《残桥》中的"我"，带着一种独立精神，远离故土，去开创新的生活。刚踏入社会时，胸襟坦白，壮志满怀，刚毅、正直的天性使他在一家小酒店里为伸张正义而饱受一顿拳脚，这给他以很大刺激。不久以后，他出现在桥的另一端，生活削去了他的棱角，成为一个将自己的聪明才能用于他过去所憎恶的势力者圈子里的可怜虫。他的结局并非荒诞不经，而是有着极其深刻的社会内涵与内在动因。除了自身因素之外，也在于古朴的民间道德面对日益变化的现实时，呈现出了某种悲剧性的因素。在这里王润滋实际上触及一个深刻的历史难题，这就是伴随着商品经济的发展和社会文明的进步，出于民间自在状态的道德规范都在不同程度地受到损伤，即使那些优秀的部分也不例外。沈从文40年代在湘西的理想之境遭到损伤后，也感受到人性原有的素朴压扁曲展之后的深刻痛苦，难有田园牧歌的情趣和静穆、庄严的人性。

恩格斯曾十分深刻地揭示过这种历史进步与道德规范之间的矛盾，他认为人类从原始社会进入有阶级的文明社会是一次历史的进步，同时也是一次道德的堕落——自私、贪欲和赤裸裸的物欲，毁灭了古老的一切，历史进步与道德之间的这种二律背反矛盾，出现于 80 年代，虽然性质上与经典理论家所说的历史进步与道德堕落之间的矛盾有所不同，但同样面临着这一问题。王润滋在历史的这种巨变过程中，以民间淳朴的道德立场，对抗外部世界的侵犯，虽然有着迷惘、悲怆与痛苦，却在人的精神层面上深刻地揭示了历史的复杂性，为一个时代留下了一曲悲壮的道德之歌，使人在社会现代化的进程中去更多地思考人的精神问题：为什么现代化的进程总是要把人抛进精神的困境？人的精神难道不能在物质的现代化之中获得合乎人性之善的完善？民间自在状态的现代性转变必须要毁灭与其相伴的美丽吗？这些问题带给我们的思考，其实正是王润滋的民间道德写作在当下时代的重要意义所在。

### 三

民间文化形态在"寻根文学"中的意义呈现，并不是由于作家具有了民间写作立场，去自觉地发现民间文化的意义和审美价值，他们主要是从知识分子的立场上去寻求民族与世界的沟通与对话时，与民间文化发生了联系，在他们看来，如果以现代意识重新关照传统，将寻找自我与寻找民族文化精神联系起来，这种本质性（事物的根）的东西，将能为社会和民族精神的修复提供可靠的根基。这种民族的本源所在就在民间，"乡土中所凝结的传统文化，更多的属于不规范之列。俚语，野史，传说，笑料，民歌，神怪故事，习惯风俗，性爱方式等，其中大部分鲜见于经典，不入正宗，更多地显示出生命的自然面貌。它们有时可以被纳入规范，被经典加以肯定。像浙江南戏所经历的过程一样。反过来，有些规范的文化也可能由于某种原因，从经典上流逝而流入乡野，默之潜生，悄悄演化。像楚辞中有的风采，现在还闪烁于湘西的穷乡僻壤。这一切，像巨大无比、暧昧不明、炽热翻腾的大地深层，潜伏在地壳之下，承托着地壳——我们的规范文化。在一定的时候，规范的东西总是绝处逢生，依靠对不规范的东西进行批判的吸收，来获得营养，获得更新再生的契机。因此从某种意义上，不是地壳而是地下的岩浆，更值得作家的注意"[1]。这种注意"不是对方言歇后语之类浅薄的爱好，而是一种对民族的重新认识、一种审美意识中潜在历史因素的苏醒，一种追求和把握人世无限感和永恒感的对象化表现"[2]。韩少功对文学之"根"的这种解释，显然是把民间文化看作民族文化的根本性内容，并从中获取文学发展的动力，对民间文化的这种态度，近似于五四时期的胡适、刘半农等人从民间中吸取文学发展的新鲜因素的审美追求。

由于韩少功是在 80 年代中期东西文化大撞击的历史背景下，在文学与世界的联系中，意识到民族文化本体的重要价值后，试图从民间文化中寻求民族文学发展的资源，这也就决定了民间文化是在他的现代意识关照中存在，而不完全是民间本源性的存在，这也就带来了小说《爸爸爸》中两个层面的内容：一是潜在民间审美意识在历史深处的觉醒；二是从现代意识的角度，对民间文化形态进行理性的审视。

在 80 年代中期的"寻根热"中，韩少功曾写过《归去来》《蓝盖子》《诱惑》《史遗三录》等一系列作品，这些作品都不同程度地表现出探究民间文化形态真相的努力，并在进入民间文化形态的过程中，思考着知识分子精神的意义和民间生命的独特存在形式及价值。韩少功在《民族的长旅》一文中说过这样一段话：

---

1 2　韩少功：《文学的根》，山东文艺出版社，2001 年，第 81—82 页。

> 路途遥遥，山重水复。苗族的先人们就是这样唱着歌，从远远的
> 西陲走来的。在湘西，在黔东，在川、桂、滇等地，到处都留下了他
> 们的子孙，他们的谷种，他们的爱情，他们关于生和死的歌唱。每当
> 月朗星疏之时，苗山里就会飘出清冽、尖利、高亢的歌声，牵动着满
> 山木叶颤抖，牵动着山洞溪月碎碎的波动。这个时候，你仰望星空，
> 也许会突然感觉到，我们的地球在这个空间漆黑的宇宙间孤独长旅，
> 他必定要发出这种声音的。

这声音是什么？是与民间生存联系在一起的"审美化人生信仰"，这声音在
他80年代中期的一系列作品中，时隐时现，并构成了知识分子审视自身的
一个重要参照系。

《爸爸爸》是韩少功的代表作，也是寻根文学中的重要作品。当寻根文
学作家在西方文学的影响下，意识到民族的、本土的民间文化形态，既能
使本土文学获得再生的资源，又是与世界文学对话的一条重要途径后，民
间文化的本源性内容便在他们的作品中具有了重要的审美意义，边远蛮荒
地区的风俗人情、民间传说以及与民间传说相关的行为方式等进入了小说
的世界中。这种文学现象在王安忆的《小鲍庄》、贾平凹的《商州又录》、
李杭育的《最后一个渔佬儿》等作品中都有着突出的表现，这种现象表明，
自60年代以来所形成的以阶级地位和政治意识为核心的文学观念，由于忽
视了人的日常生活以及体现历史连续性的民族文化、人性的因素，文学的
审美境界缺少活泼、新颖、丰富的感性特征，而这些寻根文学作家的探索，
正是在对以往的反拨中，使个体在历史中觉醒，复苏了一个新的艺术世界。
在《爸爸爸》中，我们看到一隅边地的山民，有着他们独特的生活方式，
而这种生活方式又源于他们自身的一种文化心理和习俗，譬如取蛇胆、放
蛊、奇怪的语言表达方式、大胆的情歌……这些内容在审美的意义上有着
奇异的魅力，突破了规范的限制，有着深厚的丰富性，特别是他们的日常

行为方式总是被他们独特的神秘信仰所主宰，让人感受到历史的幽深。为了祈求丰收，他们相信杀人祭谷神的力量，他们也相信巫师说的话——年成不好是由于鸡精作怪，而去炸掉鸡头寨的鸡头，鸡尾寨的人则相信炸掉鸡头对他们不利，而爆发了一场大规模的械斗，致使两寨的青壮劳力死去多人，那些老年人则自愿死去，他们面对东方而坐，坦然赴死，他们知道自己的死是为了其他人的生，这样一种生活方式自然带有荒诞的意味，但荒诞中却感受到了蕴含于民间中的生存本能和力量是如此强烈。当他们唱着歌向远方走去的时候，"男女们都认真的唱，或者说是卖力的唱。声音不太整齐，很干、很直、很尖利、没有颤音，一直喊得引颈塌腰，气绝了才留下一个向下的小小滑音，落下音来，再接下一句。这种歌能使你联想到山中险壁，林间大竹，还有毫无必要的那样粗重的门槛"。这用生命喊出的悲壮之歌，并不仅仅是一种仪式之歌，而是包含着一方水土中的生存的人们特有的精神世界，这精神作为复苏了的一种审美意识，使人更深刻地感悟了历史、民间、人的生存过程。

韩少功的"寻根"是有着一种自觉的现代意识贯穿其中的，也就是"力图寻找一种东方文化的思维和审美优势"[1]，以促进中国文化的涅槃和再生。在这样一种艺术的追求过程中，他的文化使命感，使他在把民间文化形态的审美意义在民族文化重造的过程中呈现出来时，总有一种清醒的理性精神存在，在寻找、呈现的过程中，表现出某种批判精神，这一点典型地体现在《爸爸爸》中"丙崽"形象的塑造。"丙崽"是生命的象征符号，"他象征了人类顽固、丑恶、而又充满神秘色彩的生命自在体，他那两句谶语般的口头禅，已经包括了人类生命创造和延续的最原始最基本的形态"[2]。然而就是这样一个只会说"爸爸爸"与"×妈妈"两句话并永远长不大的人，一会儿被当作奉献神灵的祭品，一会儿当作指示迷途的神灵，在经过

---

1　韩少功：《文学的根》，山东文艺出版社，2001年，第85页。
2　陈思和：《陈思和自选集》，广西师范大学出版社，1997年，第216、253页。

一场种族几乎灭绝的大劫难之后，独独丙崽不死。这里虽然包含着韩少功对神秘生命的理解，同时也表现出他试图从民间文化形态的自在状态寻找民族文化的某种糟粕的东西，这就是"人的自觉一时的迷失"。正是在这个意义上，我们可以说韩少功的《爸爸爸》始终有着知识分子的清醒的理性自觉，表现出对民间文化形态的双重态度：一方面潜入民间的幽深与丰富中寻找着民族文化的真谛，一方面又在寻找中批判着它的"劣根性"，民间的审美因素则在对撞中闪现出了熠熠光彩。

## 四

莫言是 80 年代文学中的一个重要存在。他的《红高粱家族》的审美世界——源于民间、富有生命活力而又具有现代主义的艺术世界，不仅可以使人触摸到中国本土——民间文化复杂性的根底，而且可以使人体味到源于一方水土的民间艺术想象是怎样凝聚起了相互对立的诸多因素——卑鄙与高尚、美丽与丑陋、善良与邪恶等，呈现出文本难以阐释清楚的"藏污纳垢"形态，因此从民间的角度也就能够更准确地看到莫言小说的意义。

小说的写作是从叙述开始的，没有叙述也就没有小说。小说叙述可以由多种方式：有现实性叙述——尽可能客观、真实地叙述现实生活中所发生的人物与事件；有想象性叙述——在激情驱使下使人物形象恣意妄为，获得超越现实空间的艺术世界；莫言的《红高粱家族》则是一种民间叙述。莫言在《红高粱家族》的开头是这样写的：

> 一九三九年古历八月初九，我父亲这个土匪种十四岁多一点。他跟着后来誉满天下的传奇英雄余占鳌司令的队伍去胶平公路伏击日本人的汽车队。奶奶披着夹袄，送他们到村头。余司令说："立住吧。"奶奶就立住了……余司令拍了一下父亲的头，说："走，干儿。"

这个开头清楚表明了莫言或者说叙述者所具有的民间身份，他所要展开叙述的三个人：爷爷（余司令）、奶奶、父亲与"我"是有着血缘关系的民间社会中的一个基本单位，在民间乡土社会中没有比有着血缘关系的家庭更密切的了，血缘维系着生命、责任、义务，同时也维系着情感、道德与良知。在乡土的民间社会中可以背叛朋友，但决不可以背叛自己的祖先，否则就是一个被民间乡土社会所唾弃的罪人。莫言《红高粱家族》中的叙述者以这种身份展开叙述，就决定了莫言小说的叙述是属于民间的最本色的一种方式，这种最本色的民间叙述可以使他充分地表达自己源于民间的体验和感受，因为在血缘链条上，他的任何叙述和言说只要对得起自己的祖先，别人的闲言碎语就毫无意义。正是叙述人这种通过血缘关系把自己纳入民间乡土社会中的彻底的民间立场，决定了《红高粱家族》的叙述者对民间价值的认同和坦荡无比、恣意豪迈、天马行空的叙述气魄，他写爷爷杀人放火、写爷爷与奶奶在高粱地里做爱，也写他们与日本鬼子的血腥战斗以及爷爷抛弃奶奶和恋儿的婚外情，奶奶为报复爷爷投入铁板会头子黑眼的怀抱……与此交织在一起的是他（她）们健壮的体能、强壮的气魄，敢爱敢恨、重生轻死的民间情怀。莫言这种恣意妄为的叙述表明：他通过血缘为纽带所确立的民间立场，使他在认同民间的同时也认同了他的根，他的情感与精神的归宿，他经常对现代文明都市的丑陋与卑鄙、龌龊表示愤慨的原因也就在这里。由此莫言在《红高粱家族》的题首写道：

> 谨以此书召唤那些游荡在我的故乡无边无际的通红的高粱地里的英魂和冤魂。我是你们的不肖子孙，我愿拔出我被酱油腌透了的心，切碎，放在三个碗里，摆在高粱地里。伏惟尚飨！尚飨！

在《红高粱家族》中与这个本色的民间叙述人相联系的是，还有一个具有现代思想意识的叙述者经常在文本中对人物、事件加以评说，这个叙述者所运用的语言是现代性的，与"民间叙述人"所运用的语言似乎是间离的。譬如在写到缠脚时，叙述人这样讲："奶奶不到六岁就开始缠脚，日日加紧。一个裹脚布长一丈余，曾外祖母用它，勒断了奶奶的脚骨，把八个脚趾，折断在脚底，真惨！我每次看到她的脚，就心中难过，就恨不得高呼：打倒封建主义！人脚自由万岁！"在写奶奶恨过、爱过、战斗过，被日本鬼子的子弹击中之后，叙述人说："奶奶被子弹洞穿过的乳房挺拔傲岸，蔑视着人间的道德和堂皇的说教，表现着人的力量和人的自由，生的伟大爱的光荣，奶奶永垂不朽。"这种叙述显然说明，叙述者在沉入民间的时候，并没有被民间的丰富和驳杂所遮蔽，而是有着一种现代人的立场，由此去认同民间社会中蓬勃生长的民间精神，发现过往历史中民间精神人格与当代人相通的地方。"民间"通过叙述人的双重身份所运用的语言在间离中的内在统一，转化成了当代人文精神的重要资源，形成了莫言"批判的赞美和赞美的批判"（莫言语）的艺术态度和人生态度。正是从这个意义上说，莫言是一个"民间的现代之子"。

当莫言在《红高粱家族》中以血缘为纽带建立了自己民间叙述人的身份后，又以现代性的思想认同民间社会中所蕴含的那种自由、个性、生命的风骨，他也就有了承担民间文化复杂性的能力。有了前者他就有了坚实的民间之根，沿着祖辈的足迹去叙述他们所经历的历史；有了后者他就获得了理性的支撑和自信。他在乡土民间社会中所感悟到的一切都与他的血缘宿命联系在一起，民间的精神构成了他生命中的内容，源于生命冲动的感性写作还有什么不能讲述的呢？于是在莫言的《红高粱家族》中，呈现出了一种泥沙俱下、鱼龙混杂、善恶交织、美丑为一的境界，也就是陈思和所说的"藏污纳垢"状态。藏污纳垢是一个中性词，并不仅仅是指民间包含着丑和恶的东西，而是指包蕴了美丑对立、善恶交织、瑕瑜互见的一种复杂文化形态和审美形态。如果不说明这种藏污纳垢文化形态的基本特点和生成原因，对于它的审美意义和莫言小说所能达到的艺术成就也无法阐释得更清楚。那么在莫言的《红高粱家族》中我们看到了什么？看到了爷爷为了性爱去杀死单家父子，为了复仇假装怯懦以骗术杀死花脖子，为了得到枪支又去绑架胶高支队的领导人和冷支队队长。奶奶也是如此，她为了获得爱情不仅在亡夫的家园里重整旗鼓，而且对于爷爷发生婚外情的恋儿施以不近情理的惩罚甚至委身于黑眼以报复爷爷的背叛，在抗日战场上她又以不畏生死的态度体现出女性的辉煌，就连余大牙这样强奸女人犯了大罪的坏蛋临死前也表现出了应有的英雄气概，把人感动得脚底发热、热血沸腾。最能体现民间乡土文化这种复杂性的是胶高支队、冷支队、爷爷领导的三支队伍之间的相互争斗，他们之间的政治倾向不同，为了壮大自己，彼此之间杀得你死我活、尸横遍野，一旦日本人开过来，又能相互联手痛击侵略者。在他们这种你来我往、翻来覆去的变化中，可以看到他们的人生行为已很难用惯常的伦理道德规范去衡量他们的价值，也难以用善与恶、美与丑这样简单的二元判断去评价他们，而是善中有恶，美中有丑，相互纠缠。正如莫言在写到单家父子的房子被焚毁之后所写的："这几十间先庇护了单家父子发财致富后庇护了爷爷放火杀人又庇护着奶奶爷爷父亲罗汉大爷与众多伙计们多少恩恩怨怨的房屋完成了它的所谓的'历史的使命'。我恨透了这个庇护所，因为它在庇护着善良、麻醉着真挚情感的同时，也庇护着丑陋和罪恶。"而爷爷呢？他看到这所房屋倒塌的感觉，就像当初爱上恋儿愤然抛弃奶奶别村去住，但后来又听说奶奶在家放浪形骸与铁板会头子黑眼姘上一样，说不清是恨还是爱、是痛苦还是愤怒。对于在这块土地上生存的人们来说，这块土地给他们生命、血液、爱，同时也给了他们饥饿、死亡、恨，他们爱得深切也恨得彻入骨髓，这是土地馈赠给人们的无奈宿命。在新时期的小说创作中，能够把乡土民间的文化形态揭示得这样深刻的作家只有莫言。

张炜的《九月寓言》也切入了这一主题，但张炜在《九月寓言》中所寻求的是"融入野地"的那份自由、舒畅，对民间的诗性想象充分展现出了民间大地对于人的精神的抚慰和依托，而未能对民间"藏污纳垢"的复杂文化形态展开充分的描述，这样说并非是对《红高粱家族》和《九月寓言》做孰优孰劣的判断，只是说明莫言和张炜对于"民间"的不同态度所呈现出的小说文本的不同特点。莫言虽没有张炜的诗性浪漫和激情飞扬，但他以民间的"现代之子"身份返回民间的时候，他就有可能充分地体味到民间的复杂和二元判断的艰难，更接近于民间生存的真相，从文化形态学的意义上来说，莫言的小说是有着重要的价值和意义的，正是以此为基础才能说明其小说所具有的审美特性及审美价值（这一点后文再论）。在乡土的民间大地上为什么会出现这种藏污纳垢的复杂文化形态？这显然与乡土宗法民间社会的存在形态有关。在我看来乡土宗法民间社会由于常态和变态两种情况而有不同的特点，换句话说任何事物都是变化的，民间也不是静态的存在，如果静止地去思考民间，许多问题就难以说清楚。从一般的、常态的意义说，乡土宗法民间社会形式是以血缘为基础的等级结构形式，家是最基本的社会构成单位，权力归于家中的长者，家的扩大成为族，最高的权力这就是族中被大家公认的最有威望的长者，他操持着整个家族的大小事务。人与人之间的关系就是以血缘为基础的等级序列关系，同时这种等级序列关系中又有着以血缘为本的情感关系。所以在乡土民间社会中特别讲究辈分，做长辈的有长辈的位置，做小辈的则有小辈的规范，每一个人从自我出发都能推演出这样一个错综复杂的关系网络。在这一网络中个人行为是受到等级序列限制的，个人的情感相对于其他人而言也是有差别的，譬如一个人对于父母的爱、对于子女的爱就会由于对方所处位置的不同而有所区别。对于女人的爱也会由于对方所处位置的不同而有所区别，如果一不小心爱上了一个在辈分上有所区别的女人，那就会惹下大祸。

由上所叙可以看到，乡土民间社会是一个在血缘基础上带有某种专制色彩而又渗透着情感因素的社会形态，它表面上看由于辈分的制约以及与此相关的伦理道德的规范，表现出超常的稳定，但其内部却蕴含着诸多不稳定的、破坏性的因素，因为规范是稳定的，而人的情感、欲望则是变动的，当民间乡土社会发生变化，譬如天灾人祸、外敌入侵、社会动荡等外部力量影响到民间社会时，民间社会的常态就会被打破。因为在这种情况下，人的生存成了根本性问题，当生存成了根本性问题时，人所关心的就是如何活着，至于在常态下的伦理规范、美丑、善恶、真伪等对他们而言已不是重要的问题了。正是这种"变态"情形之下，人为生存而挣扎的过程中个人生命迸射出了灿烂的辉煌，出现了反叛传统的力量。莫言的《红高粱家族》所表现的正是这种社会变态中的情形，他的小说所呈现出的藏污纳垢文化形态也是由乡土民间社会中的生存境遇所决定的。这种藏污纳垢的文化形态在莫言小说中呈现出来的时候，为什么会给予我们强烈的冲击力？他又是怎样从这种形态中发现了与现代人共鸣的契合点？这就牵扯到了民间的精神资源在何种意义上构成了当代人的精神、情感、审美内容这一重要问题。

虽然藏污纳垢的民间文化形态本身就包含有对当代人有意义的内容，但往往是被强大的主流意识形态所遮蔽，对于作家来说还必须要有一个发现的过程，这个发现的过程就是作家的思想、审美情感与民间世界相互交流的过程，民间固有的生命活力激活了作家的艺术想象，作家的艺术想象则灌注着自我的主观情感，使民间世界具有震撼人心的魅力。在此作为现实的民间文化空间和作为艺术的民间审美空间是既相联系又有区别的，这种区别在于后者是经过作家创造的、自由的、感性的世界，需有作家的思想、情感灌注其中，那么，莫言是以什么样的审美情感去在现实的民间文化空间中发现艺术的意义呢？这一点在前两部分中已做过一些分析，具体落实到《红高粱家族》时就痛感现代都市中人性的龌龊和生命力的萎缩，转而在高密东北乡那一片粗犷、野蛮的乡土大地上发现爷爷、奶奶那种强悍的个性生命力，自由自在、无所畏惧、朴素坦荡的生活方式，这种现实人生与过往历史的交流，使过往民间世界中所蕴含的精神转化为当代人重要的组成部分并对其生命人格精神的生成产生重要影响，从而在作品中创造了一个个感性丰盈、生命鲜活的艺术形象。

崇尚生命的强力、赞美个性生命的伟大是莫言《红高粱家族》的主题，这个生命主题会使我们想到西方近代以来的生命哲学，特别是尼采那种高蹈的生命精神。尼采曾说："肯定生命，哪怕是在最异样最艰难的问题上；生命意志在其最高类型的牺牲中，为自身的不可穷竭而欢欣鼓舞——我称这为酒神精神，我把这看作通往悲剧诗人心理的桥梁，不是为了摆脱恐惧和怜悯，不是为了通过猛烈的宣泄而从一种危险的激情中净化自己（亚里士多德如此误解）；而是为了超越恐惧和怜悯，为了成为生命之永恒喜悦本身——这种喜悦在自身中也包含着毁灭的喜悦。"[1] 尼采对生命自身的充分肯定与莫言小说的生命形态虽然有着不同，然而把生命看作人生存意义的最高原则却与莫言《红高粱家族》中以生存为根本的乡土民间世界有着相似之处。不知莫言是否受到尼采的影响，但我以为正是这种生命精神照亮了乡土民间藏污纳垢的文化形态，使这种文化形态中潜在的生命自由精神迸射出了耀眼的艺术光彩。艺术是生命的、感性的、自由的，在藏污纳垢的民间文化世界中，生命一旦与感性、自由联系在一起，它就具有了审美意义，已不是乡土民间的自在状态，而是自由自在的审美状态，自在与自由、现实与想象、生存与生命等就糅合成了一个有机的整体，呈现出丰厚深邃的艺术魅力。有的论者把乡土民间藏污纳垢的文化现实空间等同于这种"藏污纳垢"的审美艺术空间，当然也就无法说明作家走向民间的这种审美意义。在《红高粱家族》中我们可以看到爷爷、奶奶以及众乡亲们在藏污纳垢的现实文化空间中，都有着对于生命本能的热爱，都有追求着自

---

[1] 尼采：《悲剧的诞生》，周国平译，北岳文艺出版社，2004年，第78页。

由自在的生活方式，生命作为自身存在意义的确立成了他们的生活原则。当生命自身熊熊燃烧起来的时候，既定的道德规范、生活原则以及善恶观念还有什么意义？正如奶奶在临死之前所说："什么叫贞节？什么叫正道？什么叫善良？什么是邪恶？你一直没有告诉过我，我只有按着我自己的想法去办，我爱幸福，我爱力量，我爱美，我的身体是我的，我为自己做主，我不怕罪，不怕罚，我不怕进你的十八层地狱，我该做的都做了，该干的都干了，我什么都不怕。"在爷爷、奶奶以及高密东北乡那一方土地上的乡亲们身上所流淌的就是与人的感性生命相关的这种自由的生命精神，所以爷爷和奶奶在生机勃勃的高粱地里相亲相爱，两颗蔑视人间法规的不羁心灵，比他们彼此愉悦的肉体贴得还紧，他们为了爱杀人，他们为了获得生存的自由以不屈的生命与日本人展开战斗，他们也与冷支队、胶高支队的各种政治力量展开抗争，这种民间富有原始色彩的生命渴求是如此强烈地主宰着他们的行动，使我们体味到这些感性的自由生命是鲜活地存在于民间而不是某种理念的化身，既定的原则无法约束他们也无法用这种原则去评判他们。这些携带着民间丰富的文化信息和反叛的、自由的心灵如果脱离了藏污纳垢的生存文化环境，也就无法获得丰盈的、生动的内涵，这种感性的、丰盈的生命形象也与莫言的民间文化想象联系在一起。

如果说作为民间之子的莫言在对民间乡土社会的感情依托中发现了民间乡土社会中所蕴含的现代生命精神，那么民间文化想象则在这种生命落实与民间文化的长河中，具有了鲜明的本土色彩和民族特点。在这一民间文化想象的艺术世界里，既有种族记忆中集体无意识的心理原型，也容纳了心理人类学的丰富内容。正如季红真在谈到《红高粱家族》时，认为这部作品渗透着佛教轮回观念的生死意识，重生也重死：

> 在《红高粱家族》中，两名女性的死亡仪式，都带有明显的祭祀性质。大奶奶在死后一年的忌日里，被重新隆重殡葬，挖开草冢的时

候，人竟新鲜如初，且有香气溢出，死亡的神圣性质被作者夸张到了极致。二奶奶虽然没有隆重的仪式，但其怨气冲天的怒骂持续数天的奇观，也是把这个仪式充分地心理化的结果。同时男人为女人祭奠，也是对规范礼仪的反动。正是由于中国民间把死看作生的延续，才有生的执著与死的悲壮，也还是由于在这样神秘的生死意识中升华起来的朴素生存信仰，能够诞生出豪强气息极浓的本色英雄，并且口头创造出无数英雄的史诗。[1]

《红高粱家族》中的这种民间文化意识使其文化想象与民间集体无意识联系在一起，构成了富有本土特点的文本内涵。

概括本节所说：莫言作为一个民间的现代之子，他在乡土民间藏污纳垢的现实文化空间中，把生命精神充分地张扬起来，而这种生命精神又具有民间文化精神的精华，他与中国的民间现实和民间文化心理密不可分，从而创造了一个独特的、本土的又是现代的艺术审美世界。这个艺术世界证明，在当下的文学创作中强调"民间"是有意义的，中国的民间社会并不是一个虚幻的空间，而是有其相对独立的运转系统，它不仅包含了丰富的精神内容，而且对于当代人精神的生成和真正中国化的现代性作品的出现都有着重要意义。

---

1  季红真：《神话世界的人类学空间》，《北京文学》1988 年第 3 期。

中编

民间原型·民间想象·民间记忆

# 第八章

# 民间原型与新时期小说创作<sup>*</sup>

在新时期文学的发展过程中，民间文化（包括与民间文化密切相关的民间文学）始终与文学的发展有着密切的关系，它构成了中国新时期文学发展的重要动力和精神资源。充分地揭示民间文化的意义，不仅可以从本土文化的角度进一步解释新时期文学的生成和发展过程，而且能够发现文学史叙述中的民间文化与其他各种文化形态的联系，使中国新时期文学与本土经验、记忆、信仰、伦理和历史传统之间建立广泛的精神联系，推动民族的、个性的文学建设。在目前对于这一问题的研究显然是不够的，通过原型建立起中国民间文学、文化与新时期小说的深厚联系的研究成果也不多见，本章试图通过对传统民间故事、传说中的"原型"在新时期小说中的呈现方式进行分析，探求新时期小说中民间文化的意义、民间审美的特点及其文学演变的某些规律。

一

"原型"的英文是"archetype"，又译为"原始模型"或"神话雏形"。[1]原型批评有两个文学之外的渊源：文化人类学和心理分析研究。在弗雷泽影响下的文化人类学家，特别重视从早期宗教现象（包括仪式、神话、图腾崇拜等）入手探索和解释文学的起源、发展。荣格在集体无意识的基础

---

\* 原载《中国社会科学》2008 年第 3 期。

1 叶舒宪选编：《神话—原型批评》，陕西师范大学出版社，1987 年，第 14 页。

上，提出了"原型"的概念，"原型"指的是心理中明确的形式的存在。1957 年，加拿大文学批评家诺斯洛普·弗莱出版的《批评的解剖》标志着原型批评理论的成熟。"弗莱的原型批评理论的核心是'文学原型'。弗莱在构建其文学理论时对原型进行了移位，把心理学或人类学意义上的原型移到了文学领域，赋予原型以文学的含义。原先的原型是一些零碎的、不完整的文化意象，是投射在意识屏幕上的散乱的印象。这些意象构成信息模式，既不十分模糊，又不完全统一，但对显示文化构成却至关重要，现在经过弗莱的移位，原型成了文学意象，一个原型就是'一个象征，通常是一个意象，它常常在文学中出现，并可被辨认出作为一个人的整个文学经验的一个组成部分'。"[1]弗莱的"原型理论概念"被归纳为如下四个方面："第一，原型是文学中可以独立交际的单位，就像语言中的交际单位——词一样。第二，原型可以是意象、象征、主题、人物，也可以是结构单位，只要它们在不同的作品中反复出现，具有约定性的语义联想。第三，原型体现着文学传统的力量，它们把孤立的作品相互联结起来，使文学成为一种社会交际的特殊形态。第四，原型的根源既是社会心理的，又是历史文化的，它把文学同生活联系起来，成为二者相互作用的媒介。"[2]由此，文学史上无数千变万化的作品就可以通过某些基本的原型而串联起来，构成有机的统一体，从中可以清楚地看出文学发展中变与不变的规律现象。

把原型批评的理论和方法运用到新时期小说与中国民间文化的研究中，其目的是进一步深入分析当代文学与民间文化之间的关系，那么，在中国民间文化、文学的范围内，怎样理解"原型"问题呢？

钟敬文先生曾说："中国，是一个'传说之国'。她极丰饶于自然物产，也极丰饶于民间传说。有些学者说，中国是神话很缺少的国度，和这相反，她于传说却是异常的富有。中国是否为世界上于神话最贫弱之国，这还是

---

1　朱立元主编：《当代西方文艺理论》，华东师范大学出版社，2005 年，第 171 页。
2　叶舒宪选编：《神话—原型批评》，陕西师范大学出版社，1987 年，第 16—17 页。

一个有待商量的问题，但她于传说方面的富有，却是不容争辩的事实。"[1]西方的"原型"理论所背倚的是西方的神话谱系和传统，在"神话"相对缺乏的中国，难以在神话原型与后来丰富、复杂的文学创作之间建立起深厚的历史联系，丰富的民间传说、故事则有可能承担起这样的功能。当我们以民间传说、故事为"原型"理论批评的文学资源时，还应特别重视民间文学研究中的两个概念：类型和母题。民间传说、故事（含其他样式的口头文学）作为世俗的神话，有一个最为明显的特征，"就是由不同人口中讲出的故事，它们的情节结构常常大同小异。甚至远隔千山万水的人，所讲的故事也惊人的相似。……'类型'是就其相互类同或近似而又定型化的主干情节而言，至于那些在枝叶、细节和语言上有所差异的不同文本则称之为'异文'。……'母题'在文学研究各个领域的含义不尽一致，就民间叙事作品而言，它通常被认为是一种情节要素，或是难以再分割的最小叙事单元，由鲜明独特的人物行为或事件来体现。它可以反复出现在许多作品中，是有很强的稳定性；这种稳定性来自它不同寻常的特征、深厚的内涵以及它所具有的组织连接故事的功能"[2]。对这种世俗神话中的"原型"进行分析，所要讨论的就是这些民间叙事作品中的类型、母题以及与此相关的主题、人物、结构、想象等内容，在人们文化心理形成过程中所产生的意义以及在文人文学作品中的"置换变形"及其价值。

　　讨论中国民间传说、故事中的"主题原型"，应重视儒、道、佛等多种文化因素对其思维方式的渗透和影响，正是这种影响使中国民间故事传说中的"主题原型"与西方有所不同。在西方的原型批评中，主题原型有创世主题、永生主题、英雄主题等；在中国的民间故事传说中，主题原型则有报恩主题、忠义主题、善恶相报主题、忠于爱情主题等，并且具有浓郁的伦理道德色彩，呈现出鲜明的中国化特点。这些主题则是在人与自然、

---

1　《钟敬文文集·民俗学卷》，安徽教育出版社，2002年，第222页。
2　刘守华主编：《中国民间故事类型研究》，华中师范大学出版社，2002年，第2页。

仙境、阴间、阳世的相互联系和转换中体现出来。由此就牵涉到了中国民间文化、文学认识、理解世界的方式问题。以庄子为代表的道家思想和以孔子为代表的儒家道德思想对民间传说、故事的影响是深刻的。庄子在《大宗师》中说："夫道，有情有信，无为无形，可传而不可受，可得而不可见，自本有根，未有天地，自古以固存。神鬼神帝，生天生地，在太极之先而不为高，在六极之下而不为深，先天地生而不为久，长于上古而不为老。"这个"道"产生万物，而它本身并不是任何其他东西产生的，它就是它自身产生的终极原因，并且在时间上无始无终，空间上无边无际，存在于天地万物之中，人与道为一，也就与自然界万物之间没有了隔膜，而是彼此有着生命联系的统一体，"认出天地万物之一体，而本此一体之观念，努力于自我之扩充，由近而远，由下而上，横则齐家治国平天下，纵则赞化育参天地配天，四通八达，圆之又圆"[1]。郭沫若认为这是儒家伦理的极致，人的意义就在与自然、社会的联系中体现出来。显然，在民间故事、传说中，人与自然生命的联系及其对儒家伦理人格的表达都与这一文化传统密切相关，当佛教的轮回转世、善恶报应等观念与这样的文化融为一体时，在民间故事、传说中出现人、鬼、神，阳世、阴间、仙境可以自由转换的空间形式以及重视道德训诫功能也就不足为奇了。同时，我们还应重视中国本土的道教信仰对民间传说故事的影响。中国的道教与儒、道、佛既有联系，但又不完全相同：

> 中国道教按照自己的学说，构筑了一个颇为生动完整的神秘幻想世界，它既是人们的信仰，又深刻影响着各类民间叙事文学的创造和演变。道教以"道"为最高信仰；道是统摄宇宙万物运动变化的虚无玄妙之物，修炼得道即可长生不死，飞升成仙，并能通达宇宙奥秘，成为无所不能的强者。神仙就是得道者，他们成为神秘幻想世界的中

---

1 郭沫若：《〈文艺论集〉汇校本》，黄淳浩校，湖南人民出版社，1984年，第60页。

心。就整体而言，这个神秘幻想世界的最高统治者是玉皇大帝及其配偶王母娘娘，其左右有太白星君、天兵天将、日月北斗诸神、风雨雷电诸神等；掌管其他领域的神，幽冥地府有酆都大帝，水里有龙王，山里有山神，地里有城隍、土地、财神及闲游浪荡的八仙；居留千家万户的有门神、灶神等等，还有众多的鬼怪精灵混杂其间。能沟通这个神秘世界与凡俗世界的是道士，道士扮演着半人半神的角色，有的著名道士如张天师，甚至直接受命于玉皇大帝，具有支配人间众多神秘力量的巨大神通。天宫居住着众多的天仙，过着逍遥自在的日子，得道成仙特别是成为天仙，是修道者追求的最高境界。动植物年久即可成为精灵，幻化成人形。这些自然界的精灵如逞凶作恶就会被视之为妖魔，受到惩处，道士的主要职责就是对付在人间威胁着普通民众的各种妖魔鬼怪。它们如按道教学说进行修炼，再加上给人们行善造福，也可以在完全化身为人的基础上得道成仙，位列仙班，进入道教设想的最美好境界。"仙道贵生"，在道教神秘幻想中，贯穿着珍爱生命和现实生活，渴望发挥人的潜能以创造奇迹的积极浪漫主义精神。[1]

在这样的文化背景下产生的中国民间故事、传说既具有超现实的幻想又具有强烈的现实性内容。

我们正是在这样的文化、信仰背景下，来讨论中国民间传说、故事中的"主题原型"及其独特的表达方式和构成特点，讨论"主题原型"在新时期小说中的"置换变形"的当代性意义及其美学价值。

## 二

不同民族的文学受着不同文化传统的影响。今道友信认为："在西洋的思想史上，人一开始就在宇宙中占据着独立的存在，人不是自然的兄弟，

---

1　刘守华：《道教信仰与中国民间口头叙事文学》，《中国文化研究》1996 年第 2 期。

而是以自然为舞台的存在。"[1] 中国人"天人合一"的观念，使传统文化呈现出与自然和谐共处、融为一体的文化精神。在传统的民间故事、传说中，人和自然、其他生命的关系是不可分离的，彼此共生共存于想象的艺术世界中，他们彼此之间的交往方式有着浓郁的道德化、伦理化色彩，其主题原型往往与忠义仁厚、善恶相报等内容联系在一起。在"动物报恩"系列传说和"感恩的动物忘恩的人"等故事类型中呈现出的主题原型与新时期以来小说创作的联系尤为密切。

钟敬文曾说："中国古来传说中，有一个'动物报恩系'，如隋侯救蛇得珠、杨宝救雀子孙四世为三公之类，不胜枚举。"[2] 在刘守华主编的《中国民间故事类型研究》中对于"动物报恩"的故事列举了两种类型：蜈蚣报恩与人虎情缘。"蜈蚣报恩"型故事的情节结构是：（一）一年轻人（书生）救了一条蜈蚣（或蟾蜍、蛇、青蛙），以后又一直喂养它，带了它上路。（二）途中听一声音叫他的名字，他答应了，别人告诉他："这是恶蛇（或妖精），半夜里会来吃你的。"（三）他把蜈蚣放走，蜈蚣不肯离去。（四）夜里，恶蛇袭来，蜈蚣与其搏斗，杀死恶蛇，蜈蚣也中毒死去（有的异文说此人在死蛇尸体中获得了宝石；有的异文说此人为蜈蚣立墓碑或永远纪念它）。与此类似的文本在浙江、四川、广西、山东等地都有流传。"人虎情缘"型的故事情节结构是：（一）虎受困获救：1. 刺卡住喉咙或钉入脚掌；2. 卡在树杈之间；3. 难产；4. 掉入陷阱或猎人的其他机关，得到人的帮助，困难解除。（二）恩人的厄运，恩人：1. 被诬陷；2. 贫困难度日；3. 无人赡养；4. 没有妻子。（三）出山报恩。这两种故事类型的情节单元有所不同，但所表达的思想却非常接近，即人与动物相互依存、和谐共处。

但对于"感恩的动物"来说，却常常遭遇忘恩的人，因此，在民间故事传说中还有一种类型是"感恩的动物负义的人"，在这一类故事类型中往

---

1　今道友信：《关于爱》，徐培、王洪波译，生活·读书·新知三联书店，1987 年，第 110 页。
2　转引自刘守华主编：《中国民间故事类型研究》，华中师范大学出版社，2002 年，第 122 页。

往是人救了动物—动物感恩—人心贪婪，负义索取—遭受惩罚。在这些民间故事、传说中，人的世界和自然的动物世界是相联系的，表达着彼此关爱、同舟共济的美好情感。除此之外，在民间还有人与动、植物幻化的精灵成婚，共同克服困难、幸福生活的故事、传说。民间故事、传说中的这些类型在中国数千年的发展过程中，虽然部分母题（或者说情节单元）发生置换，但其基本主题却没有太大变化。那么，在新时期以来的小说中，这种主题原型是怎样被呈现出来？在新时期小说中这种"主题原型"主要有两种呈现形态：一种是像民间故事、传说那样，通过想象使自然中的动、植物幻化为人形，与人共存于生活的世界中，发生情感联系，构成虚拟的艺术世界，如张炜的小说。另一种是自然世界的人格化或人回归自然的自然化，使人和自然构成亲密、和谐的关系，在此自然世界中的动、植物虽未幻化为人形，但作家却把自己的思想情感融入自然，使自然具有人性的意义，构成人的生命存在的一部分，如张承志、汪曾祺的小说。

在中国民间故事、传说中，人与自然关系中所呈现出的"主题原型"与新时期以来小说创作有着密切的关系。作家在与自然建立起有意义的生命联系时，在现实层面指向的是对中国现代化进程中所出现的一系列问题——自然生态的失衡、人的异化及生命力和道德伦理精神的萎缩等——的思考；而在文化层面指向的是，在与传统文化、民间文化对接过程中，构筑新的生命伦理和价值理念。主题原型的复现或转换的意义与价值也正在于此。

## 三

在中国的民间文化传统中，虽然没有像西方那样发达的神话谱系，但却有着发达的、丰富的神奇幻想故事、传说，这些神奇幻想故事、传说中的一个重要类型就是以神仙、佛道为重要角色与人间生活发生联系，在这样一些叙述文本中，人、神、仙境共处，日常的生活空间和日常生活之外的虚拟空间共存于一个文学的想象世界，并有着浓重的人性化、伦理化的特点。这些神奇幻想故事与中国传统的道教信仰有着密切的关系。中国民间口头传承的许多神奇幻想故事尽管情节变化多端，有着不同的主题原型，却常常受到上述结构模式的支配。当然，民间传说、故事也受到了佛教观念、儒学思想的影响，有时纠缠在一起，难以具体说明其来源，但在许多传说、故事中，道教的色彩是极为明显的。在新时期小说中，与道教相关的一些民间传说、故事中的"主题原型"仍在产生重要影响并生成新的意义。在新时期小说中出现的与道教信仰相关的民间传说、故事中的主题原型，往往不是通过单一的传说、故事的变形或情节置换来体现，而是体现为彼此相关的传说、故事的母题（情节单元）的融合，其主题也往往是一个或多个"主题原型"的集合。在此，有几个在新时期小说中体现得较为充分的"主题原型"值得进行具体分析。

（一）歌颂人经过考验、发挥潜能，张扬人的主观精神力量。这一"主题原型"在民间传说故事中，主要体现在"神仙考验"这一类型的故事中。这类故事往往是说两个人（有时是多个人）访道求仙，一个人意志坚定，心地善良，人格高尚，能克服种种诱惑和困难，终于获得成功；另一个人则因意志薄弱，或心怀邪恶和私欲而失败或受到惩罚。类似的传说故事在民间广为流传，其主题原型也在文化发展过程中影响着人们对人生价值的理解。在新时期小说中，与这一"主题原型"相关的作品主要有阿城的《棋王》、史铁生的《命若琴弦》和《来到人间》、张炜的《九月寓言》等。

（二）书写带有浓重理想色彩的神奇幻境，表达对现实的不满。这一"主题原型"在民间传说、故事中大量存在，许多故事在人、神、鬼的相互联系与转化中，表达了人们惩恶扬善、追求美好生活的愿望。从理想生活境界的角度来理解民间文学中的"主题原型"，我以为最有代表性的是汪曾祺的《受戒》和阎连科的《受活》。

（三）在新时期小说中，许多作品表现出对重利轻义、贪得无厌之物化人格的批判。这一主题在20世纪80年代的山东作家作品中体现得极为明显。王润滋的《鲁班的子孙》、张炜的《古船》等作品都指向在历史发展过程中对人的道德精神的审视。《鲁班的子孙》的主题在重义轻利的老木匠和轻义重利的小木匠的冲突中体现出来。老木匠以道德、信誉、助人为乐为目标，可是奋斗了几十年，仍然家徒四壁，连老婆都饿死了；小木匠以经济为杠杆，迅速致富，可是由于过分贪心，结果弄得四面楚歌、逃之夭夭。张炜的《古船》也涉及道德与实利之间的冲突。《古船》中的隋见素精明、实利，获得了世俗的成功，但他却背负不义的罪名；其兄隋抱朴沉思苦难、追问人性、富有仁爱，成为道德精神的化身，在他身上体现的是作者对农民乃至整个社会和历史苦难的解剖，以及对理想道德价值的守望。类似的小说主题在矫健的《老人仓》、王润滋的《小说三题》、张炜的《秋天的愤怒》和《一潭清水》等作品中都有相似的体现，人物冲突大都在父子、兄弟、朋友之间展开。

　　这样的主题表达及其所体现出的价值趋向，与民间传说故事中"人为财死，鸟为食亡"的故事类型相似，或者说"人为财死、鸟为食亡"的"主题原型"在新时期小说中生成了新的意义。这一主题原型主要体现在有关"太阳山"的众多传统民间故事中。"在众多的'太阳山'型异文中，流传在山东的《拾黄金》较为典型，其故事梗概大致如下：两兄弟分家，哥哥欺侮弟弟。播种季节，弟弟向哥哥借种子。嫂子将高粱种子炒过后交给他。弟弟种下后，精心照看，长出一棵特大的高粱。老雕把高粱穗子叼去了。弟弟为此哭泣。老雕让弟弟准备一条布袋，驮他到太阳升起的地方去拾金子，关照他一听头鸡叫就得趴在老雕身上飞回来。到了那里，弟弟拾了半口袋金子，就赶紧回来了。哥哥知道此事，也学着这么做。老雕关照了一通后，把他驮到那里。哥哥贪心不足，拾个没完，眼看太阳升起，老雕飞走了，哥哥被太阳烤死了。"[1]这个在全国各地广为流传的故事，有大量

---

1　刘守华主编：《中国民间故事类型研究》，华中师范大学出版社，2002年，第313—314页。

异文出现，但故事的情节结构和主题都大致相仿，都是表现对美与善的褒扬和对丑与恶的摒弃，人对物质贪得无厌的追求必然招致惩罚，而美的道德人格和修养却有好的回报。因为在人世间有着一种比财富更为珍贵的东西——仁义道德。显然，张炜、王润滋等人小说中的主题是这一传统民间故事的"主题原型"在当代生活的展开和转换，这里虽然是由奇境转向了现实生活，但道德训诫的功能仍在进一步延续。由此可见儒家的义利观在中国文化中的强大力量，它不仅渗透在传统的民间故事中，而且深刻影响着新时期作家理解当代生活的价值观。

## 四

"主题原型"的复现有多方面动力。首先是作家对"现代性"问题的反思。"现代性"是一个宽泛、笼统的概念，在不同的范畴里谈现代性，对现代性也会有不同的理解。但通常意义上说，"现代性"是与社会的现代化进程联系在一起的，它往往包含着现代科技的发展、商业规则的成熟、物质生活条件的提高、农业文明向工业文明的转变等内容，"其另一种表述就是现代同过去的断裂：制度的断裂、观念的断裂、生活的断裂、技术的断裂和文化的断裂。现代之所以是现代的，正是因为它同过去截然不同，它扭断了历史进程并使之往一个新的方向——我们所说的现代的方向——发展"[1]。"现代性"的历史发展向度有巨大的意义和合理性，但在发展过程中所引发的问题正在引起人们深刻的反思。

在中国当代社会"现代性"展开的过程中，人与自然的关系、人与道德精神的关系、人与生命的关系正面临着前所未有的挑战。在人与自然的关系上，人们为了现代化的发展，对自然资源的开发、利用所带来的破坏和污染已严重威胁着自身的存在空间；在人与道德的关系上，人们趋利的

---

2　汪民安：《现代性》，广西师范大学出版社，2005年，第28页。

物质化冲动已带来了道德伦理精神的萎缩；在人与生命的关系上，技术理性对于人生命的压抑已使人们日益感到生命的困扰与焦虑。如此种种必然引起作家对于现代性的反思，重新思考上述诸类关系。张炜在他的短篇小说《三想》中这样说："事实上，哪里林木葱茏，哪里的人类就和蔼可亲，发育正常。绿树抚慰下的人更容易和平度日，享受天年。土地的荒芜总是伴随着人类心灵上的荒芜，土地的苍白同时也显示了人类头脑的苍白。这之间的关系没人注意，却是铁一般坚硬的事实。树木与阳光、空气、土地的关系，比任何其他生命都来得更亲近……它们是真正具有灵性的扫帚，不断地扫去自然的尘埃。"[1] 在这里，他呼唤人与自然要构建新的伦理关系，他认为人与自然相互适应，人与自然界一切生命共同相处才有了人的一切，人只相信自己、依靠自己是决不能生存的，人的可悲之处就在于自己决定了自己至高无上的地位，而这种决定的不合理性从根本上讲就在于忽视了大自然的一切。在当代文化语境中，张炜对人与自然关系的这种理解，所指向的是对人在现代性追求过程中对自然的蹂躏和对人自身存在的反思，在这里他认识世界的方式呈现出"泛灵论"的特点。民间故事传说作为世俗的神话，也呈现出浓郁的"万物有灵论"的色彩，它也就必然在一个新的层面与民间故事传说中的"原型"相遇。

王润滋对于人的道德问题的思考以及在作品中对于物质化人格的批判，也与当代社会出现的文化问题有关。在当代社会中，商品经济影响着城乡的每一角落，它以蓬勃的活力给社会带来生机，同时也以强烈的破坏力冲击着人们的生活方式和价值观念。不能回避的一个事实是，自私、贪婪和赤裸裸的物欲正在使人们的道德人格发生变化。虽然对于历史的发展进程不能只用道德标准去要求和衡量，但以人的道德堕落来完成现代化的进程，也未必是人类的福音，因此对非道德化人格的批判也是现代性反思的一项

---

1　张炜：《美妙雨夜》，上海文艺出版社，1991年，第313页。

111

重要内容。王润滋回到传统的民间文化中，发现淳朴道德的美好价值，把道德化"主题原型"在当代作品中呈现出来也就具有了重要的现实性意义。对于阿城的《棋王》来说同样是如此，阿城作为寻根文学的重要代表性作家，回到传统，寻找生命之根，是他自觉的文化追求，其目的就是复苏民族文化的生命力量。在当代文化语境中，多种力量对于人的生命的压抑已日益激发出作家的这种追求，莫言、贾平凹、韩少功等许多作家作品中生命意识的觉醒，都潜在地承接了民间故事传说中的主题原型。可见，新时期小说中"主题原型"的复现并不仅仅是与传统民间文化建立联系，更重要的是从当代出发，发现了原型新意，正是这种思想发现的动力，推动着"原型"在当代生活中展开其置换的过程。

其次是作家本土审美意识的觉醒。本土审美意识的觉醒也是"主题原型"呈现的动力之一。巴赫金认为："艺术形象世界的结构形式不仅是对空间和时间因素的安排，而且也是对纯思想含义因素的安排；不仅有空间和时间的形式，而且也有思想含义的形式。"[1] 从这个意义上说，"主题原型"作为文学的思想因素也是审美意识中的重要内容。在中国当代文学的发展过程中，政治意识形态和西方文化、文学对其产生了不可估量的影响。第一，在1949年新中国成立后相当长一段时间内，政治意识形态一直规范着文学的发展和变化，民间文化、文学中许多内容都被当作封建迷信予以批判，虽然在政治意识倡导下，也曾出现过"大跃进"民歌运动、传统戏曲的改编等文学现象，但其"主题原型"都是包含于政治性主题的表现过程中，自身的思想力量未能充分呈现，仅仅成为一种结构性因素隐含于文本之中，民间文化、文学中的有益内容被忽略，甚至被遮蔽了。第二，新时期以来，伴随着对外开放的发展进程，西方的文化、文学成为文学创作的重要资源，作家对民间文化、文学的意义相对也重视不够。中国当代文

---

1　巴赫金：《巴赫金文论选》，佟景韩译，中国社会科学出版社，1996年，第474页。

学中本土审美意识的觉醒是源于 20 世纪 80 年代中期前后的"寻根文学"思潮,这种传统审美意识的觉醒自然激活了民间文化、文学中的审美因素,把存在于其中的原型主题、原型结构、原型想象、原型人物等纳入小说创作中。正如张炜所说:"假使真有不少作家在一直向前看,在不断地为新生事物叫好,那么就留下我来寻找我们前进路上疏漏和遗落了的好东西吧!……我觉得艺术家应该是尘世上的提醒者,是一个守夜者。他应该大睁双目且应该负起道德上的责任。而道德方面的经验和尺度,也只有从长期形成的东西中去寻找……只有从沉淀在心灵里的一切去升华和生发。他们整个工作简单说就是回忆。而回忆,就是向后看,眼前刚刚发生的事难以写成好作品。"[1]这种"向后看"的审美意识所确立的正是当代与传统、现代性与民间性的沟通与连接。那么,为什么包含了原型内容的一些作品能给人以审美的愉悦,而有些同样包含了原型内容的作品却显得低劣庸俗呢?产生这种情形的根本原因就是:那些能给人审美愉悦的优秀作品,其原型内容包含有对当代生活的深刻感悟和理解,原型的置换变形体现着巨大的当代性力量;那些仅仅为"复现原型"而无视当代生活和思想的创作,自然会流于简单的重复和俗套之中。对于那些一味模仿西方的作品,他们不会自觉以"原型"连起与深厚文化传统的关系。

由此,就引出了第三个问题,即作家应有自觉的原型意识,这是提升当代小说审美价值和文化价值的重要途径。在新时期小说创作中,一些优秀作家都有较为自觉的"原型意识",贾平凹在《白夜》完成后答陈泽顺先生提问时说过这样的话:"荣格说过谁说出了原始意象,谁就发出了一千种声音。但是,得看到,太形而下,虽易为一般读者接受,也易被一般读者看走眼,而形而上的东西是给另一部分读者看的。形而上和形而下融合得好了,作品就耐读,就可产生多义的解释。"[2]韩少功谈到寻根文学时说,寻

---

1　张炜:《美妙雨夜》(代后记),上海文艺出版社,1991 年,第 424—425 页。

1　贾平凹:《答陈泽顺先生问》,《小说选刊》1996 年第 2 期。

根 "是一种对民族的重新认识，一种审美意识中潜在历史因素的苏醒，一种追求和把握人世无限感和永恒感的对象化表现"[1]。这些作家虽没有明确提出 "原型" 的概念，但这种艺术追求中包含了对于 "原型" 的激情，"原型" 与传统文化、民间文化是联系在一起的。因此韩少功对那些具有传统文化、民间文化特点的作家，表示了由衷的赞美。他谈到 20 世纪 80 年代中期前后的小说时说："近来，一个值得欣喜的现象是：作家们开始投出眼光，重新审视脚下的国土，回顾民族的昨天，有了新的文学觉悟。贾平凹的 '商州' 系列小说，带上了浓郁的秦汉文化色彩，体现了他对商州细心的地理、历史及民性的考察，自成格局，拓展新境；李杭育的 '葛川江' 系列小说则颇得吴越文化的气韵。"[2] 这种与传统文化、民间文化的对接，必然与 "原型" 相遇，可能是中国当代文学优秀作品产生的前提。韩少功借助对高更的评价说出了这一道理，他认为高更之所以创造出了杰作，是他到土著野民所在的丛林里，长年隐居，含辛茹苦，在原始文化中找到了现代艺术的支点。为什么有了这种 "原型意识"，文学作品就会有价值呢？因为作家与 "原型" 的对接过程，就是历史与现实、传统与现代之间意义关系的确立过程，在这个过程中，不仅拓展了文化的纵深感，而且使作家心灵释放出独特的、蕴含着民族文化精神的审美能量。

通过如上论述，我们可以发现任何传统只有和当代生活发生联系时，才能成为有意义的传统，传统的活力也只有依靠当代的精神才能被激活，"原型" 的意义也只能在这种情境下才能呈现或置换。新时期小说中的 "主题原型" 就是在传统和当代的深层联系中构建起来的，这样的主题原型不仅联系着丰富的传统民间文化、文学思想，而且这些思想已进入我们当下的文化、文学发展过程中。

在如上所论述的 "主题原型" 中所体现出来的天人合一的世界观、重

---

2　韩少功：《文学的根》，山东文艺出版社，2001 年，第 79—80 页。

3　韩少功：《文学的根》，山东文艺出版社，2001 年，第 79 页。

义轻利的人生观、肯定道德生命人格和现实幸福的价值观，不仅丰富了新时期小说的文化意蕴和审美内涵，而且已成为当代作家理解、思考当代问题的重要思想组成部分。当下"中国正在迅速卷入资本主义全球化和一体化的过程，正在经历实现现代化和反思现代性这双重的挤压，正在承受经济、政治、文化、社会习俗各方面的变化和震荡。每个人在这个大漩涡里寻求精神的救助"[1]，在这种情况下，我们更应重视传统民间文化、文学中的有益内容，这些有益内容有可能成为我们回应现代生活，重建生活诗学的出发点，由此我们应以更为自觉的意识，激活传统，获得文化生命的更新和再生。

---

1　韩少功:《文学的根》，山东文艺出版社，2001 年，第 213 页。

# 第九章

# 《桃花源记》与《受戒》《受活》<sup>*</sup>

　　在中国文学历史的发展过程中，陶渊明的《桃花源记》中所表达的那一幅幸福自由、丰衣足食、环境优美的理想社会图景，深深镌刻在人们精神记忆的深处，并且成为人们回应社会变化、表达自己思想情怀的一个重要出发点。《桃花源记》显然具有民间故事、传说的特点，构成了民间文化记忆的一部分，其主题与中国文学中的"出处"（出者，仕进也；处者，隐退也）主题有着密切的关系。"中国文人士大夫在出处文学主题审美效应下，其人生价值取向有了一些差异，大致可分为三种：一是以处为优——如屈原、贾谊、杜甫、韩愈。其社会责任感较浓，出仕受挫后首先想到自己的社会使命。二是以处寄狂——这类人大多个性较强且不像前种人老是寄希望于当道，而是怀疑或不抱希望。如庄子、阮籍、嵇康、激愤时的李白、辛弃疾。三是居处自乐——如陶渊明、谢灵运、欧阳修和苏轼。"<sup>1</sup> 陶渊明《桃花源记》正是他躬耕农田、居处自乐的理想生活境界，蕴含着对现实的不满和对自身价值、生活形态的肯定及社会理想的追求。这一主题原型在其后的许多文人作品中都有所体现，譬如上文提到的欧阳修、苏轼等。清代李汝珍《镜花缘》中的"君子国"与"桃花源"的内在联系也非常明显，康有为的《大同书》中也隐约看到两者的联系。在民间传说故事中，也呈现着类似的主题，像"烂柯山故事"中体现的安宁幸福、环境优美的境界

*　原载《文艺争鸣》2009 年第 12 期。

1　王立：《文人审美心态与中国文学十大主题》，辽海出版社，2003 年，第 195 页。

也承载着普通劳动人民对幸福生活的向往，这一理想的主题就是渴望安宁幸福的生活形态。

这一民间主题原型在 20 世纪中国文学中也以不同的方式呈现出诗意的光辉，唤醒人们对美好生活的向往，同时也寄寓着人们对现实不完美的批判和抗争。废名和沈从文就以自己特有的表达方式传达出了"桃花源"主题原型在现代文学中的意义。任何社会理想都不是凭空产生的，它是在与社会现实的深刻联系中孕育出来的，由于历史文化语境不同，它所具有的社会意义和承载的批判内容也有所不同。因此，对这一民间主题原型的当代性阐释也只能在当代生活的具体文化语境中说明。在这里，我们将重点展开汪曾祺的《受戒》、阎连科的《受活》与"桃花源"主题原型之间内在联系的分析。

汪曾祺曾这样说："小说当然要有思想。我认为思想是小说首要的东西，但必须是作者自己的思想，不是别人的思想。一个小说家对于生活要有自己的感受，自己的思索，自己的独特的感悟。对于生活的思索是非常主要的，要不断地思索，一次比一次更深入地思索。一个作家与常人的不同，就是对生活思索得更多一些，看得更深一些。"[1] 那么在《受戒》这篇小说中，汪曾祺思索和感悟的是什么呢？在烟雨江南，轻柔水乡的高邮小镇上，在明海、小英子天真、纯朴的感情交流过程中，他感悟到了民间生活中涌动的生命快乐，那种快乐是在生活中的细微处丝丝缕缕地飘溢出来的。明海在当和尚的路上，看到的一切都让他感受到生活的新鲜，庙里做和尚的人也没有清规戒律的束缚。他们既可以享受生活的乐趣，娶妻生子、打牌玩耍、唱酸曲找情人，又可以和正常人一样谈恋爱、杀猪吃肉，人和人之间都是按照世俗人生的生活方式彼此平等地交往、和善友好地相处。耐人寻味的是汪曾祺在篇末特意说明这篇写于 20 世纪 80 年代初期（1980

---

1　转引自陈思和、李平：《当代文学 100 篇》，学林出版社，1999 年，第 684 页。

年8月12日）的小说是源于43年前的一个梦，既然是梦就是非现实的一个想象。一个评论家曾认为："汪曾祺的爱情小说如《大淖记事》《受戒》，都似乎交织着梦境和现实力量两条线索。梦境一般象征着情人的幽期密约、海誓山盟，而现实力量则代表着外来的粗暴干涉。这里就涉及了中国传统知识分子的一个重要心理秘密。编制关于巫山云雨的梦境成了他们对于残酷的历史进程的一种特殊的心灵规避方式。"[1] 在我看来，这个梦一方面象征着与情人的幽期密约、海誓山盟，另一方面也象征着"桃花源"式的社会理想，前者连接着知识分子特殊的个体隐秘想象，后者却与更广泛的社会文化心理相联系。在民间传说、故事中，除了《桃花源记》之外，还有与此有着相似主题意旨的"烂柯山的传说"，这个传说在河南、辽宁、浙江、云南等地广为流传。依据刘守华主编的《中国民间故事类型研究》中的资料，在河南流传的"烂柯山的传说"是这样的：

> 山上长满了奇花异草，更稀罕的是还有许多的大树化石，那些树干和象牙雕刻的一样，到了这座山上，就像飘入仙境。桃树下有两个老汉在下棋。这两个老汉身穿道袍，白发银须，红光满面。王樵虽然穷，但他也喜欢下棋，就站在旁边也看了起来，看着看着，忽然几瓣花飘到他身上。他抬头一看，原来是桃花谢了，落花满地。不一会儿，树上结满了红艳艳的鲜桃。王樵忍不住摘了一个桃子吃了起来。只觉得满嘴香甜，顿时感到心明眼亮，浑身舒服。不一会儿，桃子没了，树上的绿叶变黄了，纷纷飘落在地上。再一会儿，桃子又红了，树叶又绿了。

浙江、云南等地的传说虽然与此有所不同，但基本情节都是两位老人精心对弈，在幽然快乐中，笑对人生沧桑、社会变迁。"烂柯山"的故事以轻松

---

1　陈思和、李平：《当代文学100篇》，学林出版社，1999年，第685页。

的笔墨向人们勾勒出一幅诱人的世外桃源仙境。这种仙境一直是我国老百姓理想中的乐园，他们以故事特有的方式，在描绘仙境中人们悠然自得生活的同时，寄托了现实民众内在的精神渴求。因此"烂柯山"型故事，无论是传承的文化环境，还是它包含的文化品格，与我国百姓的民俗心理的审美追求一脉相承。[1]

汪曾祺《受戒》这个梦所呈现的平等、自由、快乐的主题原型显然与民间文化中所包含的这一文化心理密切相关，汪曾祺置身于80年代初的历史文化语境中，在历史风雨沧桑中，越过专制的残暴、战争的腥风血雨、贫穷的无奈与痛感，又一次抵达了民族文化心理中那永远消失不掉的千年梦想，或者说把被历史现实所压抑的这一梦想呈现了出来，但汪曾祺小说《受戒》中这一"主题原型"的呈现方式有着很大的不同，最为重要的区别在于，汪曾祺《受戒》中增加了对日常世俗生活和情感的描写，这里的人不是远离尘世的"人"，而是有情有义、有欲望的、活生生的人，人与人之间的关系也不似以往民间传说、故事中那样静默寡淡，而是有着浓浓的关爱和自然纯朴的交往方式，人由仙道之境回到了世俗生活中。弗莱在《批评的解剖》中依据西方文学的发展路向，曾经谈到这种变化的过程和特点，他认为：

> 如果主人公在程度上超过其他人和其他人所处的环境，那么他便是传奇中的典型人物；他的行动虽然出类拔萃，但他仍被视为人类的一员。在传奇的主人公出没的天地中，一般的自然规律要暂时让点路；凡是对我们常人说来不可思议的超凡勇气和忍耐，对传奇中的英雄说来却十分自然；而具有魔力的武器、会说话的动物、可怕的妖魔和巫婆、具有神奇力量的法宝等等，既然传奇的章法已确定下来，他们的

---

1　参见刘守华主编《中国民间故事类型研究》中关于"烂柯山的故事"的分析，华中师范大学出版社，2002年。

出现也就合情合理了。这时我们已从所谓的神话转移到了传说、民间故事、童话以及它们所属或由它们派生的其他文学形式。[1]

> 如果既不优于别人，又不超越自己所处的环境，这样的主人公便仅是我们中间的一人；我们感受到主人公身上共同的人性，并要求诗人对可能发生的情节所推行的原则，与我们自己经验中的情况保持一致，这便产生"低模仿"类型的主人公，常见于多数喜剧和现实主义小说。[2]

弗莱在这里说明了一个非常重要的文学现象：在传说、民间故事、童话等艺术形式中的主人公具有常人所不具备的某些品质和能力，而世俗化文学中的主人公与普通人的人性和经验是保持一致的，就这一点而言，也适合于说明汪曾祺的小说与中国民间传说、故事之间的差异。那么，汪曾祺的小说《受戒》为什么会发生这种改变呢？

首先，这种改变是与中国现代文学的新文学传统联系在一起的，新文学的一个重要传统就是"人的发现"，把人的个性、人的七情六欲、人的生活的权利看作文学的核心内容，用于对抗和改变封建文学的贵族化、礼教化特点，与汪曾祺创作极为相近的废名，在五四时期小说中那种自然、纯朴、静谧的艺术世界，就呈现出人性的共同性特点，从《竹林的故事》中，我们就感受到了人之为人的美丽和浪漫，这种人性的美丽和浪漫到了沈从文那里则成为对抗都市文明压抑的灵魂追求。

那么在汪曾祺的小说中，他用这种人性的美丽和浪漫对抗着什么呢？这正是汪曾祺《受戒》中"主题原型"的呈现形式发生变化的第二个原因。《受戒》创作于1980年，其时中国十年"文革"结束，社会生活刚刚展现出新的变化，那时的文学作品大多是从政治批判的角度，揭示极左政治对

---

1 2　弗莱:《批评的解剖》，陈慧等译，百花文艺出版社，2006 年，第 46 页。

人的残害，汪曾祺却以浪漫的"梦"的形式，回应着当时的现实历史情境中日益涌动出的对人合理的、基本生活权利以及人自身日常世俗生活而非政治性生活的尊重和呼唤，由此看来，汪曾祺对抗的是政治专制对人的压抑和残害，他为了充分表达人之所以为人的权利以及人应该怎样生活的精神性思考，在《受戒》中他所着力表现的就是"人的世俗日常生活的合理性"以及生活没有"清规戒律束缚的平等和自由"。如果把作品的这些内容与现实的具体历史情景做一类比，可以说寺院的清规戒律对应着现实的政治教条对人的束缚，现实政治对人性的束缚和压抑则联系着小说中对自由率性、纯真自然的生活的向往，由此，汪曾祺充满激情地吟唱着那没有清规戒律的自由的世俗人生，民间传说故事中带有仙道意韵的境界转化为世俗人生场景的诗意描述，这种诗意描述不仅体现在小说空间所呈现出的诗意性，更为重要的是日常生活细节的诗意性，那种细微之处的生活的快乐是那样打动人心，透露出对生活的热爱。

当小说中写到小英子的妈妈时，这样写：

> 大娘精神得出奇。五十岁了，两个眼睛还是清亮亮的。不论什么时候，头都是梳得滑溜溜的，身上衣服都是格挣挣的。像老头子一样，她一天不闲着。煮猪食，喂猪，腌咸菜——她腌的咸萝卜干非常好吃，舂粉子，磨小豆腐，编蓑衣，织芦篚。她还会剪花样子。这里嫁闺女，陪嫁妆，磁坛子，锡罐子，都要用梅红纸剪出吉祥花样，贴在上面，讨个吉利，也才好看："丹凤朝阳"呀、"白头到老"呀、"子孙万代"呀、"福寿绵长"呀。

在写到小英子去接明海时这样写：

> 小英子这天穿了一件细白夏布上衣，下边是黑洋纱的裤子，赤脚

> 穿了一双龙须草的细草鞋，头上一边插着一朵栀子花，一边插着一朵
> 石榴花。她看见明子穿了新海青，里面露出短褂子的白领子，就说：
> "把你那外面的一件脱了，你不热呀！"

小说中的这些细节描写都渗透着汪曾祺对被当时文学作品中所忽略的日常世俗人生情趣的深深眷恋，当汪曾祺以虚构的、浪漫的想象把这种诗意的境界带入人们的视野时，他不仅描写出了人们潜在的心理向往，而且恢复了民间日常生活在新时期文学中的意义，他携带着民间文化的深厚历史积淀，感应着现实对文学的要求，提高了新时期文学的创作境界。

《桃花源记》所呈现出的"主题原型"以及这一原型的表达方式，在汪曾祺之后的张炜、贾平凹等作家的作品中都有所体现，到了阎连科的《受活》，这一主题原型所体现出的基本思想直接成为作者认识和批判当代社会的基本出发点。如果说在民间故事传说中，这一"人人平等、自由幸福生活"的主题原型与现实日常生活没有太大关系，是在具有超世色彩的仙道境界中表现出来，在汪曾祺的小说中是在浪漫的、虚构的、自足的、安宁的艺术世界中表现出来的话，那么，在阎连科的《受活》中，承载这一主题原型的艺术空间却充满了动荡、残酷的血腥气息，这个安宁、祥和、自足、自在的人生世界与现实社会历史的发展进程发生了深刻的联系，桃花源式的自由自在、安宁祥和、人人平等的主题，不仅仅是理想的梦境，而且是阎连科思考中国当代社会问题的思想资源。

在阎连科《受活》中的"受活庄"山青水绿，花草遍地，受活庄的家家户户都一样，虽都是又瞎又聋的残疾户，可却扎扎实实地种地收割、忙秋忙夏，冬季里，家中的粮食吃不完，菜也吃不掉，日子过得殷实而富足，人和人之间相敬相爱，相互帮助，充满了一派纯朴、祥和的景象。世外之事和受活庄人们的日子遥遥相隔着，如相距了十万八千里。当世外之事没有影响到这块区域时，这里人们的生活是平静、安逸的，但是当茅枝婆意

识到外面的世界发生了变化，带领大家加入农业合作社——汇入到中国社会的整体行动中时，受活庄的自在状态在外部各种力量的挤压下崩溃了，人们便陷入了苦难的深渊，因此茅枝婆跪在乡亲们面前发誓说："我不革命了，我茅枝只要还活着，我咋样让咱受活入了社，我就是死也要让受活还咋样退社。"在这里民间传说中所呈现的自在生存原则，成为判断外部各种力量的价值尺度——凡是没能够让普通百姓生活向好的方面发展的政治力量都是应该质疑的。道理虽然简单，但却显示了民间生存理想对现实社会的强大批判力量。在中国历史的发展过程中，《受活》持有这样的认识和批判立场，在现实层面上也是如此，当《受活》中的人们在新的历史时期，被柳县长的"政治与经济""发展的宏伟蓝图"再一次带入外部世界时，他们的命运又一次受到了毁灭性的打击，只不过前一次是在政治热情的激荡下向外运动，而这一次却是在金钱欲望的推动下向外发展，他们在柳县长的带领下，成立了两个绝术团，辗转于各地表演，挣了许多钱，但最后却被人掠夺一空，受尽摧残和侮辱，他（她）们带着肉体与精神的创伤回到了受活庄。民间自在世界与外部世界的这种冲突所带来的艺术思考是复杂的，它不仅通过对于民间自在生活状态的肯定，否定了物欲控制下的人的残暴和自私，更重要的是通过这样的写作对政治狂想及畸形经济控制下的现实发展进程提出了让人思考的许多问题：为什么受活庄的人总被外部力量所摧残？他们在历史发展过程中为什么总是扮演悲剧性的角色？是受活庄的人不能适应社会的进程还是社会的运行法则出了问题？当我们寻求这些问题的答案时，阎连科小说中呈现出的民间精神就有了特别重要的意义。

《受活》中的受活庄，从现实层面上讲是一个理想的乌托邦，在中国当代一体化的社会体制中，不可能保持已有的状态不发生变化，但为什么阎连科要把民间传说故事中所呈现出的这一主题原型与当代中国社会联系起来呢？从中国历史文化的发展方面来讲，阎连科的内心是与民间文化精神相通的，他深深体会到民间故事传说中"桃花源"式的梦想是千百年来民间普通百姓的渴求，这个梦想中蕴含着他们对苦难人生的不满，《受活》中的受活庄就是那些被迫大迁移、在生死线上苦苦挣扎的百姓遇到的一个仙境，是他们百求难得的奇遇，也是他们生活渴求的终点，因此，他们住下来再也不愿离开。当阎连科的内心与这样的民间生存渴望融汇在一起时，他所感悟到的就是当代社会的发展是否为普通百姓提供了理想的生活状态？如果没有，问题出在哪里？因此阎连科在把民间原型与当代社会发展联系在一起思考时，他有的是深深的焦虑，而不是像汪曾祺那样有着浪漫的喜悦，这种焦虑促使他去思考当代社会的发展与普通老百姓之间的关系，体现在民间传说故事中的普通百姓的心理渴求和生活想象必然成为他小说中重要的文化因素和思想元素，而且这些元素成为他展开当代生活叙述的重要动力。

中国当代社会，特别是进入新时期以后，社会的开放、市场经济的出现，带来了中国当代社会前所未有的一些变化，这种变化是与西方化、世界化联系在一起的。当这样一种全球化的经济、文化力量进入中国当代农村时，是一种怎样的情景呢？对于受活庄而言，首先是改变自己的贫穷生活，于是他们心甘情愿地组成绝术团，依靠残疾身体所赋予他们的独特技能，走向了外部世界，汇入了市场经济的大合唱中。中国大地上所展开的市场经济与西方有所不同。在西方现代社会中，市场往往是有商品支撑的，而在当下中国的历史情境中，市场却受到权力的控制，甚至可以说市场经济的展开是由权力推动的，正是在这样的连接点上，阎连科对当代生活的叙述和想象获得了广阔的艺术空间，塑造了柳县长这个独特的人物形象，在对柳县长这个一方土地上的英雄以及悲剧性命运结局深入分析后，我们也许就找到了阎连科执着于"桃花源"式民间梦想的当代价值及其意义。

柳县长这个人物容纳了中国当下文化语境中出现的丰富的文化信息，

他是在民间自在文化中成长起来的权力控制者，他拉动地方经济的方式是组织绝术团去挣钱，实现购买列宁遗体、建造纪念馆的梦想，然后吸引游客，达到推进经济发展的目的。在这里，市场意识、经济目的、政治梦想以一种荒诞而又真实的方式纠缠在一起。仔细分析这一人物形象，会发现他与如下三个方面的问题密切相关：民间文化与政治权力意识的关系；政治意识与市场的联系；市场活动与民间文化的关系。从民间文化与政治权力意识的角度看，在柳县长的成长过程中，两者始终给予他重要的影响，他从小就熟知民间生活的心理需求，他也知道怎样利用权力去征服民心，实现自己的政治梦想。在受活庄"受活庆"时的那一幕幕场景典型地体现了在民间文化中成长起来的政治强人的特征，他用钱给大家带来实际利益，让大家知道追随他的好处，另一方面又渴望民众对他感恩戴德，维护自己的政治地位和尊严，民间与政治权力之间的互动关系，为柳县长的政治、经济发展计划提供了深刻的现实基础，因此，他才能一呼百应，用政治手段唤醒民众的市场意识，进而以民间原始欲望冲动参与到市场运作过程中。显然柳县长这个人物形象蕴含着复杂的当代性内容，问题的关键是在于这样一个拥有中国本土化现代性冲动的人物形象，其所作所为带来的后果是悲剧性的。在特殊的中国文化背景下，当权力、现代性、民间诉求等多种文化因素相互纠缠时，他的现代性冲动注定是无法圆满实现的结局。当柳县长在众叛亲离中重新回到受活庄时，不仅意味着畸形的现代性追求的悲剧性，而且也意味着对本土民间文化中与现代社会发展相悖的某些内容，如果没有清晰的理解，中国社会的任何变革都会遭遇到巨大的障碍，特别是由此带来的人心的堕落更应该引起深深的警惕，受活庄的人在山顶上被人勒索、惨不忍睹的场景，更预示着当代社会巨变中所潜在的巨大问题。由此，阎连科在深深的焦虑和忧患中，带着滴血的心，让受活庄的人回到了"受活"的地方，那个民间传说故事中的梦，成了他的归宿。通过如上分析，可以看到阎连科"桃花源"的梦想，不仅包含着他与现实之间的紧张关系所引起的焦虑，也包含着他对现实的批判，这正是他回到"桃花源"的价值和意义所在。

从"桃花源"到汪曾祺的《受戒》、阎连科的《受活》，可以看到民间故事传说中的"主题原型"，在不同的历史时期有着不同的呈现方式，但内在的精神趋向是稳定的、恒常的，与变动的、充满了争夺和斗争的社会生活是相对立的，具有美善、诗意的人性内容。无论社会怎样变化、历史怎样发展，这一文化原型都将会深藏于人们的心灵深处，伴随着人们跋涉于苍茫漫漫的前行道路上。

# 第十章

# "太阳山"与《鲁班的子孙》《泥鳅》<sup>*</sup>

20世纪80年代，中国开始了改革开放的历史发展进程，在这一历史进程中，传统的伦理道德规范与社会现实进程不可避免地发生了冲突，也就是说伴随着商品经济的发展和社会文明的进步，原有的道德规范都在不同程度地受到损伤，即使传统道德中的一些优秀部分也受到强烈的冲击。恩格斯曾十分深刻地揭示过历史进步与道德规范之间的这种矛盾。他认为人类从原始社会进入有阶级的文明社会是一次历史的进步，同时也是一次道德的堕落——自私、贪欲和赤裸裸的物欲，毁灭了古老的一切。历史进步与道德之间的这种二律背反矛盾，出现于当时的社会发展阶段，虽然与经典作家所讨论的社会发展阶段有所不同，但同样面对的也是一个历史进步与道德之间的矛盾冲突问题。面对这一问题，在当时的文学创作中有着截然不同的两种表达方式：一是以贾平凹的《小月前本》为代表，呈现出顺应历史发展的要求，人的道德观念要依据历史的变化而发生变化，所以小月心目中的爱人，已不是那种老实忠厚的农民，而是在商品经济中大显身手的聪明人；一是以王润滋的《鲁班的子孙》为代表，对现实的变化取一种道德审视的态度，他在社会变化的过程中，寻找着人与人之间那种美好纯洁的关系，批判着物欲泛滥对于人灵魂的侵蚀，对见利忘义的世俗行为有着深刻的批判，对重义轻利的传统人格则有深切的赞美，对于这种人

---

\* 原载王光东、陈小碧：《民间原型与新时期以来的小说创作》，广西师范大学出版社，2012年。

格所遭遇的现实冲击却有着痛苦的焦虑与忧患。王润滋对历史变化采取的这种道德化思考，实际上联系着中国传统文化，特别是民间文化中所形成的价值观念，从原型的角度具体分析这一问题，可以明显地看到"太阳山"民间故事与其小说之间的内在联系，主题与人物特征都有着相似性，甚至可以说《鲁班的子孙》就是"太阳山"的主题原型在新的历史情境下的"置换"。

一

"太阳山"是讲述两兄弟寻宝的一种传统民间故事，故事的核心是说在太阳升起的地方有许多财宝，有人在动物（或神仙）的帮助下奇异地到达了那里，然而他却要经受考验，一旦太阳升起而他还来不及离开，他将被烧成灰烬。这种寻宝的行为往往由两兄弟先后重复进行，好心的弟弟得到了财宝，而贪心的哥哥却被烧死。[1]依据刘守华主编的《中国民间故事类型研究》的观点，"太阳山故事"有多种异文，在江浙、上海、甘肃、山东等地广为流传，流传山东的《拾黄金》较为典型，其故事梗概大致如下：

两兄弟分家，哥哥欺侮弟弟。播种季节，弟弟向哥哥借种子。嫂子将高粱种子炒过后交给他。弟弟种下后，精心照看，长出一棵特大的高粱。老雕把高粱穗子叼去了。弟弟为此哭泣。老雕让弟弟准备一条布袋，驮他到太阳升起的地方去拾金子，关照他一听到头鸡叫就得趴在老雕身上飞回来。到了那里，弟弟拾了半口袋金子，就赶紧回来了。哥哥知道此事，也学着这么做。老雕关照了一通后，把他驮到了那里。哥哥贪心不足，拾个没完，眼看太阳升起，老雕飞走了，哥哥被太阳烤死了。这个故事揭示了"人为财死，鸟为食亡"的主题，"使用传统的二元对立手法，把好心的弟弟和贪心的哥哥进行强烈的对比，用来表现对美与善的褒扬和对丑与恶的摒弃，强调了故事的道德训诫功能"[2]。"太阳山故事"的这一"主题原型"

---

1　参见刘守华主编：《中国民间故事类型研究》，华中师范大学出版社，2002年，第313—314页。

2　刘守华主编：《中国民间故事类型研究》，华中师范大学出版社，2002年，第320页。

显然"受到了中国传统文化的深刻影响。在中国的传统社会里，儒家所倡导的义利观历来告诫人们：不以正当手段取得的财富不能要；不以正当手段而摆脱贫贱，则宁可安于贫贱。人们普遍认为：世间有着一种比财富更为珍贵的东西，那就是仁义道德"[1]。这样一个民间故事的"主题原型"，在王润滋《鲁班的子孙》中是怎样演变的呢？

## 二

王润滋的小说一直关注农村和农民，他对农民身上所体现出来的传统美德有着深深的迷恋和热爱。王润滋一再为这些纯朴农民身上的美德所感动，着力刻画他们在推动人类社会发展的过程中所展现出来的美好情愫。王润滋在最初的创作中就是以这种普遍的道德精神来理解生活，把人的内在灵魂表现得单纯动人而富有理想。但是在中国改革开放、商品经济逐步展开的过程中，他对农民传统美德的迷恋逐渐呈现出了某种悲凉和惶惑的色彩，因为趋利轻义的道德和观念及其行为方式正在对传统的重义轻利的美德构成挑战。王润滋敏锐地感受到了生活中所出现的矛盾，在社会发展的历史范畴中集中表达了他对于道德与历史进程之间关系的思考，这便是他的中篇小说《鲁班的子孙》。小说围绕父子二人在社会变化时期道德、良心、处世为人等方面的矛盾冲突展开。父亲和儿子分别成为两种不同道德观念的承担者，父亲代表着传统的道德美德，儿子代表着在新的历史环境中所出现的与经济发展相关的实利性道德观念，在这两种观念的冲突中作者感受到了伦理道德现状的不完善，倾心地赞美老木匠身上所呈现出的那种纯朴、善良、舍己为人、恪守良心准则的精神。王润滋这种执着的道德化精神追求，使他在新的历史文化语境中与"太阳山故事"的"主题原型"融汇在一起，赋予了"人为财死，鸟为食亡"这一主题原型以新的意义，

---

1　刘守华主编：《中国民间故事类型研究》，华中师范大学出版社，2002年，第320页。

歌颂道德的美善，批判趋利的贪欲。

"太阳山故事"和"鲁班的子孙"中的"主题"显然是一致的，都具有道德训诫的功能，但其呈现形态却发生了变化，这种变化意味着这一"原型"承载的现实内容的变化。这种呈现形态的变化首先表现在从奇幻境界转移到了现实。引导兄弟俩到太阳山的大雕和黄金不存在了，承载着道德内容的兄弟俩转化为父子俩。从这样的变化中，我们看到王润滋是把这一主题原型放置于更为具体的现实层面上来展开他对当代社会变化的认识。作为财富象征的黄金在作品中具体体现为小木匠对于钱的攫取，就这点而言两者在本质上没有什么区别，但兄弟俩转化为父子俩却别有意味。兄弟俩是在同一时空中存在的两个人物，父子俩虽然处于同一空间，但时间的长度却发生了变化，在父亲的生命中有着更多的过去的时间，这样一来历史与现实之间就有了内在联系，儿子面对财富所体现出的和捡拾黄金的大哥相似的那种贪得无厌的态度与父亲类似于弟弟那样恪守仁义、良知的处世方式发生的冲突就不仅仅是道德人格的问题，而包含了深厚历史和现实的内容，它所寄寓的是历史文化传统在今天还有什么样的意义，今天的变化是否以失去美好的道德为代价等等重大的当代性问题。"太阳山"的主题原型所包含的内容在父子冲突中得到了当代性的拓展，当道德问题与历史发展、现实变化等问题纠缠在一起时，它就变成了一个有关社会进步、民族命运的大问题，这正是《鲁班的子孙》在当时发表后引起强烈反响的原因之一。

在民间故事、传说中，艺术形象往往有类型化的特征，在结构上用二元对立的方式表现人物的特点。在"太阳山"的故事中，哥哥和弟弟的类型化特征非常明显，弟弟是勤劳、善良、重义轻利、道德美好的象征，哥哥是趋利避义、狡诈无情、贪恋金钱的丑的象征，这两者的结局是善有善报、恶有恶报，最终告诫人们要有完善的道德人格才能有美好的人生。这个故事的基本结构和特点在《鲁班的子孙》中也明显地保留了下来，父亲代表的道德化人格和儿子代表的实利性人格以及王润滋在小说中所表现出来的对道德化人格的肯定都表明两者在内在精神上的一致性，但是王润滋同时也敏锐地感受到了这种道德化主题在新的历史文化语境中所遭遇的问题。稍有历史感的人都会看出，80年代初中国开始的改革开放，是在国内政治、经济、文化等各方面准备不足的情形下开始的。"当代社会改革的这一特点，导致了无数历史的冲突和误会，从而带来了人的价值观念的困惑和矛盾、文化道德心理的碰撞和动荡，就简单的一个方面来说，符合历史发展的现实行为和依旧富有生命力的道德规范要求，就从未像现代这样深深困扰着人们的心灵和当今的作家。"[1] 在这种矛盾和惶惑中，"太阳山故事"的"主题原型"在王润滋《鲁班的子孙》中，呈现出某种悲凉的感情色彩，老木匠黄志亮在与儿子一次次的冲突中，也感到自己所坚持的道德性人格面对现实时的某些无奈，他似乎也无法给趋利避义的儿子以一种残酷的惩罚，因为生活中出现的这种现象似乎有着一定的合理性，因此，《鲁班的子孙》的结局就只能是让父子两个人都在痛苦的苍凉中选择各自的生活方式和行为方式。

《鲁班的子孙》在主题表达过程中所出现的与"太阳山故事"的不同表明：中国传统文化，特别是民间文化中所固有的道德理想在新的历史条件下，与现实的历史发展进程遭遇了冲突，"主题原型"自然无法以原有的方式呈现，体现出了历史和现实问题之间关系的复杂性。王润滋虽然有着迷惘、悲怆与痛苦，但却让我们在社会现代化的过程中更多地去思考人的精神问题，思考人的道德精神怎样才能在现代化的过程中得到完善。随着现实历史的发展，"太阳山故事"的道德化主题呈现出更为复杂的形态，当代人的道德精神问题依然引起作家们的关注，这便是尤凤伟的小说《泥鳅》。

## 三

尤凤伟的长篇小说《泥鳅》，仍然延续了"太阳山故事"和《鲁班的

---

1　任孚先、王光东：《山东新时期小说论稿》，山东教育出版社，1991年，第101页。

子孙》中的主题——批判物化人格，颂扬道德精神的美好，但是在呈现形态上有着更为复杂的情形。主要表现在：象征着美好道德人格精神的"弟弟""父亲"和非道德化人格的"哥哥""儿子"，这两条对立的线索在《泥鳅》中已不明显，这两种精神的冲突往往交织在一个人的灵魂与行为之中，并且对人物的生活轨迹和命运产生深刻的影响；小说中的人物大多被趋利的物欲冲动所支配，在民间故事传说和《鲁班的子孙》中被批判的"物化人物"成为小说着重描写的内容。为了说明这种变化，我们不妨对小说中的人物做一具体分析。

《泥鳅》中所写的人物大多是从乡村进入城市的农民工，他们怀着朴素的改善生活的理想离开了故土，他们刚刚来到城市时，是怀有正派做人，认真做事的朴素道德观念的，他们愿意用自己的力气去挣钱，改善自己的生活，但是残酷的现实使他们无法维系自己的信念，只能一步一步地去做自己不愿意做的事，不然就无法获得最基本的生存权利。要改变自己就必然带来灵魂的挣扎和痛苦，这也是在《鲁班的子孙》中出现的黄志亮那样的道德守护者在《泥鳅》中不再作为一条叙述线索着力展开的原因，因为如黄志亮那样的人，在《泥鳅》所展开的生活中是根本无法生存下去的。《泥鳅》中的国瑞是首先需要我们分析的一个人物。国瑞是一个道德感非常强的人物，在他的身上是有着重义轻利的道德人格力量的，当他想开一个发仔发屋时，他的经营方针是"要做成一个真正的发屋，正正派派做生意"，他想到这一点是因为他清楚目前这个行业的不洁，很大程度上涉足了色情业或准色情业，他开的发屋内绝不允许小姐们去做这种事。他对女性的态度也体现出他的道德感，他与未婚妻陶凤始终没有在婚前发生性关系，寇兰和他同居一床，他也抑制着自己的冲动不去做对不起人的事；当他在痛苦中去找小姐发泄情绪时，他发现侍候他的小姐是他心中想见的小齐，就放弃了自己的想法，逃之夭夭。后来他作为玉姐的"近仆"，与其发生性关系后，内心里面也是把两人之间的关系看作是两情相悦的结果，而不认为是买卖关系。就是这样一个纯朴的乡下人，却被一步步推入了犯罪的圈套里面，最后结束了自己的生命。在这个人物身上，我们看到乡村民间社会的道德力量面对物欲横流的社会现实所体现出的某种悲剧性。国瑞在城里的所作所为是为了生存不得已的无奈选择，他内心里面依然保持着重义轻利的道德精神，但这种精神在现实生活中已无法让他坚持下去。国瑞的未婚妻陶凤是试图在现实生活中保持道德化人格和精神尊严的一个女性，但是她的道德守护与精神坚持在和现实所提供给她的生存方式的尖锐冲突中，却导致了她的人生不幸。陶凤在从乡下到城里时，寄居在表姨家中，表姨父道貌岸然的外表下龌龊的行为让陶凤无法在那里生存，于是陶凤独自到社会上闯荡，但每一次生存的挣扎都会被那些所谓的"体面人"淫邪的目光所笼罩，她似乎只有把自己的身体交给他们，才能换回自己起码的生存条件，在这里，生存与道德之间的尖锐冲突，带来了陶凤灵魂的剧烈动荡，直至发疯。在这里，"主题原型"中所包含的"善有善报、恶有恶报"的道德训诫功能似乎失去了力量，这些具有善行的人物都未能有好的结果，而是有着悲剧性的悲凉，相反那些放弃了道德底线的乡村男女青年，混迹于喧嚣的现实生活中，虽然也有内心的不安，但终究获得了生存的基本条件。"太阳山故事"和《鲁班的子孙》中对道德人格和非道德化物欲人格那样明晰的判断，在《泥鳅》中已难以再有，因为在道德面前横亘着一个跨不过去的沟坎——生存。像国瑞、陶凤这样的人不是死就是疯，而像吴姐、寇兰、小齐那样放弃道德底线的人才能生存，面对这样的现实，尤凤伟自然难以再像王润滋那样在惶惑、矛盾中执着地歌颂道德和良心的力量，但这不等于说尤凤伟内心就认同这样的现实，他在道德、良心怎样被毁灭的叙述过程中，仍然有着对道德人格的呼唤，并且追问着、批判着造成这种社会现象的原因，只不过这种道德精神内化于作家的情感中，潜隐于作家叙述的过程中，构成了作品的精神性底色，正是这种精神使"太阳山故事"—《鲁班的子孙》—《泥鳅》之间建立了深层的内在联系，那么，我们要追问的是尤凤伟小说中"主题原型"的呈现形态为什么发生了那样大的变化？我们不妨把尤凤伟的《泥鳅》和其他相关作品联系起来讨论这一问题。

尤凤伟在《〈泥鳅〉我不能不写的现实题材的书》一文中这样写道："《泥鳅》写的是社会的一个疼痛点，也是一个几乎无法疗治的疼痛点。表面上是写了几个打工仔，事实上却是中国农民问题，农民问题可谓触目惊心。由于土地减少、负担加重、粮价低贱、投入与产出呈负数，农民在土地上看不到希望，只好把目光转向城市，据说全国的农工打工族有一亿之众。"[1]尤凤伟的这段话隐含着两个重大的问题：一个是传统的乡土世界，在各种社会经济、政治、文化的制约下，呈现出颓败的趋势，农民在原有的土地上看不到人生的希望，只得盲目地进入城市；另一个是进入城市的农民由于精神上仍然属于乡土的世界，且身份与城里人也有区别，城里的文化和人也难以接受甚至排斥他们，那么，农民还有稳定的人生吗？当下中国乡土世界所出现的这种变化，体现在农民身上是他们动荡、不安、盲目的个性冲动，他们的生存选择缺少社会理性规范和历史所要求的社会责任，人的行为方式有着突出的个人性的、盲目的性质。《泥鳅》中的"国瑞""陶凤"等一群农民来到城市后，他们违背乡土伦理所要求的做老实人的准则，去做"鸡"、做"鸭"，甚至做黑帮的老大，虽然都是迫于生计、有着不得已而为之的痛苦，但是当他（她）们去选择这种职业的时候，是有着仅仅为生存而选择的盲目冲动因素在起作用的，选择之后的痛苦、无奈，受人欺凌、摆布、愚弄的处境是预想不到并且无力摆脱的，像国瑞成为玉姐的"近仆"，后被玉姐的丈夫设计陷害，一切似乎都是偶然的、个人的因素在起作用，实际上一张庞大的与社会相关的命运之网笼罩着进城的农民。

---

1　尤凤伟：《〈泥鳅〉我不能不写的现实题材的书》，人民网，2002 年 9 月 10 日。

　　周大新的《新市民》、孙慧芬的《民工》都体现着上述意蕴，完整的为历史所要求的有目的工作或生活在这里都被个人的、无奈的人生宿命所取代，即使留在乡土世界里的人也同样有着这种人生的盲目冲动。毕飞宇的《玉米》中的王连方在农村为官，为所欲为地睡女人，看不到他为官的责任和使命，玉米则因为王连方倒台后引发村民强奸事件而导致其命运变化，决心嫁给一个有权有势的人，嫁给有权人的生活是怎样的呢？对玉米来说是未知的，她只是为了摆脱个人生存的困境，进行了这样的选择。在乡土世界这种个人人生的盲目选择过程中，我们虽然看到了时代变化过程中的巨大历史力量所导致的生活破碎感，但是面对这种混乱而富有生机的现实，作家还能不能确立穿透这种生活的历史意识呢？显然目前小说所表达的乡土世界是碎片化的，作家的历史意识也是随着碎片化的生活呈现出破碎的无奈和痛感。这种历史意识的分裂体现在小说中就是人生价值的不确定性。贾平凹在《秦腔》后记中曾说四面八方的风向不定地吹，农民是一群鸡，被吹得无所适从，这非常形象地说出了当下乡土世界的情形，在这里乡村人的价值判断也被吹得不确定了。

　　从乡土历史的发展来看，影响乡土人生价值的历史文化力量主要有两种：一种是以血缘关系为纽带的宗法制与宗法文化，另一种是在社会主义制度下，以人民公社为组织基础的社会群体与主流意识形态认可的人民大众文化。这两种文化影响下的乡土世界其人生价值的标准都是较为明晰的，人能做什么或不能做什么，追求什么或鄙弃什么似乎都有一个外在的确定性标准。但是自 20 世纪 90 年代以来的市场化经济和城市化进程，打破了原有人民公社社会组织基础上形成的主流文化形态，以往的宗法文化在乡村中的统治力量也日渐衰微，新的乡村文化规范又没有确立起来，乡村人的价值观念似乎变得模糊不清、难以确定。王祥夫的《上边》写一对老人守着生活了半辈子的房屋和土地，按照自己的方式和逻辑，在漫漫时光中品尝着生活的滋味，他们的儿子在城里工作，这是乡土世界所追寻的一种有价值的人生，但是他们却渴望儿子归来时的生机和活力，儿子走了，他们又回到了寂寞中。儿子的出走和归来对于他们而言，显然有着两种不同的人生价值，而这两种价值的选择却是困难的，他们只能在冲突和期待中承受内心的折磨。艾伟《水上的声音》则在乡村所信奉的美好信念的被遗弃中，哀叹着世风的堕落，有价值的人生到底在哪里呢？这种人生价值的不确定性，不仅体现在仍然生活在乡村中的人身上，同时也体现在出走的那些农村人的生活中，在尤凤伟《泥鳅》中进城的农民，一方面不愿放弃已有的价值观念，另一方面又要经受着城里的现实对自己的挤压，不得不放弃已有的价值规范。这种冲突导致他们内心的剧烈痛苦和无可奈何的悲剧人生。作品中的小寇这样说："人要干这种下流事就得忘了自己，忘了自己也就忘了父母、兄弟姐妹、亲朋好友，统统忘掉，这样心理才得安。"忘了过去就一定心安吗？问题是已经融入血肉的那种人生伦理能忘得了吗？于是我们看到这群在"忘"与"不忘"之间的乡村人，在城里左冲右撞，混迹于一片喧嚣的碎片化现实中。在这样的历史文化情境中，传统的民间道德自然呈现出碎片化的无奈和痛感。这个"碎片化的道德现实"实际上又牵扯着中国当代乡土社会何去何从这样重大的历史问题。

　　贾平凹在《秦腔》的后记中有段话值得我们思考。他说农村、农民、土地供养了我们的一切，农民是善良和勤劳的，但农村却一直是最落后的地方。改革开放以来，农民吃饭的问题解决了以后，国家把注意力转移到了城市，那农村、农民又怎么办呢？在没有矿藏、没有工业、有限的土地极度地发挥了潜力之后，面对着粮食产量不再提高，化肥、农药、种子以及各种各样的税费迅速上涨的社会问题，农民再也守不住土地，他们一步一步从土地上出走。"旧的东西稀里哗啦的没了，像泼出去的水，新的东西迟迟没再来，来了也抓不住，四面八方风向不定地吹，农民是一群鸡，羽毛翻皱，脚步趔趄，无所适从。"于是他们挟裹于现代化建设的大潮中，与那个"现代性"的生活纠缠在一起，沿着国道盖楼，出外打工，土地荒芜或者被征用，农村、农民陷入了巨大的时代漩涡中，于是贾平凹质问："土地从此要消失吗？真的是在城市化，而农村能真正地消失吗？如果消失不了，那又该是怎么办？"这一系列问号所质疑的正是中国当代乡土社会、文化发展的问题。面对当代社会这种复杂的问题，尤凤伟《泥鳅》中的"主题原型"自然也就有了不同于以往的呈现形态。但不管怎样变化，我们依然期待那美好的东方道德精灵，不仅在作品中，而且在现实中带来生命的光辉，因为人类的生命追求始终是与美、善联系在一起的。

# 第十一章

## "动物报恩故事"与张炜的小说 <sup>*</sup>

　　张炜的小说与民间文化有着极其深刻的内在联系，张炜自己曾说："我相信自己的写作深得民间文学之惠。这是因为一部分受惠是自觉的，而许多时候是不自觉的。我出生地的民间文学资源丰厚无比，登州海角一带流传的故事多如牛毛，而且地域色彩鲜明——大多有关海仙奇幻之美。这是齐文化的一部分。一方面它的总体色调决定和影响了我的写作，另一方面也常常作为一种具体的使用出现在我的作品中，如《古船》《九月寓言》《柏慧》都直接使用了这一地区的民间故事。特别是《刺猬歌》，这方面的印记就更多。"<sup>1</sup> 所谓的这种"印记"，我以为就是民间传说、故事的叙事"原型"在其作品中的显现与意义置换，在他的小说中，虽然可以找到不同谱系的神话叙事的原型，但从"主题原型"的角度看，张炜在 20 世纪 80 年代中期以后的《三想》《问母亲》《我的老椿树》《梦中苦辩》等作品应特别引起重视，在这几篇作品中展示出了"主题原型"所生发出的意义。而其后出版的《九月寓言》《柏慧》《刺猬歌》等长篇小说及上述作品中，张炜这几篇作品所着力表现的是人与自然之间的关系。他对于人对自然的破坏及对其他生命的戕害充满了深深的忧虑。他认为："人与土地上的一切生命应该是相互帮助相互依存的，人——包括我自己有时也承认这个。可悲的是我们太相信、太满足于自身的力量了。随心所欲地规范、管理，丝毫也不

---

<small>* 原载《当代作家评论》2008 年第 4 期。</small>

<small>1 本书作者与张炜的一次对话，未发表。</small>

顾及其他生命的自尊心,慢慢地变得为所欲为。"[1]因此,在《我的老椿树》中,他写了具有灵性的老椿树在人的照顾下茁壮成长,它也以自己的生命养育了人,老椿树不仅与那位女人生下了孩子,而且还以不畏艰难的柔情用自己的血脉在苦难中支撑起了养活孩子的责任,老椿树是有情的,他抚养了孩子直到死去,那位老人也是有情的,他终身守护着老椿树,在此,万物的生命与人的生命是以情感为核心联系在一起的。

《梦中苦辩》是一篇非常精致的短篇小说,它虽然没有《我的老椿树》那种浪漫的艺术手法和"万物通灵"的温馨情感,然而这篇小说却把"我"对于狗的柔情感觉和理解与人类对狗的残忍相联系,把当代人对自然及其他生命的践踏所面临的潜在巨大危机触目惊心地呈现在我们面前:我们为什么不能容忍有灵性的狗的存在?我们为什么要仇视一切有生命的植物、动物?在此张炜所思考的人与自然、生命之间的关系已经不仅仅是在特定环境下的一种感悟,而是对人的生存前景有着深深的忧患。因此,他在《问母亲》中对大自然美丽风光的失去表示了由衷的愤怒,对狐狸与人的美好关系有着深深的依恋,在《荒原》中描写了毁坏树林的愚昧无知的行动给人们心灵带来的创伤,还有《橡树》中对生命的不尊重和肆意践踏给老黑轳和小憨带来的悲剧性结局。这一切都在提醒人们:自然、动物以及其他生命对人是有恩情的,是他们的存在才使人有了存在的意义,不要因一己私心或其他目的而残暴地对待它们,人的这种残暴和负义最终带来的是对于自己的惩罚。显然张炜在思考人与自然及其他生命之间的关系时,是在构筑新的人的伦理,正如他所说的:"我觉得对待小动物的情感跟对待生活中的美好事物是一致的。我不相信无缘无故伤害动物的人会有一颗善良的心,一个人道主义者也会广爱众生。人道不仅用于人,人道更加应该是为人之道,是人类存在的基本原理和法则。……一个双手沾满野物鲜血的

---

1 张炜:《美妙雨夜》,上海文艺出版社,1991年,第300页。

人不会心安理得，讲迷信的人会说他要祸延子孙。"[1] 他的这种论说可以概括为：自然、动物及其他生命对人是有恩的——人负义残害、蹂躏它——人最终要受到惩罚。在他的小说中虽然这一主题的表现形式有所不同，但其基本内涵并没有根本的改变。张炜小说的这个"主题"从民间故事、传说的"原型主题"看，是与"动物报恩系列传说"和"感恩的动物忘恩的人"等故事类型联系在一起的，也可以说民间故事、传说的"原型主题"在张炜的小说中以当代的形式呈现出来。关于民间故事传说中的"动物报恩故事"与张炜小说的关系在前文已做了简单分析，为了更深入、具体地说明这一问题，以《我的老椿树》和《梦中苦辩》为例做一具体的分析。

在张炜的小说《我的老椿树》和《梦中苦辩》中，"原型主题"的特征是明显的，它是"感恩的动物"和"感恩的动物负义的人"等民间传说故事类型的变体，它复现了这两类故事类型的基本母题（或者说情节单元），但又生长出了深刻的当代性意义。

在民间故事传说中，"动物感恩"故事的基本情节结构在前已做了说明，《我的老椿树》与"感恩的动物"的故事相比较，传说中的动物在小说文本中转换为有灵性的植物——老椿树。老椿树和那位老人相依为命，老人对老椿树的照顾可谓是无微不至，他会在第一个春天里烧一锅好茶，捧着热气腾腾的大粗碗蹲在椿树下，在冬天他会给老椿树点上一堆火为它取暖，夏天他会给老椿树驱赶知了，以免吵得老树不安生，当害虫袭击老树的时候，老人苦战三天三夜消灭害虫。老人的上一辈人对老椿树也是情谊深厚，为保护老椿树献出了生命。而老椿树却用自己的叶子养活了这个小院的主人。老树化为老翁与老人聊天时说："我无非是一株草木，能有如此大寿，全仰仗小院主人几辈子的精心照料。"老人却感激老翁的慷慨周济，帮他度过了灾荒年月，给他以生命。当老椿树在又一个春天没能抽出新芽

---

1　张炜:《美妙雨夜》（代后记），上海文艺出版社，1988 年，第 423—424 页。

时，老人也紧靠着老椿树眯上了眼睛。在张炜的这篇小说中，老椿树与老人之间的关系并不仅仅是感恩，他们还在漫长的日常生活中建立了亲如父子的深厚情谊，就这一点来讲，民间故事中的原型在这里生长出了新的意义。这种新的意义的生成联系着张炜对当下社会与人、自然与人之间关系的思考。在张炜看来，人不能脱离自然和其他生命而独立存在。当代人对自然和其他生命的肆意摧残必将带来对人类自身的惩罚。因此，他在这篇小说中，通过"感恩的动物"的原型，一方面潜在地承接着中国民间文化、传说中人与自然合而为一的美好情愫和道德精神，另一方面又在情节单元的某些变化中，着力描述了人与自然相依共生的深厚情感，这种情感正是在当代生活中所缺少的，"当代人以建设和革新为口号的破坏随处可见。本来是早已解决了的问题，本来是千辛万苦才建立起来的和谐秩序，有时一举手就打碎了。历史在不知不觉中倒退，而且这期间的一些巨大损失永远也不可能挽回，其中最宝贵的东西甚至不能够复制。这就是人类的悲哀之一"[1]。通过《我的老椿树》，他复活了人与自然及其他生命之间平等的亲情关系。

《梦中苦辩》这篇小说中出现了"负义的人"的原型，这个原型是"感恩的动物负义的人"的变体，"感恩的动物"这一母题在这篇小说中不是叙述的重点，他重点叙述的是人怎样负义，"回头看看我们这儿吧；没有多少树与草，没有野鸭子和天鹅，如果从哪儿飞来一只鸟，见了人就惶恐地逃掉，鸽子也怕人，所有的动物都无一例外地要逃避我们。我真为这个羞耻。我仿佛听到动物们一边逃奔一边互相警告，'快离开他们，虽然他们也是人，但他们喜欢杀戮，他们除了自己以外不容忍任何其他生命'"[2]。人这样残酷地对待生活，对待自然，必遭报应，张炜对当代人的某些所作所为表现出深沉的忧患情思。

---

1　张炜：《美妙雨夜》，上海文艺出版社，1991年，第423页。
2　张炜：《美妙雨夜》，上海文艺出版社，1991年，第412页。

在张炜一系列描写自然、动物与人关系的小说中，都有感恩的动物及"感恩的动物负义的人"等民间故事类型的"原型"或隐或显的存在。在张炜的小说中，为什么会出现原型并赋予了其新的意义呢？

"原型"在张炜小说中的出现首先是意味着张炜认识、理解世界的思维方式与民间文化传统有着深刻的内在联系。在张炜的作品中，他以为人与自然根本相互适应，人的心灵能反映出自然界中最美最有趣味的东西，他怀着一种喜爱和幸福与普遍的自然、生命交谈着，相信自然界的一切都有着生命，人只有与自然界的一切共同相处才有人的一切，只相信自己，只依靠自己，人是决不能生存的，人的可悲之处就在于自己决定了自己至高无上的地位，而这种决定的不合理性从根本上讲就在于他们忽视了大自然的一切。当张炜思考、认识世界的这种方式发生变化的时候，以人为中心的、无视其他生命存在的思维便转向了"万物有灵论"的想象。他也就重新发现了民间故事传说中的原型在当代的意义和审美的价值。

张炜重视民间文化、故事传说并从中寻找创作的资源，其现实动因是什么呢？当有人指责张炜的作品对过去、对传统留恋得太多的时候，他自己曾经这样说：

> 可能他们说的是对的。我现在还没有看到自己一直向前看的作品，我不知该怎样解释。这些年来，不知有多少责怪与这种看法连在一起，以各种方式向我提出。可结果我仍然认为自己的工作是自然而然的，而那种倾向性也是自然而然的。假使真有不少作家在一直向前看，在不断地为新生事物叫好，那么就留下我来寻找前进路上疏漏和遗落了的好东西吧！这同样重要。我没有阻挡前进，也没有反对新生。我的对美好的过去的追忆，同样也包含了对新生事物的急切期待和真诚的祝愿。但新生事物有的并不真实，有的只是陈旧的腐朽的东西经过打扮而已。对这样的东西，我不会不去谴责。这种谴责会被误解，但我

宁可冒此风险。我觉得艺术家是尘世上的提醒者，是一个守夜者。他
应该大睁双目且负起道德上的责任，而道德方面的经验和尺度，也只
有从长期形成的东西中寻找。新生的事物总要忍受这种经验的验证和
考验，因为它是新生的，它还刚刚脱胎，它自己不是规范也不是尺度。
从道德出发观察事物是艺术家的一个特点，他不是政治家和经济学家，
后一类人可以不计道德因素。一个作家要写东西，只有从沉淀在心灵
里的一切去升华和生发。他们整个工作简单些说就是回忆。而回忆，
就是向后看。眼前刚刚发生的事难以写成好作品。[1]

我大段引用张炜这段话的原因是，在这里我们明白了张炜对历史、现实、
文学审美的基本看法，民间文化作为人类生活经验、道德经验的结晶，其
优秀的部分自然也构成了他文学追求的重要部分，并在他的思考中生发出
了新的意义和价值。

---

1　张炜：《美妙雨夜》(代后记)，上海文艺出版社，1991 年，第 424—425 页。

# 第十二章

# 民间想象原型与近三十年小说创作<sup>*</sup>

新时期以来的小说创作与中国传统的民间想象有着密切的联系。我理解中国文学主要有两种想象传统：一是以《西游记》《聊斋志异》等作品为代表的一种想象传统。这一想象传统与神话、民间传说、民间故事有着深刻的内在联系，其核心特征是虚拟性、幻想性。一是以《水浒传》《三国演义》《红楼梦》等作品为代表的注重现实演绎的"史传"想象传统。这一传统也体现着神话、民间传说故事的某些因素，但没有前者体现得那样充分，因此，我把前者看作是民间想象传统的主要体现者，对于民间原型想象模式及其特点的理解也主要以第一种想象传统为核心展开讨论。那么，民间想象原型有着怎样的特点？对新时期以来的小说创作又有着怎样的影响呢？

一

讨论"民间想象原型"的特点，不能不讨论民间传说、故事与神话之间的关系。虽然神话之后出现的民间传说、故事与"原始神话"有着很大的区别，但从"想象原型"的角度看，也有极其深刻的内在联系。在第一部分讨论"主题原型"时，我们已说明了中国神话不够丰富的事实，因此，讨论"想象原型"与新时期小说的关系，也是以民间传说、故事及其相关

\* 原载《当代作家评论》2010 年第 1 期。

作品为核心展开讨论，但需要重视民间传说故事与神话之间的关系，因为一个民族的想象方式和思维方式是有共同性的。鲁迅在《中国小说史略》中认为："中国神话之所以仅存零星者，说者谓二故：一者，华土之民先居黄河流域，颇乏天慧，其生也勤，故重实际而黜玄想，不更能集古传以成大文。二者，孔子出，以修身齐家治国平天下等实用为教，不欲言鬼神，太古荒唐之说，俱为儒家所不道，故其后不特无所光大，而又有散亡。"[1] 茅盾认为神话散失的原因："一为神话的历史化，二为当时社会上没有激动人心的大事件以诱引'神代诗人'的产生。"[2] 鲁迅和茅盾都认为"原始神话"散失的原因与后代人的修改有关，原始的中国神话就只能以片断的形式存在于中国古代的典籍中。

马昌仪在《中国神话研究初探》前言中写道：茅盾认为，"研究中国神话的第一步就是'搜剔中国神话的原形'。所谓'原形'者，据茅盾说，就是那些反映'中国民族原始的宇宙观、宗教思想、伦理观念、民族历史最初的遗形，对于自然界的认识等等'的神话作品。其他一切'变质神话'（指宗教迷信所产生的古来关于灾异的迷信，如虹霓乃天地之淫气之类……又后世的变形记，及新生的鬼神等），'次神话'（指反映方士思想的仙家传说）等等都不是中国神话的原形"[3]。在这里茅盾提出了"原始神话""变质神话""次神话"几个不同的概念，我以为茅盾所说的"变质神话""次神话"就是人们通常所说的民间故事传说。茅盾在《中国神话研究初探》中以"西王母的神话"为例，说明了神话演变为"变质神话"或"次神话"的过程，他说：

　　西王母的神话之演化，是经过了三个时期的。在中国的原始神话

---

1　转引自茅盾：《中国神话研究初探》，上海古籍出版社，2005年，第6页。

2　茅盾：《中国神话研究初探》，上海古籍出版社，2005年，第8页。

3　马昌仪：《中国神话研究初探·前言》，上海古籍出版社，2005年，第4页。

中，西王母是半人半兽的神，"豹尾虎齿，蓬发戴胜"，"穴处"，"三青鸟为西王母取食"，是"司天之厉及五残"，即是一位凶神。到了战国，已经有些演化了，所以《淮南子》公然说"羿请不死之药于西王母"，而假定可算是战国时人所作的《穆天子传》也就不说西王母的异相而能与穆王歌谣和答了。我们从《淮南子》的一句"不死之药"，可以想见西王母的演化到汉初已是从凶神（司天之厉及五残）而变为"有不死之药"的吉神及仙人了。这可说是第一期的演化。汉武求神仙，招致方士的时候，西王母的演化便进了第二期。于是从"不死之药"上化出"桃"来；据《汉武故事》的叙述，大概当时颇有以西王母的桃子代表了次等的不死之药的意义，所以说西王母拒绝了武帝请求不死之药，却给了他"三千年一著子"的桃子。这可算是第二期的演化。及至魏晋间，就把西王母完全铺张成为群仙的领袖，并且是"年可三十许"的丽人，又在三青鸟之外，生出了董双城等一班侍女来。这是西王母神话的最后演化。西王母神话的修改增饰，至此已告完成，然而也就完全剥落了中国原始神话的气味而成为道教的传说了。[1]

大段引用茅盾的这段话，是想说明这样一个问题：中国神话在演变过程中产生的"变质神话"或"次神话"实际就是民间传说故事。在这个演变过程中，道教、儒教、佛教都不同程度地起到了作用，并且产生了一些新的传说和故事。诺思罗普·弗莱在《批评的解剖》中曾说：

> 文学中的神话和原型象征有三种组成方式。一种是未经移位的神话，通常涉及神祇或魔鬼，并呈现为两相对立的完全用隐喻表现同一性的世界……第二种组成方式便是我们一般称作传奇的倾向，即指一个与人类经验关系更接近的世界中那些隐约的神化模式。最后一种是

---

1　茅盾：《中国神话研究初探》，上海古籍出版社，2005 年，第 36—37 页。

"现实主义"倾向（加上引号，这说明我对这个欠妥的术语并无好感），即强调一个故事的内容和表现，而不是其形式。[1]

弗莱所说的这个已经发生移位的、与人类经验关系更接近的世界，相对于中国的文学发展过程来说，就是那些从神话演变过来的民间故事传说（中国的民间故事传说有些不能找到演变的依据的，而是与其他文化因素有关）。即使那些没有演变依据或新产生出来的民间传说故事也总是或多或少地有神话的元素。

如上用大量篇幅说明原始神话与民间传说故事的内在联系，是因为从"想象原型"的角度看，民间传说故事的想象方式仍然保留了"神话想象"的某些因素。与神话相关的民间故事传说中的"想象原型"到底有哪些特点呢？概括而言主要有如下几点：

（一）"万物通灵论"的宇宙观，相信万物有生命和思想情感，常常把自然物神化或人格化，人兽易形、人兽通婚等。

（二）在中国民间传说故事中，人、神、鬼之间的关系是可以转化的，人可以变为神，人可以变为鬼，鬼、神也可以有人的情感和思想。这种相互转换的关系带来了想象空间的变化，日常的生活空间与日常生活之外的虚拟空间（譬如天堂、阴间），共存于一个想象的世界中。这样的特点在《封神演义》《聊斋志异》以及"太阳山的故事""烂柯山的故事"等文学文本中都有着充分的体现。

（三）中国民间传说故事中出现的艺术形象，不管是动植物还是人、神、鬼，往往有着平常人不具备的超常的功能，具有浓重的传奇色彩。

那么，民间想象原型的这些特点在新时期以来的小说创作中是怎样呈现出来的呢？又有着怎样的意义呢？

---

[1] 弗莱：《批评的解剖》，陈慧等译，百花文艺出版社，2006年，第197—198页。

## 二

　　新时期以来的文学是以恢复文学的现实主义传统开始的，所谓"现实主义"就是强调写真实、说真话，以反拨虚假的、被政治意识形态所规范的文学话语表达方式，因此，在80年代初期出现的"伤痕文学""反思文学""改革文学"等作品中，以虚拟性和幻想性为基本特点的"民间想象原型"并没有呈现出其深厚的美学力量。伴随着人们对文学自身问题的认识和理解，文学呼唤着自身美学特质的呈现和表达空间的拓展，在此情景下，民间传说故事中的"想象原型"的特点开始和新时期小说发生了深刻的联系。

　　民间想象原型所呈现出的"万物有灵"的宇宙观以及文学形象所具有的超常功能，为新时期小说"想象世界"的方式注入了鲜活、生动的审美因素，这样说并不是否认世界性文学潮流，特别是西方现代主义荒诞、魔幻的想象方式对新时期文学的影响，或许正是外来文化力量的推动，才唤醒了作家本土的文化记忆。在新时期以来小说中比较早地呈现出这种"想象能力"的是莫言的《透明的红萝卜》，这部作品中的小黑孩具有民间传说中人物的传奇性特征，他的身上有许多超现实的成分，他看到的阳光是蓝色的，他可以听见头发落地的声音，他能看见胡萝卜中流淌的透明的液体，能听见水汽中的声音。莫言在《红高粱家族》中写到二奶奶去高粱地挖苦菜时，看到一只黄鼠狼，站在坟顶上挥动前爪向二奶奶叩拜，二奶奶因此昏迷不醒，倒地乱叫，这正是民间关于"黄鼠狼大仙"传说的转述。

　　这种类似的想象性叙述在韩少功的《爸爸爸》《女女女》等许多作品中也都体现出来，这种想象方式在张炜的小说中体现得更为明显，甚至成为他小说的基本呈现方式。张炜小说《三想》中的动植物都是有灵性、会思考的。当他写到一个叫嗨嗨的母狼时，这样写："美丽的小儿子咕咕死去已经半年了，嗨嗨直到现在想起它蓝莹莹的眼睛还要流泪。一颗母亲的心在颤抖，这颗心的悲伤与其他生命的悲伤没有什么不同。这是一颗母亲的心——世界上生活着多少愉快的和不愉快的母亲。嗨嗨相信每个母亲都有相似的感触和经历，如果可能的话，母亲之间会有很多共同的话题。"张炜的另一篇小说《我的老椿树》的想象方式则直接与众多的"动（植）物报恩"故事相关，如果从想象的角度寻找其"原型"，这篇小说与"捡来田螺做妻子"的故事非常接近。依照刘守华主编《中国民间故事类型研究》的观点，这一民间故事在魏晋时期已成熟定型，故事由"拾螺归养""化身现形"和"窥视离去"三个情节单元构成。这一故事在唐末皇甫氏的《原化记》中的主人公由农夫转化为在衙门当差的人，在后半部分增加了"难题考验"的母题，生动活泼地叙说了螺女同县官斗智、最后火烧县衙大快人心的情景。《我的老椿树》写老椿树与寡居女子及所生孩子相爱相守、共同对抗饥饿和恶人的伤害，小说的情节单元有"护养老椿树""老椿树有人的品格""老椿树与人共同生活""耗尽精力去世"。在这里，情节单元虽然有所变化，但想象世界的方式是一致的，都是在"万物有灵"的宇宙观基础上，通过幻想展开人与动植物之间的美好关系，把动植物人格化，在虚拟的生活空间和人的经验世界的联系中构建审美的艺术世界。

把经验世界和虚拟世界融汇在一起，建构艺术的审美世界是民间想象原型的重要特点，这一特点与"万物有灵"的理解世界的方式是联系在一起的，相信万物（包括人、神、鬼）都有相通的精神、情感、思想，才能在同一时空中发生关系。季红真在谈到这一问题时，她是用了"经验世界"和"神话世界"两个概念，她所说的"神话"是广义的神话，包括仙话、历史传奇、民间故事传说等，这个"神话世界"与我说的"虚拟世界"的内涵没有太大的区别。她认为："这里所谓的经验世界，指作品中人们经验的认知方式，可以领悟到的世界人生内容，也是指艺术作品中模拟客观真实的表现形式。这里所谓的神话世界，则是指人的非经验的认知方式，纯粹主体的情感意愿以特殊的心理逻辑推动的艺术思维，对客观现象世界加以重构的虚幻世界，也就是作品中那些非写实的表现形式。"[1]民间想象原型的这一特点在 80 年代的小说创作中以多种方式呈现出来，我概括为三种主要的想象模式，分别是：象征性想象模式、现实性想象模式、假定性想象模式。

（一）象征性想象模式。这类作品在总体结构上与神话、民间传说故事有相近的结构方式——也就是对客观现象世界加以重构的、非现实的、象征性结构方式。在新时期小说中的这种象征性想象模式，并不排斥日常生活的经验。譬如阿城的《棋王》就部分地保留了"烂柯山故事"的想象方式。在"烂柯山"这一民间故事中，两位得道高人静心对弈，忘却世事的烦恼和功名利禄的诱惑，"他们一下就是几天、几十天，乃至几十年，以致棋盘和他们下棋时的姿势仍历历再现于人们的眼前"[2]。两位得道高人下棋时的时间和空间相对于人世而言是虚幻的，但通过观棋人的感受，又与人世的日常经验联系在一起。《棋王》中的王一生沉醉于下棋，忘却日常生活的无聊。当他进入连环大战的境界时，与"烂柯山"中的对弈者并无多少差异，王一生超人的智慧和毅力显然具有象征性、虚拟性的特征，但是他喜欢吃、喜欢下棋的行为方式又是与日常的经验世界联系在一起的。

这种象征性的想象模式在史铁生的《命若琴弦》、刘索拉的《寻找歌王》等作品中都可以看到。《命若琴弦》之于"神仙考验故事"，《寻找歌王》之于"夸父追日"，其间的想象方式都有内在的一致性。韩少功的《爸爸爸》在这方面表现得尤为典型。《爸爸爸》在现实经验的叙述之下深藏着民间想象原型的模式。鸡尾寨的历史象征的就是一个民族的历史，它的象征意义非常明显。《爸爸爸》断断续续地介绍了有关鸡尾寨家族的祖先的发祥史，实际上是楚湘南方少数民族的远古传说，亦即北方黄帝与南方水泽地区的炎帝（其后代是蚩尤、刑天、夸父）的争斗及大迁徙。从《爸爸爸》

---

1 季红真：《现代人的民族民间神话》，《当代作家评论》1988 年第 1 期。
2 刘守华主编：《中国民间故事类型研究》，华中师范大学出版社，2002 年，第 188 页。

的结构来说，正是对这一古老神话模式的复现，鸡尾寨人为生存而与鸡头寨人的宗族械斗以及失利后的大搬家，正切合了他们祖先的神话史。"[1]这一与神话传说极为相近的想象模式体现出民间想象原型的明显特点：时间和空间的虚幻性。时间的虚幻性不仅表现在具体的时间长度不明晰，而且还表现在空间的相对稳定性，那里的人的生活方式、思维方式似乎是不变的，特别是那个长不大的"丙崽"，在时间的流逝中并没有怎样的变化。这种不变的虚幻性显然象征着古老传统在今天的延续。但是在这种整体的象征中，又有着我们能够理解的经验现实，譬如他们用传说来解释所遇到的奇异怪事，相信杀人祭谷神等习俗的力量，并且他们也吃饭、做衣、生孩子等。这种经验性和虚拟性相结合的想象方式，使韩少功把中华民族的过去、现在、未来联系在了一起，使人们在一个幽深的世界中感悟到文化的力量。

（二）现实性想象模式。现实性想象模式是指以现实的日常性生活逻辑为基础的想象方式，在这种想象模式中的时间和空间都不具有虚幻性的特征，因此，民间想象原型的基本特点并没有在这些作品中体现出来，但却具有民间想象的某些因素，譬如王安忆的《小鲍庄》。《小鲍庄》的"引子"是具有某些"原型"意味的，但这个原型并没有在后来的叙述中充分地展开。在文本中展开的艺术想象内容主要是乡村社会中以仁义为核心的人与人之间的伦理关系以及这种仁义道德对人们行为方式、生活方式的影响。就总体而言，支配小说想象的是现实的日常生活逻辑。

（三）假定性想象模式。所谓假定性是指在现实世界中并不存在的事物或现象，在艺术世界中假定其存在并构成艺术想象的主要内容。这种假定性是西方现代主义文学的一个重要特征，譬如卡夫卡的《变形记》中的人变成了甲壳虫，但在现实中人是不能变成甲壳虫的。这种假定性想象模式

---

1　汪政、晓华：《神话·梦幻·梦文化》，《萌芽》1988 年第 2 期。

带来小说的荒诞性审美风格。这种想象模式在新时期的先锋小说中有着多方面的体现，如格非的《褐色鸟群》、王蒙的《坚硬的稀粥》、谌容的《减去十岁》等。这样的想象模式似乎与民间想象原型之间有着潜在的隐秘联系。在《减去十岁》中，时间发生了虚拟性的变化，在民间传说故事中就经常出现时间的虚拟性变化所带来的奇异景象，如《桃花源记》中的人们似乎回到了过去的时光，"烂柯山故事"中的观棋者回到家乡时，时间已过去了几百年，先锋小说中对时间的这种处理方式，也证明了中国传统民间文化对其的潜在影响。

在新时期以来的小说创作中，民间想象原型的展开方式并非仅有如上几种，还有莫言的"传奇想象"等，因为莫言与民间文化的关系已有多篇文章论述，在此就不赘述了。典型地体现民间想象原型的莫言长篇小说《生死疲劳》，将在后文论述。通过如上论述可以看到新时期小说中的"民间想象原型"不仅与传统文化建立了深厚的联系，而且开拓了当代小说的艺术想象空间。

## 三

文学进入 90 年代后，发生了重大的变化。变化之一就是民间文化形态成为当代知识分子重要的精神栖息地，出现了张炜、余华、韩少功、莫言等一大批"民间写作者"。这一"民间写作"景观的出现，自然不能割断与 80 年代文学的深刻联系，在"寻根文学"中已经形成的从"民族文化"的角度所意识到的民间文化的意义直接启动了这些作家对"民间"的激情。出版于 90 年代，但在 1987 年就开始创作的张炜《九月寓言》，无疑包含有 80 年代的精神气息；韩少功的《马桥词典》所出现的"语言词条"在《爸爸爸》中也已初见端倪。这种现象表明任何一种文学现象的出现都无法割断与以往传统的联系，通过更远的追溯，也可以看到 90 年代的"民间写作"与五四时期的刘半农、胡适，以及 30 年代的沈从文等作家有着深远的精神呼应。在社会、政治、文化的层面上同样可以看到这一"民间写作"产生的某种必然性，进入 90 年代以后，知识分子启蒙话语感到了言说的无奈和受挫的痛苦，他们需要在民间的天地里寄托自己的精神和理想，而在中国大地上日益涌动的商品经济浪潮，也在消解着知识分子作为精神创造主体的优越感，他们感受到一种从未体验过的精神流浪。这种种复杂的原因使"民间文化形态"在 90 年代的文学写作中具有了突出的重要意义，民间想象原型在这一时期的小说创作中也有重要的意义，在此仅以张炜的《九月寓言》为例展开分析。

张炜的《九月寓言》呈现出民间大地的苍茫幽深和富有活力的自由精神，民间文化的精神焕发出新的光辉，呈现着民间原型想象的基本特点。这篇小说是在对往事的追叙过程中展开的。"老年人的叙说，既细腻又动听"，《九月寓言》的题词便规定了它的叙述角度和叙述情调。它通过廷芳和肥许多年后重新回到破败的村庄和工区，以一个历史见证者的身份开始了对村庄往事的历史追叙，于是故事成为历史，故事有了自觉的历史起源、过程和结尾。以历史见证者的身份对往事展开追述和想象，保持历史过程的完整性，无疑是较为传统的一种叙述方式，但是张炜的《九月寓言》在作品内部采取了一种较为自由的结构方式，作品的七个章节似乎没有多少必然的因果关系，他写苍茫夜色中青年男女的游戏与歌唱，写黑煎饼带来的生活乐趣和洗澡对乡村人的心灵震撼，以及露筋自由自在的生活方式，少白头似真亦幻的经历，还有三兰子、赶鹦、刘干挣等人耐人寻味的心智较量，首领赖牙家的场景和村庄毁灭的悲凉……这每一个章节并没有遵循线性叙述的法则一一道来它的前因后果。张炜打破事件因果结构链条的努力使得《九月寓言》并未保持那种严谨、明晰、可信的叙述风格，他在作品中引进的那些民间传说、故事、奇闻轶事，从古朴的过去和奇妙的自然走来，不仅给乡村生活涂抹一层绮丽的色彩，而且与这种内部自由的结构形式共同带来了乡村生活巨大的包容性，由此牵涉到了《九月寓言》的时间和空间问题，时间和空间正是文学叙述和想象中极为重要的问题。在《九月寓言》中，我们尽管可以猜测时间的长度，但却是模糊不清晰的，乡村生活的历史似乎处于一种稳定而又相似的循环状态中，过往时代露筋和闪婆的情感经历和生活方式，传说中的恶地主残害猴精的险恶和那个全身发红、脸比面盆还大、手指像红萝卜的凶狠老太婆与现实生活中青年人的情感追求，以及大脚肥肩对三兰子的凶残似乎都有许多相似之处，这正是民间想象原型的置换。

过往历史和传说对当今生活的参与，显然在时间上把现实和历史联系在了一起，现实层面的某些问题转换成了历史的或者是永恒的人性问题。传说故事对小村生活的参与同时也拓展了《九月寓言》的空间范围，譬如老弯口能够经常和大自然对话，龙眼妈喝了农药竟然不死，而且皮肤柔软头发变黑等。显然，在这里人与自然、生与死之间得到了奇妙的沟通，这一创作意向在张炜的《海边的风》《我的老椿树》等中短篇小说中也有所体现，他在追求着物我无间、此岸与彼岸的转换。当张炜在《九月寓言》中通过他特有的叙述方式和想象方式呈现出乡村世界的面貌时，乡村世界包含有哪些内容呢？从《九月寓言》的故事类型来看主要有三个方面：现实中的小村故事，"夜色苍茫""心智""首领之家""恋村"等主要章节便是如此；传说中的乡村故事，带有浓郁的传奇色彩，如"黑煎饼"一节中的金祥千里买鳌，还有闪婆与露筋的野合等；民间口头创作的故事，主要就是金祥与闪婆的忆苦。这三类故事共同构成了《九月寓言》的艺术世界，民间想象原型的特点正是在这三类故事的相互联系中呈现出其美学意义。

# 第十三章

# 复苏民间想象的传统和力量<sup>*</sup>

　　进入 21 世纪以来，文学的想象力问题一再引起大家的关注，许多批评者都认为当下的文学想象力单薄、苍白，缺少生命的激情和活力，这种观点的提出显然是有一定的理由和现实依据的。自从 20 世纪 90 年代欲望化写作出现以后，就隐含着对想象力的某种伤害，因为在他们欲望叙事的过程中，其欲望的生成和发展总是与一些实利性的内容联系在一起，譬如金钱、性等。当文学与实利过分密实地纠缠在一起时，文学的想象能力就会受到伤害，换句话说，欲望的物质化限制了精神的自由想象。这种文学情境显然与消费文化日益成为时尚有关。当流行的文化倾向与部分作家共谋，放逐文学的想象时，还有没有作家对物质性的消费文化产生对抗的激情呢？还有没有作家在当下的生活中思考那些社会发展所带来的阶层分化以及由此引发的一系列与人相关的社会问题和人自身的生存境遇、精神问题呢？任何一个时期的文学都会有多层次的存在形态，在当下文化多元、文学多样化的情境下，也不会仅仅有与消费文化共谋的文学存在，有一些作家仍然在人与外部世界、人与自身、人与人之间的复杂纠缠中思考着中国社会历史中出现的一系列重大问题并且以独特的艺术想象构建起具有特殊意义的文学世界，这种想象就是民间想象的传统。

---

*　原载《当代作家评论》2006 年第 6 期。

一

莫言的《生死疲劳》无疑是近年出现的一部重要长篇小说，其重要性就在于体现出高度扩张的想象能力以及对半个多世纪以来中国历史的独特叙述方式。想象力的扩张与叙述者是分不开的，叙述者的立场、身份及思考和认识世界的角度直接影响着想象能力的发挥和想象世界的展开。《生死疲劳》的重要叙事者之一——西门闹，作为一个心地善良、为人厚道的"地主"被枪毙后，转生为驴、牛、猪、狗、猴、大头婴儿蓝千岁，穿行于阴间与阳世，见证了世道人心、社会变化，打通了人与兽、物与灵之间的界限，灵魂在天涯时空中的漂泊，使小说的艺术世界呈现出浑然一体的圆融和恣意表达的丰富感觉。这样极具个性特点的艺术想象能力在近年的小说中是不多见的，它复苏了民间传说、故事的想象方式。

想象能力的产生对于作家而言是有天赋的秉性在起作用的，这种秉性很难用理论的方式去分析，它隐藏于作家的灵魂中，无法去猜透，但与其相关的进入文学世界的方式则可以部分地说明这一问题。

在莫言的小说《生死疲劳》中是有一种对抗现实功利和物质欲望的激情的。在当下的文学情境中，这种激情尤为重要，它能够把人从消费文化所构建的物化交往环境中解放出来，获得精神上的自由，进而以自主的独立思想去认识和理解历史。莫言在《生死疲劳》的开始就把叙事者西门闹处理成一个满含冤屈的角色，与现实的社会构成了一种对立的关系，另外一个重要的叙事者蓝解放，坚持自己"单干"的信仰，与现实社会也构成了一种对立的关系。叙事这种独立的、不屈服于现实利益的立场，使其不会在利益的诱惑下，把想象物质化、功利化，而是关注与人性、社会相关的一系列重大问题。实际上，叙事者的这种立场也是莫言的立场，当从这样的基点上来理解《生死疲劳》想象力的时候，我们看到作品飞扬不羁的想象力与理解历史与现实的独立视角是联系在一起的。并不是说所有具有理解历史的独特性视角都能带来飞扬的想象力，但飞扬的想象力与独特的史识是联系在一起的。在《生死疲劳》中，莫言是用一种怎样的独立视点来展开半个多世纪中国历史的发展进程呢？他选择了"坚持单干"的蓝解放和不断轮回转世的西门闹，特别是西门闹在超越时空的灵魂漂泊过程中，与其所纠缠在一起的人与事，形成了一种独特的艺术关系，这种独特的艺术关系恰恰构成了其想象世界的丰富和复杂，换句话说，正是这种丰实的想象才显示了历史的独特风貌。而具体地说，这种独特风貌呈现为这样几种想象关系：

（一）人与兽的关系。人与兽在现实生活中虽然相互依存而存在，但灵魂之间细微之处的交流是有深深的隔膜的，在《生死疲劳》中人兽之间的关系完全被打破，兽有着人的灵魂、感觉和判断，并且其行为方式也有人的逻辑在支配，已有的人兽关系在想象中发生了根本的变化。

（二）阳世与阴间的关系虽然在民间信仰、传说中两者是可以沟通的，但在《生死疲劳》中两者之间几乎是没有太多区别的，并且西门闹的转世带有了有目的"去恶"的行动，他成为见证当代中国社会历史变化的重要人物之一。

（三）在人与人、物之间的关系上，除了人与人之间错综复杂的血缘关系以及出人意料的情节之外，在《生死疲劳》中，人的感觉能力得到了充分的释放，那奇异的感觉混杂着对于"物"的体验，使世界具有了多侧面的立体感，并通过这种感觉渲染出了不同历史时期的特有氛围。

如上几种想象关系相互交织，共同构成了具有独特艺术想象力的世界。那么，在这种独特的艺术想象关系中，我们看到了什么？我们看到了他对于历史与人性的深切思考。历史与人性是一个常常被人言说的话题，但在莫言的小说中常常展现出独异的风貌。莫言在言说50年代直至今天的历史时，以人与兽的转世轮回来展现历史的进程及人性与兽性的内涵。值得注意的是，"兽"所体现出的人性内容以及人所体现出的"兽性"内容相互联系，呈现出时代变化中人性的复杂。在中国特定的历史年代里，转世为兽的西门闹在对人事的体验和理解过程中有时反而有着人情的温馨，而所谓的"人"倒有着兽的残酷，这虽然是在以往的小说中已经被表达过的主题，但是在莫言的《生死疲劳》中，当他以丰富的想象力把人间与阴世、人与动物联系在一起时，这样的主题就有了具体、生动、可感的内容，并且兽所具有的人性体验功能更反衬出了人世的混乱，不管西门闹为牛、为狗、为猪还是为猴，他都有着为人的那份心肠，即使饱含冤屈，伦理的情感始终让他与人世有着割舍不断的联系，而人与动物之间也同样有着各种各样的联系。

这样一个圆融贯通的想象世界，使我想到了另外一个问题：莫言的这种想象力在当代文学的发展过程中有着怎样的意义呢？

二

莫言的《生死疲劳》呈现出的是民间想象力的传统，这种民间想象力的传统在"五四"以来的新文学发展过程中是被部分地遮蔽的，中国现当代文学史上很多作家在写作时都认为自己的创作和西方文学有着密切的联系，西方文学的想象方式是各种各样的，但在现实主义文学作家的创作中，他们的想象方式基本上是对于现实生活秩序的重构，他们的想象力是由现实生活的日常逻辑所支配的。西方现实主义文学的这种特点为中国现代文学提供了重要的文学精神资源并深刻地影响了中国当代文学的发展，特别是在当代文学中现实主义被政治化，成为大家要遵循的创作原则时，本土原有的民间神话、传说以及在此基础上的小说创作传统就被部分地忽视了，虽然在政治意识的倡导下，也曾出现过"大跃进"民歌运动，也曾提倡文学创作向民间学习，但从想象力的角度看，民间想象力的传统在大部分作品中体现得是不充分的，那么，民间的想象力有哪些基本的特点呢？民间想象力的方式有多种多样，特别是在中国漫长的历史发展过程中，民间想象力在各种叙事文本、各种传说故事中，由于各种不同文化因素的影响，想象的文学世界是不同的，但以汉民族文化为基础的民间想象还是能够概括出一些基本特点的，我以为主要有如下几点：

（一）在民间神话、传说及一些叙事文本中，人、神、鬼之间的关系是可以相互转化的，人可以变为神，神可以变为人，人可以成为鬼，鬼可以成为人，这种相互转换的关系带来了现实物理空间的变化，在传说、故事及叙事文本中，日常的生活空间与日常之外的虚拟空间（譬如天堂、阴间）共存于一个文学的想象空间中。这样的特点在《封神演义》《聊斋志异》等作品中都有着充分的体现。

（二）与这样一种人、神、鬼关系转化相关的想象空间联系在一起的是人、神、鬼等形象都具有人性化的特点，在民间传说中的鬼、神，大部分都有着人的性情，他们不仅可以到人间生活，而且还可以与人联姻，他们所具有的人不具备的超常功能也成为他们与人相联系的一种手段，这种人性化的特点，使民间传说、故事中的鬼、神变得不是那么冷酷无情，而是与人的生活息息相关。

如上想象的特点在莫言的《生死疲劳》中得到了充分的体现，这样一种想象世界的方式，显然与理性的现实日常生活逻辑是有差异的。在以科学、理性为主导的现代化进程中，遭遇到被忽视的命运也就可以理解了。在中国当代文学中出现的《林海雪原》《铁道游击队》等作品虽然呈现出民间想象的部分特点，但这种想象仍局限于现实的生活空间中，只不过部分地继承了民间想象的传奇性特点。真正使文学的现实想象空间得到拓展的是莫言及其他部分先锋派作家。莫言在80年代写作的《透明的红萝卜》等一批短篇小说就开始复苏了这一民间想象的传统，使人具有了神、鬼的某些能力，透露出超越现实生活空间的追求，某些先锋派作家在时空转换中的文学想象也潜在地承传着这一传统。由此也可以看到民间想象力在当代文学创作中的重要价值。莫言的《生死疲劳》在小说的整体结构上可以说充分地发挥了这一想象力的作用，在他的艺术世界中，可以看到民间神话传说故事及其叙事文本的想象力参与到小说创作中后的艺术力量。这部小说虽然遵循着当代社会发展的历史逻辑，但历史的现实空间是极大地拓展了，这一点在第一部分中已分析过，就不再赘述了。

从这样的视点来观照当代文学，还应提到的一部作品是苏童的长篇小说《碧奴》，这部作品以"孟姜女哭长城"的传说为原型，用苏童自己的话说，是因为他看到一个女人的眼泪，竟然可以哭倒八百里的长城——这个故事里蕴藏着一个非常严肃、非常巨大的人生力量，可以说是哲学的力量，它关注的是人的境遇、人的命运问题。孟姜女其实是被人民大众推选出来的一个救世主，当人们意识到无法和墙对抗，当人们意识到鸡蛋与石头的碰撞之后，鸡蛋必然粉身碎骨的命运之后，他们就要想别的办法解脱。孟姜女是来自底层社会的女子，她哭倒了长城以后，民间寄托给孟姜女的已经不是一个凡人的事情，而是一个神的行为。[1] 显然，在苏童的《碧奴》中，民间想象的力量正成为他的一种自觉的艺术追求。

三

在近几年的文学创作中，民间想象的问题已被许多作家所重视，那么，应该如何看待这种文学现象呢？我想以周作人对文学与民间文化、文学的看法来进一步说明这一问题。

周作人在 20 世纪 20 年代不仅研究了神话研究的学派，神话、童话的起源及特点，而且认为神话、童话、传说、民歌等是民族文学的根基。从民间流传的神话、传说等内容中发现民间文化与个人文学创作的关系是周作人研究的一个重要内容，因为任何一个时期、一个民族的文学发展过程都不能与民族的、本土的、民间的精神割断联系。他在《神话的趣味》一

---

1　参见苏童：《神话是飞翔的现实》，《文汇读书周报》2006 年 9 月 22 日。

文中，讲了"天狗吃月"这类传说，当天狗吃月时，家家击锣打鼓，以为把天狗惊吓跑了月亮就能复原，从前的人很相信月亮真被天狗吞了，所以便造出许多的神话来，流传至今，成为乡俗。又讲中国小说如《聊斋志异》里面记载鬼狐的故事很多，并且相信人也可以变成狐狸精。在此，周作人说出了一个极为深刻的文学现象：传说变为乡俗、文化现象，又体现在后来的文学创作中，从而形成了一个民族的文学的独有风格和特点。

在《抱犊固的传说》中，他又讲了绍兴城内"躲婆弄"的来历和贺家池的传说，认为这些传说并不是没有意思的东西，实际上《世说新语》和《齐谐记》的根芽都在这里面。他还认为中国现代文艺的根芽来自异域，这原是当然的，但种在古国里，吸收了特殊的土味与空气，将来开出怎样的花来，实在是很可注意的事。周作人认为、文学如果与本土的民间想象脱离了关系、也就失去了生命之根。特别是当现代，我们的审美经验被全球化的文化浪潮部分所左右的时候，更应该具有这种文学的自觉，因为我们在现代社会中，能够保全生命的意志和力量以及民族文学个性的，可能正是源于内心的这种想象。

# 第十四章

## 《山本》与作为审美形态的"民间记忆"<sup>*</sup>

民间文化形态与新世纪以来的小说创作，一直有着深刻的内在联系，莫言、韩少功、张炜、王安忆等重要作家的小说创作，都从民间文化中寻找着创作的资源，发现并重构一个新的艺术世界。特别是莫言在民间文化传统中建立起的民间叙述、想象使其小说创作具有了瑰丽的艺术魅力，为新时期小说贡献了一个新的审美维度。新世纪以来，贾平凹创作的《老生》《山本》等作品，虽然没有莫言那样奇异的想象力，但是却有着厚重苍凉的"民间记忆"中的生活形态。"民间记忆"作为小说创作的内容或元素，在新时期以来的小说创作中一直有着重要的意义，20世纪90年代的韩少功、张炜等人从民间立场写作的《马桥词典》《九月寓言》等作品，"民间记忆"的审美意义就已经突显出来，贾平凹与他们不同的是具有更加明显的民间说书人叙述方式，也就是莫言所说的"作为老百姓的写作"。贾平凹与莫言相比，莫言突出的是奇异的感觉和民间想象的力量，贾平凹突出的是写实性的民间记忆中的生活形态，这一审美维度在他《秦腔》《古炉》等作品中就已出现，到了《老生》《山本》变得更为明晰，从审美的角度看就是构建了一种"民间记忆"审美形态。

一

何谓审美形态的"民间记忆"？记忆是一个和文化、历史等范畴紧密相

---

＊　原载《小说评论》2018 年第 4 期。

连的概念，它以集体起源的神话以及与现在有距离的历史事件、社会生活、民间文化等内容为记忆对象，是一种立足现代面对过去的社会、历史、文化建构，与记忆相关的研究有集体记忆、社会记忆、历史记忆、民间记忆、文化记忆、个人记忆等等。那么，怎样理解作为审美形态的民间记忆呢？我们试从《山本》的文本分析说起。

在《山本》的艺术世界中，天、地、人，儒、道、佛，主流的与非主流的，革命的与非革命的等因素复杂地交织在一起，构成了一个驳杂的民间生活世界，在这里涌动着与生存相关的历史冲突，与命运相关的悲悯情怀，与民间文化传统融为一体的人生态度和世界观。它是历史的、现实的，又是记忆的，在这一民间记忆的历史呈现过程中，能够感受和认识到历史的另一种面貌和人生情怀。历史的绝对客观性叙述在文学创作中是不可能的，不同的叙述角度可能会带来不同的历史情境和不同的情感思想力量。对历史的革命叙事所带来的可能是激情、反抗、英雄理想；对历史的启蒙叙事，可能蕴含着批判性的思想光芒；《山本》在民间记忆的呈现过程中，所看到的则是普通民众与历史生活纠缠在一起的实实在在的生命生存过程。正如贾平凹在《山本》的后记中所说：

> 过去了的历史，有的如纸被糨糊死死贴在墙上，无法扒下，扒下就连墙皮一块全碎了；有的如古墓前的石碑，上边爬满了虫子和苔藓，搞不清哪是碑上的文字哪是虫子和苔藓。这一切还留给了我们什么，是中国人的强悍还是懦弱，是善良还是凶残，是智慧还是奸诈？无论那时曾是多么认真和肃然、虔诚和庄严，却都是佛经上所说的，有了罣碍，有了恐怖，有了颠倒梦想。秦岭的山川河壑大起大落，以我的能力来写那个时代只着眼于林中一花、河中一沙，何况大的战争从来只有记载没有故事，小的争斗却往往细节丰富、人物生动、趣味横生。[1]

---

1　贾平凹：《山本》，作家出版社，2018年，第523页。

也就是说，贾平凹的《山本》是进入了民间记忆中的那些具体的普通人的生命中，去理解、感悟、认识那些历史中人的命运、生存过程以及与此相关的山川风物、江河草木。由此，那些在正史中记载的人物、事件，似乎换了一种模样，保安队、预备团、红军游击队，彼此之间的争斗都与具体人物之间的恩怨情仇、生死挣扎、生活伦理结合在一起，具有了鲜明的民间生活内容，那些参加保安队、预备队或红军游击队的人似乎更多的具有了个人的生活需要和各种原因造成的个人生活的选择，如保安队的阮天保去参加游击队是由于保安队被预备团打败后没有去处，阮天保杀死井宗丞的深层原因可能是由于井宗秀与他结下的家族恩怨；陆菊人对预备团长井宗秀深情相助源于两人之间的相惜相知而非政治性的选择，甚至保安队与预备团之间的战争，也是由于个人的恩怨所引发，等等。这些人和人、人和社会之间的关系，是如此紧张而又错综复杂，其中有苦难与温暖、混乱与凄苦，更有着残酷、血腥、丑恶与荒唐，他让我们看到了丰富的、有血有肉的历史细节和历史的另一种真实，也就是民间记忆的真实。

由如上作品的分析，我们可以对作为"审美形态的民间记忆"做一这样的概括：民间记忆指的是流传于民间的有关人类历史、生活、社会活动、文化等方面的记忆，有时成为一种潜意识或者通过传承，进入人们的日常生活，有些融入民风民俗的民间生活中，成为一种文化，有些进入民歌民谣、民间故事传说等民间文艺形式中。这种民间记忆相对于正史或者知识分子的历史记忆而言，具有产生于民间、流传于民间的未经整理的特点，呈现了鲜明的人类生存和活动的印记，在文学作品中呈现出来时，又往往与作家个人的民间化思想情感相联系，构成了一个有意义的审美世界。

二

贾平凹《老生》对于历史的叙述，是建立在民间记忆的基础上的，它以民间说书人的态度，某种程度上改变了以往文学对中国现当代历史的叙述内容。《山本》也同样具有这一特点。在这里需要我们进一步讨论的问题是，民间记忆它不能自我呈现，作为审美形态的民间记忆是经过作家叙述的一个与我们相关的有意义的故事，那么激活民间记忆的有意义的思想情感力量是怎样的呢？

在贾平凹的《山本》中，这种力量首先体现在对于过往历史生活中人的命运的巨大同情和悲悯，这种悲悯的力量来自民间文化世界所涵养的精神。在中国的民间生活里，儒、道、佛的思想影响是深刻的，在某种意义上它构成了老百姓的世界观及其对待人生的态度。虽然儒、道、佛的思想彼此之间有所区别，但都具有悲悯的情怀，孔子讲仁者爱人，孟子讲老吾老以及人之老、幼吾幼以及人之幼，都体现出对于人的生命的关怀和敬畏。在社会实践活动中，他们奉劝掌权者实行人道，让老百姓有安居之所，则有着对民众的关爱。这种悲悯的情怀在道家思想中则表现为对自然的崇尚，主张清静无为、反对斗争，提倡道法自然、追求天人合一、与自然和谐相处；佛家以大智大慧的胸怀和慈爱怜悯，同情苦海中的世人。这种博大的悲悯情怀，融汇在民间生活世界中，构成了普通老百姓为人处世的态度。这一点在中国的民间传说中也体现得极为鲜明，譬如"孟姜女哭长城"对民众苦难生活的深刻同情，就以孟姜女哭倒长城的想象，表达了对人的生存、生命的巨大悲悯，这是来自民众内心的一种力量，有着感同身受的同情和深沉的爱意。这种源自于民间文化中的悲悯情怀，是贾平凹长篇小说《山本》激活民间记忆中的历史生活的一种重要力量。在《山本》中，贾平凹写了残酷的战争和苦难的生活历史，但贾平凹在《山本》的后记里说，《山本》里虽然到处是枪声和死人，但它并不是写战争的书，那他写的是什么呢？他写的是苦难中的每一个人的生命以及面对这种苦难的态度，从这个意义上说，作品中的麻县长、郎中陈先生、宽展师傅、陆菊人几个人物形象具有了特别重要的意义。他们的存在使民间记忆中的生活有了一种深远的情感和思想的力量，连接着儒、道、佛的博大思想及悲悯情怀。麻县长为官一任，却身处乱世，既然不能为天地立心、为生民立命、为往圣继绝学、为万世开太平，那他也就只能用手中的笔，记录他所钟爱的秦岭的人文地理，儒家文人改造社会抱负无法实现时的社会责任感促使他走向了另一种人生，其中包含了他对于现实的失望和对民众不幸生活的忧思；郎中陈先生显然受到了道家思想的影响，他以自己的智慧，点拨着苦难中人生的迷茫，化解着种种的不平和困厄；宽展师傅代表的则是涡镇人的生命救赎的力量。在小说中，花生问宽展师傅《地藏菩萨本愿经》中写的是什么内容时，宽展师傅在炕上用指头写道："记载着万物众生其生老病死的过程，及如何让人自己改变命运以起死回生的方法，并能够超拔过世的冤亲债主，令其究竟解脱的因果经。"在宽展师傅写下的这段话里，我们可以看到在涡镇的动荡苦难生活中一种巨大的灵魂救赎的宗教力量，闪现着悲悯慈爱的光辉。陆菊人是日常生活中的女性，她善良克己、乐于助人，在精神上与郎中陈先生、宽展师傅有着深刻的内在联系，陈先生让她明晓人事，而宽展师傅让她的心和菩萨联系在一起，她对井宗秀、对涡镇上活着的和死去的人，都有一种宽厚的仁爱之心，在现实生活中体现出人道主义的悲悯情怀。

《山本》中的宽展师傅、郎中陈先生、陆菊人等人物所体现出的这种悲悯情怀，使涡镇动荡、残酷、血腥的历史中有了一种美与善的力量，正是这种力量，使我们感受到历史中还有温暖，还有抹不掉的永恒精神抗拒着历史的沉沦和人心的丑恶。这是作为审美形态的民间记忆不能失去的美与善的力量，这也是民间生活世界中的美好精神，如果没有这种美与善的力量存在，民间记忆就会成为琐碎的历史事件的记录，就会失去儒、道、佛文化所涵养的美好灵魂。正如贾平凹在《山本》的后记中所说："《山本》里没有包装，也没有面具，一只手表的背面故意暴露着那些转动的齿轮，我写的不管是非功过，只是我知道了我骨子里的胆怯、慌张、恐惧、无奈和一颗脆弱的心。我需要书中的那个铜镜，需要那个瞎了眼的郎中陈先生，需要那个庙里的地藏菩萨。"[1]他需要的这种精神，是《山本》，也是我们每一个人所需要的。

　　贾平凹在《山本》的后记中还说过这样一段话："那年月是战乱着，如果中国是瓷器，是一地瓷的碎片年代。大的战争在秦岭之北之南错综复杂地爆发，各种硝烟都吹进了秦岭，秦岭里就有了那么多的飞禽奔兽，那么多的魍魉魑魅，一尽着中国人的世事，完全着中国文化的表演。"[2]表面上看，《山本》确实写的是动乱时代的战争和各色人物的表演，但实际上更是写出了世事演绎中的人与民间社会中的人心和对人心的思考。那些"一尽着中国人的世事、完全着中国文化的表演"的各色人物有着怎样的人心呢？以上提到的宽展师傅、陈先生、陆菊人等人物的内心是高尚、善良、博大的，但另外一些人如阮天宝、井宗秀、井宗丞等人的内心则是复杂的，甚至是卑鄙的，贪欲、权力、自私，使他们的人性变得残酷、阴暗。这些人物也让我们看到了民间社会生活中非理性的生存冲动以及藏污纳垢的复杂性。井宗秀成立预备团的初衷是为了保护一方平安，但后来随着井宗秀权力的扩张，他已成为刚愎自用、不再关心百姓疾苦的拥权者；井宗丞参加革命，为了筹措经费竟然策划绑架父亲致其死亡；阮天保被井宗秀打败后投奔游击队，并非有高尚的革命信仰，而是为了寻一安身之地，后来他枪杀了井宗丞是为了报私仇和争夺自己的权力；等等。在这翻来覆去的风云变幻中，人心的残酷、险恶尽显无遗，又无不与人心的自私相关联。这样的写作也是对于民间文化中遗留的"出人头地""权力崇拜"等问题的反思和批判，使民间记忆的历史叙述具有了思想的深度。由此可以看到，文学性文本不管采取什么样的叙事方式，其思想力量是不能欠缺的，这也是文学文本审美性的要素之一。

---

1 2　贾平凹：《山本》，作家出版社，2018年，第526页。

三

　　与文学文本的审美性相关联的另一个重要问题是文学的呈现形式。我们说《山本》提供了民间记忆的审美形态，那么这个民间记忆的保持形式是怎样的呢？从文化的意义说，民间记忆的呈现形式主要是仪式关联和文本关联，这是借用扬·阿斯曼在《文化记忆》一文中提出的观点，仪式关联是指一个族群借助于对仪式的理解和传承，实现文化的一致性，而文本关联是借助于对经典文本的阐述获得文化的一致性。[1] 具体到贾平凹的《山本》中，除了仪式、文本（对儒、道、佛经典著作的理解与阐述）之外，还应增加民间口头相传和地方志的呈现形式。民间记忆的这些保持形式进入到《山本》中时，是通过作家有意义的叙述完成的，因此民间记忆作为小说文本的审美形态，必然具有个人的审美趣味和思想情感，换句话说，当他进入民间记忆的历史中时，他所拥有的是社会的、时代的、民间的、集体的意识，当他从这种集体的意识中回到他自己，并且要呈现他自己所拥有的这种集体意识时，他对民间记忆的呈现形式与文化意义上的民间记忆保持方式是有区别的，这种区别有如下几个方面：

　　首先，从文学叙述的角度来说，贾平凹在《山本》中把民间的生活逻辑融入小说的叙事过程中，注重日常生活的细节以及琐碎的人物对话，同时又把这些细节与历史的变化结合在一起，达到还原生活真相的目的。这样的叙述方式决定了贾平凹的小说具有了写实性的特点，民间记忆在他的小说中与"经验性的真实内容"密切相关，这里所说的经验性真实并不意味着所叙述的内容他都经历过，而是指在小说阅读过程中读者所感受到的经验性真实，也就是说"我们为其真实感所震惊，我们也许根本想象不到我们翻开书页时会出现什么，但当它出现后，我们感到这是必然的——它

---

1　参见阿斯特莉特·埃尔、冯亚琳主编：《文化记忆理论读本》，余传玲等译，北京大学出版社，2012年。

抓住了我们历来所了解的，尽管也许是极其朦胧地了解的，经验的真实"[1]。与这种经验的真实性密切相关的是作家在写作过程中对于历史的客观性和人物故事的因果关系的重视，这两点是保证文学作品经验真实性的基础。贾平凹为了这种客观性，陆续去过昆仑山、太白山、华山，去过商洛境内的天竺山和商山，搜集整理秦岭的动物记和植物记，搜集了二三十年代许许多多的传奇，这些资料涉及的人和事引起了他的创作冲动，他要把这些历史的素材写成小说。虽然小说中人、事、故事、情节与历史并不完全一样，但与历史构成了深刻、紧密的内在联系，成为文学性的"真实而又陌生的存在"，民间记忆的经验性真实由此得以产生。

　　在小说文本中保持民间记忆经验真实性的另外一个方面就是小说中的人物、事件及其情节发展过程包含着一种自然因果观，"从某种意义上说，自然因果观意味着必须全面呈现影响生活的所有因素。正如奥尔巴赫所说，它表现'被嵌置于一个政治的、社会的、经济的总体现实之内，而这一现实是具体的和不断演变的'"[2]。具体到《山本》中，人物和故事情节的发展结果都是有原因的，这种因果关系又是符合生活的发展逻辑的，譬如：麻县长生逢乱世无法实现造福一方的雄心壮志，才把自己的志向转换为对秦岭各种草木与禽兽的考察与记述；井宗秀领导的预备团伤害了保安队领导人阮天宝的家人，后来井宗秀的弟弟井宗丞在革命队伍中冤死于阮天宝的手中，不能不说与此有一定的联系；陆菊人辅助井宗秀"成就大业"是因为两人是情感上的、精神上的知己，如此等等。这种事出有因的小说发展过程只要是合情合理的，即使我们没有经历过这些事情，也会依据生活的经验逻辑认为记忆中的历史是真实可信的。《山本》正是在这样的意义上保持了民间记忆的经验真实性，这种经验真实是文学性的、审美的，与历史学家追求的客观、真实、科学性是有差异的。

---

1　华莱士·马丁：《当代叙事学》，伍晓明译，北京大学出版社，1990年，第59页。
2　华莱士·马丁：《当代叙事学》，伍晓明译，北京大学出版社，1990年，第62页。

其次，在文学叙述过程中的民间记忆还涉及民间文化心理、民间信仰、集体无意识等内容，民间记忆在传承过程中，民众都会依据自己的文化心理进行某些演绎、改变，进而形成民间故事、传说等民间文艺形式，赋予人物超越人世的某种能力和力量，从而使民间记忆中的内容具有传奇性的色彩，这就是民间文化想象。在中国传统的民间故事、传说中，民间想象往往呈现出"万物通灵"、经验世界与虚拟世界融会在一起的特点，相信万物有生命和思想情感，常常把自然物神化或人格化；相信人、神、鬼之间的关系可以转化，人可以成为神、鬼，神、鬼也可以有人的思想和情感并且具有平常人不具备的超常能力。贾平凹《山本》中民间记忆虽然重在一种经验真实性的呈现，但也体现出这一民间想象的某些特点，他通过文学的文化想象，试图在天、地、人以及万物众生的内在关联中，看到彼此之间的意义关联，感悟到自然、人事变化的沧桑甚至是无奈与荒凉。特别是小说中出现的尼姑宽展师傅普度众生的精神力量，医生陈先生洞察世事、逢凶化吉的能力，都与民间信仰、民间文化等精神性的内容相关，这种精神穿越尘世的表面生活，进入人心，使灵魂具有大善大美的力量。

最后，与这种叙事方式、想象方式相关联的是《山本》的语言。小说中的民间记忆是通过语言呈现的，《山本》的语言与琐碎的生活细节、人物对话纠缠在一起，是密集、鲜活、生动的，渗透着民间气韵，这种气韵又具有浓郁的地方性特色，与秦岭的一草一木、山山水水、民俗风情融会相通，与他的叙述内容天然融为一体，呈现出悠远、深厚的艺术境界。小说语言的这种地方性、民间性特点在今天是特别应该引起重视的，周作人在20世纪20年代写过《旧梦》一文，在文中他提出在"世界主义"的文化背景下，应重视艺术上的"地方主义"，并且"相信强烈的地方趣味也正是'世界民'文学的一个重大成分"[1]。正是这种语言的地方性、民间性呈现出

---

1　周作人：《旧梦》，《自己的园地》，人民文学出版社，1998年，第104页。

文学的个性、审美性，也正是通过这种个性和审美性，在世界文学中确立民族文学的意义和价值。

作为审美形态的民间记忆的呈现是《山本》对新世纪以来小说创作的重要贡献，贾平凹以民间说书人的姿态，重构了秦岭那一方水土的历史生活，并在民间记忆中历史的叙述过程中表现出他的"史识"和情怀，与莫言、韩少功、张炜等作家的民间叙事有所区别，具有了独特的艺术魅力和力量。贾平凹自己说："我就是秦岭里的人，生在那里，长在那里，至今在西安城里工作和写作了四十多年，西安城仍然是在秦岭下。话说：生在哪儿，就决定了你。所以，我的模样便这样，我的脾性便这样，今生也必然要写《山本》这样的书了。"[1] 这本浸透着贾平凹生命与灵魂，呈现着民间文化精神和地方性生活内容的小说也就必然以其独特性成为新世纪文学中的重要作品。

---

1 贾平凹：《山本》，作家出版社，2018 年，第 522 页。

下编

民间审美的

多样化表达

# 第十五章

# 刘半农：民间的语言自觉与价值认同 *

    五四时期的刘半农不仅是一位诗人、新文化的传播者，还是现代实验语言学的奠基人，他在倡导民俗学的研究、译介外国文学和推广摄影艺术方面的成绩也是开创性的。如果从文学建设的角度理解刘半农在文学史上的意义，他对新文学最大的贡献在于以语言为核心的新诗构建。刘半农、胡适等人在五四时期虽然都重视语言变革的意义，但倡导语言变革的目的却有着细微的差异，在胡适那里，语言是作为传达新思想的工具而备受重视的，语言的审美意义是寓于它的工具性价值之中的。相比较而言，刘半农更重视语言本身的本体意义。他说，"我以为文章是代表语言的，语言是代表个人的思想情感的，所以要做文章，就该赤裸裸的把个人的思想情感传达出来"，"什么'结构'，什么'章法'，'抑、扬、顿、挫'，'起、承、转、合'等话头，我都置之不问，然而亦许反能得其自然"。[1] 显然，语言成为刘半农在新诗创作过程中关注的一个极为重要的文学问题。在新诗语言的构建过程中，刘半农特别重视"民间语言"的价值，换句话说，民间语言成为他发现"诗美"的重要资源，他把语言看作文学的根本性问题，那么，刘半农是怎样理解民间语言的价值，又是怎样把民间语言纳入新诗创作的过程中呢？

---

\* 原载《文艺争鸣》2004 年第 1 期。

1 刘半农：《半农杂文自序》，《人间世》第五期，1934 年 6 月。

一

在刘半农看来，"语言在文艺上，永远带着些神秘作用。我们作文作诗，我们所摆脱不了，而且是能运用到最高等最真挚的一步的，便是我们被抱在我们母亲膝上所学的语言；同时能使我们受最深切的感动，觉得比一切别种语言分外的亲切有味的，也就是这种我们的母语。这种语言，因为传布的区域很小（可以严格的收缩在一个最小的地域以内），而又不能独立，我们叫它为方言"[1]。方言传播的区域虽然小，但运用于文学创作中却能发挥其作用。刘半农把方言或者说民间的语言看作文学审美力量产生的重要因素。他在谈到歌谣的好处时说："它的好处，在于能用最自然的言词，最自然的声调，把最自然的情感抒发出来。""而这有意无意之间的情感的抒发，正的的确确是文学上最重要的一个元素。""唱歌的人，目的既不在于求名，更不在于求利"，因此在歌谣中"往往可以见到情致很绵厚，风神很灵活，说话也恰到好处的歌词"[2]。刘半农在此主要是从审美的意义上强调民间语言的意义和价值的。就这一点而言，他与胡适是有所区别的，胡适虽然也强调民间语言的审美意义，但同时也强调民间白话语言传播新思想所应有的功利目的和作用。胡适曾说："语言文字都是人类达意表情的工具；达意达的好，表情表的妙，便是文学。"[3]因此，在白话文倡导过程中，胡适首先看到的是民间白话语言所具有的工具性作用。显然，胡适在此强调的民间白话语言有着双重意义：一方面是作为传播新思想的工具性作用，另一方面是作为文学构成因素的审美意义，但这种审美是包含有强烈的功利性现实目的在内的，也就是说它对于民间性语言的审美理解是在启蒙的立场上建立起来的。

1　刘半农：《刘半农诗选》，人民文学出版社，1958年，第82页。

2　刘半农：《国外民歌序》，《语丝》第127期，1927年4月16日。

3　胡适：《什么是文学》，姜义华主编《胡适学术文集·新文学运动》，中华书局，1993年，第87页。

刘半农对民间白话语言的理解虽然也与启蒙的立场有关，但似乎更重视语言本身的审美魅力。语言是否具有传播新思想的功能在他的相关文章中却极少提及，相反在谈到方言时他却认为："一种语言传布区域的大小，和他感动力的大小，恰恰成了一个反比例。这是文艺上无可奈何的事。"[1] 也就是说在民间日常生活中产生的方言，对文艺的审美力量起着重要的作用，但却难以有着广泛的影响和传播区域。他并没有因为这种方言无法达到广泛传播的目的而去否定它的价值，而是在语言本身的艺术表现力上投入了巨大的热情，去探索民间语言在新诗建设中应有的美学价值。

胡适和刘半农对民间语言的理解表现出的这种细微差异，恰恰表现出了五四时期启蒙文化背景下，现代知识分子对于文学的两种不同态度：启蒙的文学倡导和文学的启蒙努力。前者特别重视文学的启蒙价值，后者特别重视文学应有的审美意义，这两种不同的文学追求在中国现代文学史的发展过程中，虽然交织在一起无法截然分开，但在不同作家的创作中却或隐或显地表现出来。胡适、刘半农都对民间的白话充满了热情，但对语言所承载的功能理解是有差异的，这一点在前已述及。那么，是什么原因促使刘半农从审美的角度，对民间语言倾注了巨大的热情呢？其原因就在于"中国内地的歌谣中，在情意方面或在词句方面，都还很丰富"[2]。也就是说他在民间的白话语言、方言以及歌谣中发现了诗美的重要因素，从而使他在新诗创作中直接取法于民歌、民谣，借助于民间语言重塑现代诗歌的美。

刘半农自称自己不是一个诗人，他讨厌为作诗而作诗的职业诗人，他作诗只是为了抒发自己的感情。[3] 这样一种新诗观与他对民间、民谣的看法

---

1　刘半农：《刘半农诗选》，人民文学出版社，1958 年，第 83 页。

2　刘半农：《半农杂文》，河北教育出版社，1994 年，第 186 页。

3　参见刘半农：《刘半农诗选》，人民文学出版社，1958 年，第 2 页。

是一致的，在他看来，民歌、民谣也是不为名利的个人情感之作，正是在这种联系中，刘半农发现了民间语言的表现力及其美的意义，民间语言的这种美首先是与自然的情感表现联系在一起，他认为歌谣的好处在于"能用最自然的言辞，最自然的声调，把最自然的情感发抒出来"。他自己的审美情趣也是"爱阔大，不爱纤细；爱朴实，不爱雕琢；爱爽快，不爱腻滞；爱隽趣的风神，不爱笨头笨脑的死做"。对于自然的景物也是如此，"爱看的是真山真水，无论是江南的绿荫烟雨，还是燕北的古道荒村"，"都是一样的美，只是颜色不同罢了"。[1] 至于假山假水，无论做得如何工致，总觉得不过尔尔罢了。由此，刘半农特别重视民间歌谣中所呈现出的那种"自然韵致"，具体表现在语言方面就是自然、明快、易懂的风格。他那首流传一时的名篇《教我如何不想她》，轻快、明媚的语言中就透露着歌谣的神韵，甜蜜、忧伤的情感在反复的咏叹中变得是那样的真挚、朴素，艺术化的民间白话语言具有了强烈的艺术表现力，他的《瓦釜集》用江阴方言，"四句头山歌"的声调作诗，情真意切，有着"正统"文学所没有的朴素气息。用他自己的话说就是"把数千年来受尽侮辱与蔑视，打在地狱里而没有呻吟的机会的瓦釜的声音，表现出一部分来"[2]。民间语言在新诗的构建过程中获得了新的生命力。这种不被人重视的民间语言为什么在刘半农的笔下获得了现代意义上的审美价值呢？民间语言的这种价值呈现虽然与刘半农自然的审美趣味有一定的联系，但更为重要的是依托启蒙时代的个性主义诗学观，重新发现了民间歌谣和语言的意义。

　　五四时期一个重要的社会思想就是个性解放，它是反叛封建束缚，构建新的人格精神的重要理论基础，与这种个性解放思想相适应的是主张彻底表现自我的诗学观。五四时期的郭沫若、郁达夫、成仿吾等创造社作家就都强调文学要纯真自然地表现自我的情感，以自我感情真挚抒发为艺术

---

1　刘半农：《国外民歌序》，《语丝》第 127 期，1927 年 4 月 16 日。
2　刘半农：《刘半农诗选》，人民文学出版社，1958 年，第 82 页。

创作的中心。郭沫若就认为："我们的诗只要是我们心口的诗意诗境的纯真的表现，命泉中流出来的 Strain，心琴上弹出来的 Melody，生的颤动，灵的叫喊，那便是真诗，好诗。"[1] 显然，郭沫若对诗的理解和要求与刘半农对诗的见解基本上一致，但这种诗学观的文学史依据或者说支持这种诗学观的文学史基础却有区别。郭沫若主要是从西方浪漫派、现代派的创作原则中发现与自己的艺术追求相共鸣的契合点，对他的创作产生重大影响的是雪莱、拜伦、歌德、海涅、惠特曼等西方诗人，而刘半农则在中国本土的民间歌谣中找到了个性主义诗学观的支持者。在这一点上胡适也是如此，他在《白话文学史》中梳理中国文学的发展过程时，就提出来白话民间文学的巨大意义和现代性价值。这一文学史现象证明：启蒙与民间在五四时期并不是以对立的方式存在，而是民间文化以其特有的本土化功能参与了启蒙文化的构建，譬如民间文化、文学中自由情感的表达、人性解放以及其中包含的朴素的平等思想，都与五四时期启蒙文化有一致的共鸣点，现代知识分子不仅到西方寻找启蒙的精神火种，而且也在本土的民间文学中发现了启蒙的现实动力，并满怀激情地去激活民间文学中所蕴含的这种现代性思想，使其焕发出新鲜的活力。刘半农对民间文化、文学的这种认知态度在以往的文学史研究中是被忽略的，以往我们过分强调了西方文化的影响和作用，对于本土民间文化中所包含的启蒙动力以及为现代知识分子提供的精神资源没有予以足够的重视，刘半农的存在不仅为我们提供了研究这一文学现象的对象，而且由此对现代文学的生成可以做更进一步的思考。刘半农从审美的角度对民间语言的重视，给他带来了一种怎样的话语世界呢？

## 二

语言是文学表达的一个根本性问题，但表达什么、怎样表达却并不是

---

[1]　郭沫若：《文艺论集·谈诗》，《〈文艺论集〉汇校本》，湖南人民出版社，1984 年，第 36 页。

由语言本身所决定的，它往往与作家的精神立场、表现对象等内容联系在一起，或者说，语言作为一种符号，它同样包含着文化的意蕴。语言一旦与作家的精神、情感、文化立场联系在一起，它就成为一个有意义的话语世界，在刘半农的文学创作中，这种话语世界的形成是以"语言"为起点的。他在《瓦釜集》代自序中说过他作这些诗的动机"是起于一年前读'阿门'诗，和某君的'女工之歌'。这两首诗都做得很好，若叫我做，我做不出。但因我对于新诗的希望太奢，总觉得这已好之上，还有更好的余地。我起初也说不出所以然来。后来经过多时的研究与静想，才断定我们要说谁某的话就非用谁某的真实的语言与声调不可；不然，终于是我们的话"。在此，刘半农提出来"我们"与"他者"的区别，"我们"要想把"新诗"做好，就必须把"我们"的语言向"他者"转换。这种审美性的要求实际包含着一个重要的问题——知识分子的价值立场和精神诉求对于文学的话语世界所应具有的重要意义。当刘半农把"我们"的语言转换为"他者"的语言时，就必然在情感、立场上去接近"他者"，因为只有在情感、精神上成为"他者"的一部分时，才能说出"他者"的话来。由此，刘半农五四时期的诗歌创作中不仅透露着民间语言的气韵，而且表现出了知识分子的民间立场和精神。这种民间立场和精神首先体现在依据民间普通老百姓的思维逻辑和生活逻辑去表达他们的精神、情感世界，并设身处地地为他（她）们的处境、命运着想、代言，进而发现社会的不平和所谓"知识者"的虚伪。《耻辱的门》写一个为生存挣扎的女子被迫为娼的内心痛苦："从此出了这一世，／走入别一世；／钻进耻辱的门，／找条生存的路。"这发自内心的无奈和痛苦是如此强烈地震撼着人们的心灵，在生存面前，谈什么人格、道德的君子们是何等的虚伪和残忍，快要饿死的弱女子还能有更好的选择吗？正如刘半农在这首诗的"后序"中所说：

> 我们若是严格的自己裁判，我们曾否因为恐怕饿死，做过，或将

要去做，或几乎要打主意去做那卖娼一类的事（那是很多很多的）？做成与不做成，够不上算区别：因为即使不做成，就一方面说，社会能使我们发生这种想念的可能，我们对于社会，就不免大大的失望；就另一方面说，我们能有此等想念，便可以使我们对于自己大大的失望，终而至于战栗。而况我们所以能不做成，无论其出自身裁制或社会裁制，其最后的救济，终还是幸运，因为我们至今还没有饿死。

他由人及己，从不得已而为之的行为中体验到了无言的痛苦和悲哀，并由此对社会和那些正人君子们进行了无情的批判。这种来自民间底层的声音，与那些仅仅给予贫穷者某种同情的知识者不同，它更深切地触摸到民间生存的真相。在《面包与盐》中，刘半农用朴素的、不加修饰的语言，表达了普通老百姓"两子儿的面，/一个镚子的盐，/搁上半喇子儿的大葱"的简单生活要求，就是这最低生活要求也往往受到威胁，"咱们不要抢人家的，/可是人家也不该抢吃咱们的"，"咱们要的只是那么一点儿，/——两子儿的面，/一个镚子的盐，/可别忘了半喇子儿的大葱"。当人们连这样的生存条件都不能维持的时候，这个社会制度、政治、经济还能是好的吗？

刘半农这种依据民间的声音而写出的诗文，在五四时期有什么独特的价值呢？从五四时期的整体时代倾向而言，是一个向西方寻求救国的真理，以启蒙国人觉醒的时代，个性、自由、民主、科学的呼唤，成为现代中国知识分子奋斗的目标。因此，民众多取一种批判的、同情的姿态，对于国家、民族的想象也往往有着浓郁的西方文化的痕迹，刘半农作为一个新文化建设者的主将，则是把眼光紧紧盯着本土文化语境中民众的切身处境，从他的诗歌创作中，我们读到的是下层劳动者、贫民发自内心的声音，这声音没有郭沫若激昂的个性雄风，没有康白情觉醒后的忧伤，也不像冰心以"爱"的福音慰藉人的心灵，他以民歌体的风格，以朴素、口语化的"土语"开拓出了另一个文学的话语空间，在这个空间中有先觉知识分子的内心痛苦，但这种痛苦不是以知识者与民众的精神差异为前提的，而是以知识者的人道主义情怀与人的生存环境的对立为前提的，也就是说他与民众取同一价值立场，为民众代言，发出民间的不平之音，我把这一民间世界称为知识分子的民间话语世界，这一话语世界包含着对摧残人（特别是民间底层劳动人民）的社会及其漠视人的存在的人的强烈批判和厌恶，他不仅承认民间生命、精神存在的合理性，而且承认民间自身也有表达自己的权利。在这一点上，民间话语与启蒙话语有所不同，启蒙话语所表达的是知识者主要来自西方的话语体系，面对本土的"民间"往往有一种居高临下的优越感，去指责他们的愚昧，并漠视他们的话语表达的可能性，正如刘半农所说："古怪的是我们只会强口说别人，尤其会说对着我们不得不回一声口的人。对于自身，却可以今天吃饱了抹抹胡子说声'无可奈何'，明天吃饱了剔剔牙说声'事非得已'……有一部'原谅大辞典'尽够给我们用！这是人间何等残忍可耻的事啊！"刘半农这段话虽然不是针对启蒙者而言，但也的确指出了部分知识者并未把大众和自己放在平等的生命价值天平上，全面深入地理解民间的生活，这也正是"五四"部分启蒙者的局限，这样说并不是否认启蒙话语的价值。启蒙话语所开创的现代文化、文学世界不仅帮助人们发现了"人"的真正价值和文学的现代性品格，而且带来了对中国几千年封建文化的深刻反思，但是这种"人"的观念和对封建文化的反思不能仅仅在部分知识者范围内展开，而应该落实于具体的现实文化语境中，一旦进入现实之中，对民众的话语世界如果不予以充分的重视，也就难以真正理解民众所关心的问题，也就难以把启蒙贯彻到底，这大概也是启蒙不被大多数人所理解，陷入悲剧性结局的原因之一。

刘半农的这种民间立场写作，与五四时期其他知识分子所具有的民间化倾向不同，他不是站在启蒙知识分子的立场上同情他们的不幸，在观念

上把他们看作异于自己的"他者"。譬如从启蒙者的"自由"概念出发，是
难以看到民间底层的自由生命渴望的，民间往往呈现出麻木、呆滞的愚昧
文化形态，而刘半农的文学创作中很少出现启蒙意义上的自由呼唤，他发
现的是蕴涵于民间文化本身的自由渴望。这种自由由于受到残酷的生存条
件限制，转化为对于一种生存权利的抗争，生命的自由渴望首先表现为生
存权利的获得，这种自由追求虽没有郭沫若那种个性宣泄的冲击力量，却
更深切地理解了中国本土文化的内蕴。这也许是刘半农作为一个现代知识
分子在其文学创作中很少提及外国作家对他影响的原因。他是在五四时期
自觉地到民间文化中寻找精神依托——并且在价值观念上认同他们的生存
原则的一个重要诗人。他的存在意义不仅在于表现出了启蒙知识分子很少
意识到的一个文学世界，更重要的是他确立了从民间本身来理解民间文化
的一种思维原则，因此，他义无反顾地走向了民间文化、文学，把民间看
作新诗产生的重要源泉，用民歌、民谣的形式来表现民间的精神、情感，
创造了一个与其他新诗完全不同的审美艺术世界。

三

刘半农用取自民间的艺术形式表达民间的精神和情感，那么，他的诗
歌有哪些重要的特点呢？在刘半农的诗集《扬鞭集》和《瓦釜集》中，一
个最为突出的特点就是民间语言的诗性自觉表达。

在中国现代文学的发展过程中，刘半农是一个在理论和创作上都有着
本土化语言追求的诗人。不可否认，在五四时期的文学创作中，虽然以民
间化、口语化的语言打破了古文的束缚，但由此而出现的白话语言却有两
种倾向值得注意：一是过分口语化、自由化带来了新诗审美品格的降低，
诗情因素变得淡漠；二是过分欧化的语法、造句的运用，使汉语语言的主
体性受到伤害。在刘半农的诗歌创作中却自觉地避免了"五四"新诗所存
在的如上缺陷，他不仅十分注意诗歌语言的音节和声调问题，而且对民间

语言的审美把握表现出诗性的自觉，这种自觉一方面表现在他的诗歌中很少有欧化的句式存在，完全用来自民间的语言和句式表达自己的情感；另一方面就是在运用民间语言时，不是粗糙的、无选择的滥用，而是始终有一种审美上的自觉。像《母亲的心》一诗，完全是用口语入诗，但这口语却简洁、明快，神情声色描绘得逼真、深切：

> 他要我整天地抱着他；/他调着笑着跳着，/还要我不住地跑着。/唉，怎么好？/我可当真的疲劳了。
>
> 想到那天他病着：/火热的身体，/水澄澄的眼睛，/怎样的调他弄他，/他只是昏迷迷的躺着，——哦！来不得，那真要/战栗冷了我的心；/便加上十倍的疲劳，/你可不能再病了。

这首诗的遣词造句没有欧化的毛病，完全是本土的民间化语言，但内在的节奏、韵律却在朴拙中生发出动人的美感，特别是最后一段表达出母爱之心是那样的动人和真挚，这种民间语言已超乎寻常语言之上，具有了神奇的诗性。他模仿家乡民歌的声调，运用家乡方言所作的《瓦釜集》中的许多篇章，也有着动人的魅力。

由刘半农诗歌中的这种语言探索，我想到了汉语写作主体性的问题。自从五四新文学开始以来，我们的语言——文学的语言，就一直存在着如何处理与本土文化之间的关系问题。文学语言只有在本土文化语境中才能建立起语言的主体性品格，但是，我们在寻求西方文化以求现代性发展的过程中，语言也不自觉地受到了异域语言的伤害，部分地失去了本土文化的意蕴，五四文学中某些作品的语言就有这种倾向，在其后的历史发展过程中，这种情形依然存在。作为对这一倾向的反拨，民间语言扮演了极为重要的角色，但其中造成的问题也值得深思，从 30 年代的大众化到 50 年代的"大跃进"民歌运动，对民间语言的重视并没有真正带来文学语言的活力，其原因在于民间语言背后隐含着革命与不革命、资产阶级与普罗大众、民族化与西方化的冲突与选择，当语言被这种政治意识形态之间的冲突纠缠时，民间语言逐渐地成为表达政治观念的工具，并转向粗俗和世俗化，削弱了本土文化语言的诗性趣味。这种描述只是就总体倾向而言，实际上在这一过程中像老舍、沈从文、赵树理等作家的语言追求仍旧有着极为重要的文学史价值，他们使本土的民间语言获得审美品格，并具有主体性的独立意义。如果把刘半农的诗歌创作放在这一历史背景下来思考，我们可以说他是五四新文学中少有的具有语言主体自觉的作家，而这种语言主体的确立又是以民间语言为基础的文学创作，他开启了文学史的另一种向度——新文学民间精神和艺术表达的自觉。

# 第十六章

## 《骆驼祥子》：民间启蒙与文化批判 <sup>*</sup>

　　民间问题自从 20 世纪 90 年代中期被提出以后，对这一问题的讨论一直没有停止过。在这一问题的讨论过程中，争议的核心问题在于提倡民间是否意味着放弃启蒙、放弃社会文化批判的责任？民间是否具有现代性的生机和活力等。如何理解这些问题是重要的，不仅牵扯到对文学现象的评价，而且直接关系着民间命题的当代性价值和意义。对这些问题的理解在纯粹的理论范围内讨论往往难以说明白，因为民间的多层次、多向度特点，使讨论者的出发点往往出现错位，为了避免歧义，本章试图以老舍的《骆驼祥子》为例来说明一些相关的问题。

　　《骆驼祥子》的独特性是通过老舍的民间立场写作体现出来的，也就是说他准依民间底层劳动人民的思维方式、行为方式，表达了来自民间的声音，这种声音与民间底层的生存状态、生存欲望、伦理情感密切联系在一起，他对于社会、市民文化的批判也是从这样一种立场开始的。这样一种民间写作和来自民间的艺术想象，给《骆驼祥子》带来了怎样的艺术世界呢？

　　老舍从 20 年代后期创作《老张的哲学》开始，至《骆驼祥子》的出版，甚至到 40 年代，虽然赢得了广泛的影响，但在新文学作家内部对老舍及其作品却一直有不同的评价。据老舍的好友罗常培回忆，《老张的哲学》脱稿后，罗常培转呈给鲁迅，"鲁迅先生的批评是地方色彩颇浓厚，但技巧

---

* 原载《江苏社会科学》2004 年第 5 期。

尚有可以商量的地方"[1]。1934 年 6 月 18 日，鲁迅致台静农的信中，在批评林语堂所倡导的小品文创作时，说林语堂的创作"如此下去，恐将与老舍半农，归于一丘"[2]。鲁迅仅仅肯定的是老舍小说的地方色彩，并没有对老舍创作做出整体评价，甚至有着不客气的批评。这种批评在我看来正是两种文化立场的差异所引起的。从鲁迅启蒙文化的立场来说，是难以接受老舍在幽默、调侃中，对民间文化的某种认同、宽容和理解的。从左翼革命文学的角度来说，老舍对政治斗争又持某种否定态度，显然与左翼文学的立场也是不同的。老舍在现代文学史上所呈现出的与主流文学的差异，恰好说明了他的独特的存在意义。问题在于老舍从民间立场的写作，是否在文学与现实之间的意义关系上有着和启蒙文学相同的价值呢？或者在 30 年代的特定历史背景下，比左翼文学更深刻地揭示出了"被压迫者苦难者"的悲惨命运呢？这正是我们试图以《骆驼祥子》为例说明老舍创作独特性的原因所在。

老舍的小说主要是表现都市市民民间社会，但在《骆驼祥子》中，却从乡村民间社会中走来了祥子，他所体现出的文化形态与刘四爷、虎妞、小福子等人是有差异的，虽然这两种民间文化形态有着相通的内容，譬如对主流意识的某种疏离、依照自身自在的生活逻辑寻求生存的意义等；另外，从近代以来，破产的农民不断涌入城市，构成了市民阶层的重要组成部分，其文化内涵自然在变异中有所保留，但是这种相通并不能遮蔽两者的不同，老舍的《骆驼祥子》区别于其他小说的重要特点就是从乡村民间文化形态的立场上，依据祥子自在状态的生命欲求、行为方式和道德原则，在祥子生命被毁灭的悲剧过程描写中，构成了对当时社会、都市民间文化以及祥子自身文化形态的深刻批判，并在批判中对于社会的底层劳动者（包括市民）给予了深深的同情。《骆驼祥子》所包含的这种丰富文化内容是老舍其他表现市民生活的作品所不具备的。至于对乡村民间文化形态和

---

1　罗常培：《我与老舍》，《中国人与中国文》，开明书店，1947 年。
2　鲁迅：《致台静农》，《鲁迅全集》第 12 卷，人民文学出版社，1981 年，第 459 页。

都市民间文化形态的内涵做出明晰的概念性界定是困难的，只有依据老舍在作品中的描述，在解说过程中做出描述性的说明。

所谓知识分子的民间立场，在《骆驼祥子》中首先体现在小说从祥子自身的生存逻辑和思维方式、行为方式出发，去想象、虚构他的艺术世界。当祥子从乡村走向城市的时候，带着乡间小伙子的健壮与诚实，凡是以卖力气吃饭的事他几乎全做过了，并且形成了自己的生活原则，这就是靠自己的力气去挣钱，去买自己的车，然后能有自己的车厂。因此，在他的生活中，钱和车成了他生命最根本的欲求，他不关心战争是怎样的毁田，也不注意春雨的有无，他只关心自己的车，有车就有钱，有钱就有烙饼和一切吃食，这种态度使他只顾自己的生活，把一切祸患灾难都放在脑后。这种诚实、勤劳、利己的生活态度，正是在土地上讨日子的农民的生活逻辑，是与几千年的小农生产意识联系在一起的。我们可以说他狭隘、目光短浅，但对于在战乱、贫困中生存的祥子来说，追求这种起码的生存权利难道不是合理的吗？正如老舍自己所说："我自幼很穷，做事又很早，我的理想永远不和目前的事实相距很远，假如使我设想一个地上乐园，大概也和那初民的满地流蜜，河里都是鲜鱼的梦差不多。贫人的空想大概离不开肉馅馒头，我就是如此。明乎此，才能明白我为什么有说有笑，好讽刺而并没有绝高的见解。"[1] 显然，老舍对于祥子的想象和描写正是基于这种没有"绝高见解"的民间生活态度。

祥子在乡间自在民间文化形态中所形成的这种生活态度在当时中国的都市生活里是怎样具体表现出来的呢？祥子所有的梦想是有一辆自己的车，他的诚实和勤劳就体现在他追求车的过程中。有车必须先有钱，他为了钱起早贪黑地干，终于有了车后的祥子，知道拉车不快跑对不起人、快跑碰伤了车对不起自己，因此他小心大胆地快跑，觉得用力拉车去挣口饭吃，

---

1　老舍：《我怎样写〈赵子曰〉》，《宇宙风》第 2 期，1935 年 1 月 1 日。

是天下最有骨气的。所以不管在什么样的情形下，他总是恪守着这一原则去做人，他对虎妞、小福子、刘四爷这些人都是诚心去对待，尽管在遭受欺骗后，心里有着很大的愤怒和伤感，但也没有做对不起他们的事。面对小福子的真情他没有接受，当小福子离开人世后，心里又充满了无尽的自责、伤感和内疚。

　　然而在这勤劳和诚实中，他又极端地利己，个人的希望与努力蒙住了他的眼，祥子不想别人，不管别人，他只想着自己的钱与将来的成功，因此，当曹先生遇到追捕时，他虽然内疚，但为了自己就一逃了事。善恶、美丑就这样交织在这个健壮的、好梦想的、单纯的来自乡村的祥子身上。如果老舍在《骆驼祥子》中仅仅写出这样一个形象，其文学意义是有限的，它的深层艺术魅力在于把祥子放置于社会动乱和市民社会中，写出了乡村民间文化形态的价值取向在动乱社会中的破灭以及祥子与都市民间文化之间的复杂纠缠。

　　乡村民间社会在整个中国社会的构成中，始终处于弱势地位。在清平盛世，农民或许能够靠一己之力获得平稳的生活，一旦社会动乱或处于激烈的转型期，他们往往就是受损害、受侮辱最惨痛的一个群体，像祥子在农村失去土地，流入城市之后，梦想靠自己的努力求得生存的基本权利，也仅仅是一个梦想而已。他第一次有车被兵匪劫走，他好不容易攒起来的钱又被孙侦探敲诈而光，这两次不幸对祥子都是致命的打击，这些所谓的维护社会的兵们、政治机器的参与者们对底层无辜的劳动人民构成了惨重的压迫。这也就难怪老舍在《赵子曰》中借赵子曰之口，说出了他对于政治的态度："在新社会里有两大势力：军阀和学生，军阀是除了不打外国人，见着谁也值三皮带。学生是除了不打军阀，见着谁也值一手杖。于是这两大势力并进齐驱，叫老百姓见识一些'新武化主义'。"[1]老舍对政治的

---

1　老舍：《赵子曰》，译林出版社，2012年，第66页。

隔膜（这种隔膜实际上是在民间立场上，与底层劳动人民血肉相连的灵魂对政治的拒绝，因为人民需要的是能带来幸福的政治）而导致的对学生运动的某些偏见暂且不论，但祥子的经历却真切地传达出了军阀统治下的普通百姓凄惨的不幸生活。仅就这一点而言，《骆驼祥子》比那些概念化的革命文学有更深刻的力量，它以活的、生动的形象控诉了社会的黑暗，当一个社会连人最起码的生存权利都不能保障的时候，这种社会的政治还能是好的政治吗？

《骆驼祥子》的意义并不仅仅在于揭示了社会的黑暗，还在于揭示了乡村民间文化价值取向与都市民间价值取向的冲突，以及在这种冲突中祥子的不幸。老舍对于社会的底层劳动者（不管是乡村还是都市的底层百姓）都有着深深的同情和理解，对于他们出于生存需求和生命欲望而衍生出的行为方式都采取了理解的态度。理解并不等于认同，老舍的高明之处在于在理解中，真实地表现了他们的生命内涵以及与此相关的生活方式，刘四爷、虎妞有他们的霸道、狡诈、自私的一面，也有真诚、讲义气的长处。虎妞对祥子的命运而言是至为重要的人物。她在市民社会的大染缸里，已经没有了祥子的单纯和善良，变得强悍、狡猾、富有心计，作为一个女人的正常生活欲望也被扭曲，她一旦爱上祥子后，既有狼的凶狠又有狐狸的狡猾，她设法勾引祥子，又毫无情意地抛弃刘四爷，然而在这之中，也分明看到了她对祥子的真诚、体贴和对自身生活幸福的追求。正是这种复杂使她的性格在可恶中又有可爱的一方面，在狡猾中又有实在的因素。唯其复杂，才使人意识到虎妞的命运并不仅仅是她自身的性格造成的，而是与市民文化的劣根性有关，这种劣根性不仅造成了虎妞自己的悲剧，也造成了祥子的悲剧。老舍不止一次地在《骆驼祥子》里描述了市民社会文化的污浊——造谣生非、自私自利、讲究排场又为花钱而愤怒，把金钱看得比友谊、亲情更重要等。这样一种文化不仅扭曲了虎妞的人生，也使祥子一步步地放弃了自己已有的生存原则，走向堕落。祥子可以说是因为虎妞而陷于生命的泥淖中不能自拔的。虎妞作为市民文化的产物，她把健康、好梦想、有着泥土气息的祥子，当作猎取的目标，用骗术和金钱把祥子俘获，这对于祥子的人生是一次深刻的伤害。祥子在没有办法之中，"他试着往好里想，就干脆要了她，又有什么不可以呢？可是无论哪方面想，他都觉着憋气，想想她的模样，他只能摇头。不管模样吧，想想她的行为，哼！就凭自己这样要强，这样规矩，而要那么个破货，他不能再见人，连死后都没脸见父母！谁知道她肚子里的小孩是他的不是呢？不错，她会带几辆车来，能保准吗？刘四爷并非是好惹的人！即使一切顺利，他也受不了，他能干的过虎妞？她只需伸出个小指，就能把他支使得头晕眼花，不认识了东西南北。他晓得她的厉害！要成家根本不能要她，没有别的可说的！要了她，便没了他，而他又不是看不起自己的人！没办法！"祥子无奈中的这番心语，恰好表明了来自乡村民间的文化价值取向与以虎妞为代表的市民文化的强烈冲突，祥子的人生梦想在虎妞的围困中彻底坍塌了。如果说虎妞本身的悲剧是市民文化自身的悲剧，那么祥子的悲剧却是由市民文化造成的，当然这种文化与社会制度有着深层的联系。正是在这里，老舍对市民文化、社会有着强烈的批判性，而这种批判正是以祥子的悲剧为代价来完成的。

祥子在虎妞死后仍旧一贫如洗，混迹于市民社会中堕落，放弃是非标准的玩世，甚至沦为社会的弃儿，都无不昭示着市民文化的劣根性对人性的侵蚀。由以上分析可以说，老舍尽管也看到了乡村民间的人性有着自利的一方面，但祥子的健壮、单纯和善良却是市民社会中所欠缺的。他的毁灭，虽然有社会动乱的因素，但在本质上是这两种文化形态之间的冲突而造成的。这来自民间的艺术想象就是以这样本真的生命欲求提供了小说的发展动力，完成了对社会、市民文化的深刻批判和对底层劳动者的深深同情。

老舍从乡村民间文化形态的价值立场出发，塑造了祥子这一艺术形象并构成了对当时社会及市民文化的批判，那么，这一形象与启蒙主义文化有什么联系和差异呢？

当启蒙主义者把自己的价值观念在中国现实的乡村社会中具体展开时，他们看到的是农民的愚昧、麻木、奴性以及对自身价值的漠视，因此，他们呼唤独立、个性、平等、自由，进而对农民的批判远远多于同情，这种批判也包括对乡村民间风俗、文化中所表现出来的迷信和盲从的批判。然而，在这个过程中，启蒙者也时时怀疑自己启蒙力量的有限性。这种有限性一方面表现出启蒙话语与民众话语之间的难以沟通，另一方面则表现出启蒙者的话语力量难以解释被启蒙者的惶惑，当祥林嫂问灵魂的有无时，"我"则显得尴尬、顾左右而言他，"这时我已知道自己也还是完全一个愚人，什么踌躇，什么计画，都挡不住三句问"。启蒙的困境是否证明知识分子放弃了在精神上与民众之间建立联系的努力？显然没有，鲁迅在《一件小事》中所表现出的价值取向就包含着对民间性文化的关注，实际上，也包含着启蒙思想具体化的努力。我以为老舍正是在这个层面上联结起启蒙主义的精神，对启蒙文化所倡导的独立、个性、重视自身的价值的思想观念，从民间的立场上，在世俗性的层面上，使其具体化，而开辟出了一个新的艺术空间。这种具体化虽没有鲁迅的深刻，相比而言，还有点浅薄，但是从闰土到祥子则分明看到了农民已经有了更多自立、自强、自我奋斗的精神，也可以说启蒙观念已部分地在祥子身上体现出来。这不能不说是老舍与五四文学的某些相通之处，但二者立场不同，虽然都是对历史、社会、人生的人文关怀，但一个是精神层面的，一个是现实层面的。精神层面的关怀是在人的精神改造方面展开拷问的努力，而在现实层面上则表现为对人的生存境遇的关注，在这里"个性、尊严"具体化为靠自己的力气去求得生存的独立和人格价值的完整。因此从民间立场上也就展开了在启蒙者视野中难以出现的艺术空间。在世俗生活的生存层面上，"个性"这一精神概念，不再与自由、尊严联系在一起，而是表现为个人主义的独自挣扎，这种个人主义的生存追求与金钱的关系变得尤为密切，个人不再神圣，而是自私、猥琐，甚至肮脏，人成为感性的动物，不再是精神的象征。对于中国社会而言的悲剧性在于，不管是启蒙者的精神拯救，还是像老舍这样在民间的立场上，准依农民自身所形成的生存原则所塑造的祥子形象，都未能获得一个完满的结局。

在生存成为第一要素的社会环境中，文化便与金钱联系在一起。对于这种物质性的文化，老舍是有极大的包容性的，因为为生存而去做的许多事情都是可以理解的，但理解并不能挽救祥子的命运，因为祥子依靠个人的力量去获得生存的尊严，只是一句空话，他处于四面八方的敲诈和欺骗中，没有能力得到生存的突围。在他被虎妞欺骗后，他就想自己在平时没有结交下几个好朋友可以团结一起，去应付这令人气恼的局面。在虎妞去世后，"他已经渐渐的入了'车夫'的辙，一般车夫所认为对的，他现在也看着对，自己的努力与克己既然失败，大家的行为一定是有道理的，不管自己愿意不愿意，与众不同是行不开的"。这时的祥子已经在自己奋斗的失败中，开始否定自己的过去，这不仅是祥子的失败，也是祥子身上所代表的文化的失败。正如老舍所说："人把自己从野兽中提拔出，可是现在人还把自己的同类驱逐到野兽那里去。祥子还在那文化之城，可是变成了走兽，一点也不是他自己的过错。他停止住思想，所以他就是杀了人，他也不负什么责任。他不再希望，就那么迷迷糊糊的往下坠，坠入那无底的深坑。他吃、他喝、他嫖、他赌、他懒、他狡猾，因为他没有了心。"[1]那个"体面的，要强的，好梦想的，利己的，个人的，健壮的，伟大的祥子"消失了，他成了一个"自私的，不幸的，社会病胎里的产儿，个人主义的末路鬼"。祥子的毁灭，既是对社会、市民文化的批判，又为乡村民间文化形态所哺育出的产儿唱出了一曲悲哀的挽歌。从这个意义上说，老舍从乡村民间立

---

1　老舍：《骆驼祥子》，人民文学出版社，2000 年。

场出发，却达到了对社会整体的否定，这里既有政治文化、制度腐败，也有都市文化腐朽。这种现实战斗精神作为中国现代作家的传统，在老舍的《骆驼祥子》里又一次得到了体现。

由《骆驼祥子》的如上分析，可以看到"民间"与启蒙、与作家的社会责任承担有着深切的内在联系，正是这种联系构成了那些从民间立场写作的中国现当代作家的精神动力，民间意识的现代性价值也正在这里。

# 第十七章

## 《边城》：民间的现代性与庄严 [*]

民间文化形态的现代性意义在文学作品中是如何呈现出来的呢？思考这一问题，无法绕开 20 世纪 30 年代沈从文的小说创作。如果说老舍的《骆驼祥子》是作为民间的写作，从民间的立场上写出了一个人的不幸遭遇和悲剧性命运，那么作为"乡下人"的沈从文，在《边城》中，却以来自民间的理想，在边远的湘西营造出了一个美丽、纯朴的民间审美世界。跨过那条间隔城乡的深沟，会发现"一种燃烧的感情，对于人类智慧与美丽的永远的倾心，康健诚实的赞颂，以及对于愚蠢自私极端憎恶的感情"[1]。沈从文的这种创作可以说贯穿于他的整个创作中。他坚信自己在追求着"一种更合理更谨严的伦理道德标准"[2]，"将文学当成一种宗教，自己存心当殉道者，不逃避当前社会做人的责任——不怕一切很顽固单纯努力下去"[3]。沈从文的这种写作态度，使他的"湘西世界"有了民间性、现代性、地域性、普遍性的统一，火塘、山村、运河码头、方言、民歌、民俗等，成为沈从文文学想象的重要内容，民间文化形态不仅成为其精神的栖息地和审美的归宿，而且表现出用民间文化重塑"民族文化形象"的努力。沈从文的《边城》就集中体现了这一创作意旨。

[*] 原载《中国文学研究》2003 年第 3 期。

[1] 《沈从文文集》第 11 卷，湖南人民出版社，2013 年，第 46 页。

[2] 《沈从文文集》第 12 卷，湖南人民出版社，2013 年，第 169 页。

[3] 苏雪林：《沈从文论》第三卷第三期，1934 年。

一

理解《边城》，首先需要理解"民间文化形态"在沈从文精神世界的意义。沈从文从边远的湘西小城走向北平之后，他的精神世界就充满一个乡下人与现代都市文明的冲突与纠缠，"乡下"在他独自沉思的世界里，就成了一个与乡村有联系又有区别的诗意化世界，他记忆中的边城有着纯朴与高尚、洁净与美丽，过滤掉了那些丑陋、自私与狭隘，保留下的是人性中最富有诗意的光辉。从另外一个意义上说，这个乡土的文化精神又是现代都市中所失落的某种东西，他排斥城市文化中膨胀的享乐欲望和松散的人际关系所带来的心灵寂寞，他排斥缺少道德感的实用主义行为方式和仅仅为消遣而存在的人性追求，他对都市文化的虚伪和所谓文明秩序的无生气深深地厌恶。因此，沈从文在《边城》的题记中说："对于农人和士兵，怀了不可言说的温爱。""因为他们是正直的，诚实的，生活有些方面极其伟大，有些方面又极其琐碎——我动手写他们时，为了使其更有人性，更近人情，自然便老老实实的写下去。"由此可以说民间文化形态在沈从文的精神世界里，是作为对社会文化的对峙面，以自足的、整体的形式存在着，他不是以党派的立场来写农村的凋敝，也不是从现代商业文明角度来写物质的进步和道德的颓废，但他真切地感受到了这种"现代文明"所带给他的精神上的压抑和痛苦，而更加执着、坚定地返回了湘西民间，从中发现着生命、人性的现代意义，"想借文学的力量，把野蛮人的血液注射到老态龙钟颓废腐败者身体里去使他兴奋起来"[1]。民族的文化形象便在这里获得了新的特质。那么，属于民间的《边城》带给了我们一个怎样的世界呢？

"在《边城》的开端，他把湘西一个叫作峒乡的地方写给我们，自然轻

---

1 刘西渭：《边城与八骏图》，《文学季刊》第二卷第三期，1935年。

盈，那样富有中世纪而现代化。他不分析，他画画。这里是山水，是小县城，是商业，是种种人，是风俗，是历史而又是背景。在这样真纯的地方，请问能有一个坏人吗？有这样光明的性格，请问能有一份阴影吗？"沈从文就把自己的思想、情感和理想融于民间之中，呼唤着生命本真的存在形态及其庄严的意义——它的自由、纯朴与美。《边城》是一曲美的生命与人性的赞歌，小说中的每一个人都有一个厚道而简单的灵魂，他们心口相应，行为思想一致。他们是壮实的、冲动的，然而有着向上的情感，挣扎而且克服了私欲的情感。对于生活没有过分的奢望，他们的心力全是用在别人身上——成人之美，老船夫为他的孙女，大佬为他的兄弟，然而倒过来看，孙女为她的祖父，兄弟为他的哥哥，无不先人而后己。这些人都有一颗伟大的心，父亲听见儿子死了，居然定下心，耐住自己的痛苦，体贴到别人的不安。[1] 在这个地方即便是娼妓，也常常较讲道德和羞耻的城中人更可信任，纯朴自然的爱意温馨地洋溢在生存的空间。

在这里我们看到了一种顺乎自然心性的、善良的生存方式，翠翠和老船夫摆渡客人时，从来不多收钱，偶尔无意间客人多送了钱，也要还回去；老船夫的酒葫芦丢在了别处，其他人也会给他送还到家里；团总的两个儿子同时爱上翠翠时，两人同时都为对方着想，用不同的方式减轻对方的痛苦，老大为此远走他乡，在水中消失了自己的生命，老二则在他乡漂泊，留下翠翠一腔痴情等待着他的归来。在这各不相同的行为方式中，其实都燃烧着一颗善良、纯朴的心，虽然这种热情也带来了他们的痛苦——生命消失、灵魂破碎，然而新的连续而来照射到地面的阳光，仍旧和昨天的阳光一样温厚，在这片土地上促进一切新的生命的成长，在这生命与生命接触而生的哀乐得失的过程中，我们分明看到了沈从文所构建的属于民间文化世界的一种生命秩序，这个生命秩序中所包含的核心就是善与美，或者

---

1 参见刘西渭：《边城与八骏图》，《文学季刊》第二卷第三期，1935年。

说"美就是善的一种形式，文化的向上就是追求的一种象征"[1]。在这样一种民间的文化里，这些人物的善与美，都是自然而然发生的，也就是说是一种自在状态的本真形态，唯其自在，他们的生命才有自由舒展的魅力，即使是痛苦、哀伤、劳累，也是心甘情愿的一种选择，如果说"自由就是选择"，那么，他们在自在状态获得了他们自己所选择的生存方式。

汪曾祺曾说："《边城》是一个温暖的作品，但是后面隐藏着很深的悲剧感。"这种悲剧感虽然可以从多个方面去理解，但我以为这种悲剧感恰恰映照出了纯朴、善良人性的庄严，生命流失，人性不易，在自然状态下的美好生命虽然有着各种各样的不幸，但处于自在状态的"人"的本性却流露着永恒的光辉。这部似乎与主流文化社会有一定距离的作品，专注于边远的、具有初民遗风的民间文化形态中人的本性的发现与描述，它的现代性意义到底在哪里呢？

二

沈从文在谈到真正的文学家时，曾认为：

> 第一，他们先得承认现代文学不能同现代社会分离，文学家也是人，文学决不能抛开人的问题反而来谈天说鬼。第二，他们既得注意社会，当前社会组织不合理处，需重造的、需修改的，必极力在作品中表示他的意见同目的，爱憎毫不含糊。第三，他们既觉得文学作家也不过是一个人，就并无比别人了不起的地方，凡做人消极与积极的两种责任皆不逃避。[2]

沈从文对"文学家"的这种理解，注定了他的创作不是与社会相脱离的世

---

1 《沈从文文集》第 11 卷，湖南人民出版社，2013 年，第 49 页。
2 《沈从文文集》第 12 卷，湖南人民出版社，2013 年，第 168 页。

外桃源，而是与当时的社会文化、民族性格、生命状态有着密切的联系。在此，我们不得不重新思考：现代性意味着什么？

现代性是一个意义含混、指向并不十分明晰的概念。从物质层面上来说，它意味着物质生活的丰富；从政治层面上来说，它意味着社会制度的科学与民主；从生命文化的层面上来说，则意味着对一种健全的、富有现代生命活力和符合人性存在形态的生存方式的追求。以人的生命为核心的现代性呼唤，虽然与物质的现代性、政治的现代性密切相关，但同时也构成了对物质、政治现代性的某种批判，因为在物质、政治现代化的过程中，人的生命往往受到某种伤害，会带来危害人的生命存在方式的另一种丑陋。沈从文在城乡文化的对峙中，那颗浸润着乡土民间精神的心灵，就强烈地感受到了都市现代文明所带给他的压抑和痛苦，由此更全面地理解了中国社会文化中所存在的种种弊端，进而更加坚定、执着地返回到了湘西那一民间文化社会，以诗意的民间立场，重塑一个民族的文化形象。我们由此知道沈从文为什么在民间文化形态中，所着力表现的是自由、纯朴、自在的生命状态，把生命、自然看作是人的最高伦理标准的真正原因。这种追求与市侩化人生、与乌烟瘴气的现实处境是格格不入的。《边城》的艺术世界在与现实的对撞、联系中，地域的生命方式便具有了普遍性的庄严，民间文化形态的一隅景观具有了人类性的现代意义。为了更确切地说明这一问题，不妨把与生命相关的两性问题在《边城》中的表现形式做一分析。

沈从文在《看虹摘星录》中谈到两性问题时认为，两千年前的僧侣对于两性关系所抱有的原始恐怖感，与社会上某种不健康的习惯相结，形成了一种顽固、残忍的势力，滞塞人性的发展，近代政治史上阴谋政治权术的广泛应用，阿谀卑鄙所造成的风气渗透，无不见出有性的问题作祟，若"五四"以来，在这方面的观念健康一些，得到正当的发展，由此而产生的悲剧便可以减少许多，民族品格亦可以见出原有的朴素与光明，然而当前的两性关系却失去了那种抽象的庄严责任，唯有那种在政治习惯中加强其限制的道德，多数人生活在不可想象的脏污关系里，社会照例认为十分自然，那么，生命的尊严在哪里？沿着沈从文的这种认识回到《边城》时，我们发现了一个与文明世界截然相反的两性世界，民间自在状态的生命竟是那样的真纯、坦荡，富有健康、朴素的意义。在论述翠翠和顺顺的两个儿子之间的情爱关系之前，先分析一下"边城"人对两性关系的态度。处于自在状态中的边城人，对于性正如对待生命一样，把它看作是自然发生的一种事情，完全遵同生命本能和情感的牵引，道德对于他们而言是建立在自己的精神之中的。当翠翠的父母偷情之后，老船夫并没有责备他们，也没有世俗流言蜚语的伤害和攻击，这两人的弃世离去，并不是环境不允许他们存在，而是他们各自心灵中的责任承担，使他们无法相聚在一起——一个不愿意离开父亲，一个无法违背军人的责任。生命本身所包含的善良本性之间的冲突，导致了他们的死亡，但与死亡相关的性爱关系却具有了一份纯朴的庄严，是生命本真状态下所建立起来的至善至美的伦理追求。即使这里的妓女也有着纯朴、善良的心性，切切实实地尽一个妓女的义务，情感上也不尽是胡闹，而是全身心地为那点爱憎所渗透，见寒做热、忘了一切，也有为情去殉了生命的，身当其中的不觉得如何下流可耻，旁观者也从不用读书人的观念加以指责和轻视。性对于边城人而言，是自在状态的一部分，并无肮脏、下流的因素。在这样的环境中，自然出现了翠翠和两个小伙子之间那种顺乎生命本性的情爱追求，翠翠天真无邪、欲说还休的"思春"情怀，两个小伙子之间那种至善至美的情感向往，有着无限的美和抒情韵味，使久困于文明重压下的疲乏麻木的灵魂得到了一种解放的快乐。这种精神也由此进入了现代人的生活与生命之中，获得了生命的现代性意义。这种现代性就是在普遍的、人类存在的意义上对于人的本性和精神的关怀。

在我们强调沈从文《边城》的这种现代性意义时，从《边城》中还读出了另一种意韵——深沉的悲悯和悲哀。刘西渭认为作者的人物虽说全部良善，本身却含有悲剧的成分，唯其良善，我们才更易于感到悲哀的分量，这种悲哀是自然带在人物的气质里。自然越是平静，自然人越显得悲哀，一个更大的命运缩影罩住他们的生存，这几乎是自然的一个永久的法则：悲哀。这种悲哀几乎笼罩在《边城》中所有人物身上，老船夫为孙女劳碌终生、顺顺的大儿子死于河中、二儿子带着满腹的内疚和伤痛漂泊于他乡，翠翠在哀伤中等待着远去的情人。这种悲剧的意义实际上包含着由一隅的民间文化形态出发对人类命运更深广的关怀。正如沈从文所说：百年前或百年后皆仿佛同目前一样。他们那么忠实庄严的生活，担负了自己那份命运，为自己，为儿女，继续在这世界中活下去。不问所过的是如何贫贱艰难的日子，却从不逃避为了求生而应有的一切努力。在他们生活、爱憎、得失里，也依然摊派了哭、笑、吃、喝。对于寒暑的来临，他们便比其他世界上人感到四时交替的严肃。历史对于他们俨然毫无意义，然而提到他们这点千年不变无可记载的历史，却引起无言的哀戚。[1]这大概就是刘西渭所说的那个"命运缩影"和"永久的法则"，这种融于民间文化中的生命体验，便有了一种挥之不去的悲悯与忧伤，一个小地方，一群小人物的生命，在忠于命运、忠于自己心中的伦理法则时，由幻念接近事实，由枯寂而有所取予，而又终于在哀痛中等待着希望的到来，这就是《边城》中人物的结局，而死去的却已带着无可奈何的忧伤远去了。这一轮的"人事"就这样过去了，下一轮的"人事"是否仍旧会有这种"美丽的忧伤"呢？

如果说《边城》的淳朴、洁净、善良的人性为民族文化的重塑灌注进新的生命活力，那么对于民间文化形态的这种悲悯却有着对人类命运的忧患。在人类的整个生存过程中，去掉功名利禄的世俗"人事"纠缠，就其生命本身而言，不都有着陷于希望与绝望、欢乐与哀伤之中的永恒轮转

---

1 参见沈从文：《一九三四年一月十八》，《沈从文选集》第一卷，四川人民出版社，1983年，第162页。

吗？在这里民间小传统文化中的生命体悟已经融进了哲学意义的人类性思考。民间文化形态—民族文化重塑—人类生存忧思，构成了《边城》丰富复杂的"生命—文化"意韵。然而，在这悲剧性的哀戚之中，在对世俗文化环境的反抗过程中，沈从文更加意识到了民间文化形态中生命的庄严和伟大，因为只有在这里他才感悟到在别处寻找不到的生命伦理，只有在这里他才能发现人的本性的神圣光芒，唯其有了这种人类悲剧性的哀戚，才更加意识到这种生命形式的可贵。他要在永恒的消亡中，紧紧抓住这支撑生命灵魂的"短暂"，而这种短暂也会由于他的努力而成为精神的永恒。由此，沈从文才义无反顾地在湘西的边远小城融入自己的全部热情，感悟那些与这里的生命相依相生的自然、民俗风情、方言民歌，使其成为小说艺术中的审美因素，构成了一幅天然、和谐的至善至美的境界。

## 三

《边城》里的自然有着永恒的宁静，在青山绿水之间，有渡船，有深翠颜色的细竹，春天有桃花，夏天有阳光下的紫布花衣裤，秋冬来时，房屋在悬崖边、河水旁的，无不朗然入目。大自然的大胆处与精巧处，无一处不使人神往倾心，有着庄严的静穆。就在这里，那些纯朴、自然的人们过着自在的岁月，女人魅力如水，男人结实如虎却又和气可亲。特别是《边城》中那些风俗传说、方言、民歌的叙述和运用，使《边城》的民间文化形态有了感性、生动的内涵和浓郁的地域性色彩。沈从文在早期创作时，曾搜集和加工未被规范化和无结构的街头巷语以及山歌、趣闻和民间故事，这些民间文化的因素，在《边城》里已经成了与人物融合在一起的叙述性内容，他写到端午节、春节等各种节日，这些与农事、名人故事、神话传说相关的节日，由传说变为风俗，风俗成为文化，成为生命中不可缺少的部分时，这些节日期间的欢乐、热闹、美丽在小说中已经有了不可取代的艺术独特性，不仅仅是诗意描写本身的艺术魅力，还有在其中的生命感受。

甚至这种风俗习惯成为小说结构、人物发展的关键因素。

"对歌求爱"是当地的一种风俗，翠翠正是在求爱的歌声中产生了思春的情怀，感到了一种不可言说的忧伤缭绕于心中，二佬也正是由于自己的歌声不被理解而衍生出了后来一系列的人事变化。在这里我们看到沈从文对于风俗的理解已不是一种单纯的猎奇和爱好，而是融于人的生命中的一种气质。民歌作为流行于民间的一种艺术形式，代表了民间的情感、精神，民歌的这种特质也融于《边城》的整体韵味中，使《边城》成为一首无韵的民间长歌。在《边城》中，翠翠曾唱过 12 月里巫师为人还愿迎神的歌，这首歌歌唱了乡民健康、淳朴、快活的生活以及他们自由自在的情感表达方式，还有他们朴素的民间信仰和宽厚的待人之道。如果把这首歌所表达的情感、思想，作为《边城》的主旨是非常贴切的，也可以说《边城》所要表达的就是这首歌的意思，民歌的那种内在韵律、结构，消融于日常生活的人事变动和纠缠中，就成了《边城》的小说意境，在中国现代文学史上成为一个独特的艺术空间。这种独特不仅与"五四"以来的启蒙主义文学有所区别，而且与老舍的民间立场写作也有不同。

"五四"以来的启蒙主义作家，在面对乡村民间文化形态时，其思想情感是极为复杂的，他们必然也把民间文化形态中与其思想相共鸣的内容纳入新文学的建设过程，但乡村民间在其作品中所呈现出的整体特征是愚昧、麻木、狭隘、自私的，民族文化的劣根性在批评的意义上凸显出来，这自然包含着在西方启蒙思想观照下民间社会存在形态的真实性，并且具有现代性的历史深度。但是，沈从文在城乡差异中，以乡下人的视角去审视民间社会时，由于他感受到现代文明对于人性的压抑和扭曲，他发现了被历史深度所遮蔽的另一层面，民族文化形象出现了另一种特征——纯朴、善良、富有生命自由的活力。这种意义带给了人们在历史发展过程中不得不思考的一个问题：历史提供给人们的现代性怎样才能符合人性本身？民间怎样才能成为艺术的审美资源？《边城》则提供了思考这一问题的经典文本。

《边城》以后的沈从文又写了《长河》等作品，但小说意境发生了很大变化。这种变化表明沈从文所追求的那种来自民间的纯朴人性在日益变化的社会中开始出现了堕落的趋势，他的灵魂出现了失去凭借的焦虑，正如他自己所说："我还得在'神'之解体的时代，重新给神作一赞歌。在充满古典与典雅的诗歌失去光辉的意义时，来谨谨慎慎写最后一首抒情诗，我的妄想在生活中就见得与社会隔阂，在写作上自然更容易与社会需要脱节。"[1]这种焦虑使沈从文的灵魂笼罩着巨大的忧伤，他在担心"那株在小阳春十月开放的杏花会不会被冷风冻坏"[2]，"关心的是一株杏花还是几个人？是几个在过去生命中发生影响的人，还是另外更多未来的生存方式？"[3]等待回答，没有回答。这没有回答的问题却用沈从文的生命历程做了回答，那个"乡下人"后来的生命追求本身就是一首无韵的民间长歌。

---

1 《沈从文文集》第10卷，湖南人民出版社，2013年，第294页。

2 《沈从文文集》第10卷，湖南人民出版社，2013年，第297页。

3 《沈从文文集》第10卷，湖南人民出版社，2013年，第298页。

# 第十八章

## 《九月寓言》：民间旷野的回声 <sup>*</sup>

    20 世纪的人文知识分子一直在庙堂、广场、民间 [1] 这三方空间中艰难地寻找着自己的价值，对他们而言，传统的庙堂之路已经无法延续，与庙堂意识相关的那种兼济天下的忧国忧民的责任感则在"广场"上被重新唤醒，以启蒙的激情走进现代历史之中，然而在有形的历史事件和无形的文化背景制约下，"广场"的价值取向愈益显出某种虚幻的性质，特别是进入 90 年代后，"广场"与"民间"相比，民间的世界——那个实在、丰富、驳杂，蕴含着生命的精髓和污垢、文化的经脉和惰性的本源大地日益显示出其重要的意义，我们试图在这个藏污纳垢的世界中，找到知识分子的精神和生命的滋养，这种寻找无疑是艰难的，然而在跋涉、寻求的过程中，一种富有生命活力和内在质感的知识分子精神肯定会和大地上那蓬勃生长的庄稼一样不断地生长，于是我们怀着某种惶惑、渴望，甚至有点悲怆地走向了民间的旷野，走进了浑然苍茫的《九月寓言》所描绘的世界。

    重读《九月寓言》，沉入民间大地的苍茫幽深之中，我们首先感受到

---

\* 原载《文艺争鸣》1999 年第 6 期。

1 庙堂、广场、民间的概念由陈思和提出。庙堂意识是传统知识分子的主要价值取向，它的主要特点是知识分子借助最高的世俗权威向整个社会推行自己的价值主张。广场意识是指现代知识分子向西方启蒙主义文化传统学来的近似于伦敦海德公园的一种试验，他们幻想有一个广场，可以俯瞰芸芸众生，向他们布道，不借助君权的力量，单凭知识分子自身建立一个新的南面而王的位置。民间是一个多维度、多层次的概念，主要是指主流意识形态之外的一个生存空间和文化空间，可参阅陈思和《试论知识分子转型期的三种价值取向》，《上海文化》创刊号，1987 年。

了一种富有活力的自由精神和精神生长的快乐。这种自由之性不是源于某种理念的导引，也不是源于玄虚的心灵之思，而是源于生命的内在渴求和本性牵引，那里有生命的精灵在驰骋，自由、舒畅地宣泄自己青春的欲望；那里有生存的渴望在涌动，野性、洒脱地追逐着生之意义。《九月寓言》里的这种自由，对于知识分子而言，首先在于启示他们意识到在民间状态的知识分子的活力所在，民间一旦摆脱了观念形态的思想压抑，就获得了个人思想自由生长的可能，我们说知识分子应有民间立场的意义正在这里。

在自由自在的民间社会中，张炜以其浪漫的激情和本性的驱动穿行于生机勃勃的大地上，那里有永不停息的蜕变和新生，有与土地精脉之气相通的热情、欲望与追求，张炜在这里获得了一种新的精神生长，这是生命在民间大地滋养下迸发出的灿烂光华，于是我们看到张炜钟情于那些在夜晚的土地上奔跑追逐的青年男女，钟情于那些夜晚相互厮打的夫妻、那些奔跑于旷野上的万千生灵，这些生动、新鲜的艺术经验既来自他走入民间的那份激动和摆脱以往观念的先验制约而获得的生命的洒脱，更重要的还在于他从民间这些活跃的生命身上发现了自身生命的某些缺憾——知识分子被日益技术化的生活所残害，与万物生灵之间缺少灵的沟通。从整个 20 世纪知识分子的发展道路来看，我们是否在 90 年代也感受到了精神的困顿和迷茫？我们一直以启蒙为己任，在"广场"上呐喊布道，但在 90 年代愈来愈陷于一种无人回应的困顿之中。当思想不能进入别人的心灵，思想者难免陷于痛苦、孤独与迷茫。坚守以往的精神思想并试图让自己的思想获得更多人的理解是让人敬佩的，但是如果能够发现新的生长点并使已有的思想品性获得更广阔、深刻的再生具有更加重要的意义。我们确立自己的民间立场，不是放弃知识分子的独立思考，也不是迎合世俗（尽管民间与世俗有联系，但两者是有区别的），而是为了这种精神的生长，使思想和追求变得更加具体和明晰，使激情和劳作变得具有生命的活力，为了这种精神的自由生长，我们才愿意再一次穿行于《九月寓言》的民间世界中。

民间的自由是以不受主流话语的绝对控制为前提的，知识分子的精神自由以及人的个性自由也同样是以此为前提，有了这种自由才能在民间大地上发现未曾发现的精神动力，才能使民间的精神资源得以创造性地转化。你看张炜奔跑于九月的原野上，与野地里的一切共生共有，思想与情感也在这共生共有的状态中，有了新的收获。正如他自己所说："我提醒人们注意的只是一些最普通的东西，因为他们之中蕴含的因素使人惊讶，最终将被牢记，我所关注的不仅仅是人，而是与人不要分割的所有事物。"由此我们看到《九月寓言》中，没有什么宏大的叙事，也没有人为分割人物形象完整性的思想介入，有的是与土地万物密切相关的、生命自身蓬勃生长的自由精神，与其相伴而生的是金祥、露筋、闪婆等一群让人难以忘怀的人物形象。

这一个个人物形象在张炜的民间叙事中显示出独特的魅力。"民间叙事"与"知识分子叙事"是不同的，在面对民间时，"知识分子叙事"往往是以居高临下的启蒙姿态或外在"民间"的立场去审视民间，对民间的批判或者歌颂都与知识分子已有的一种意识形态观念密切相连。20世纪以来的大部分小说基本上采用的都是这样的叙事立场，然而在张炜的《九月寓言》中，这种叙事立场得到了根本性的转变，他把自己沉入民间的天地中，与民间的内在精神融为一体，发现着民间本身所固有的叙事传统。金祥是小村中有着坚韧生命力的一个普通劳动者，他在小村里邂逅庆余，带来了小村人生活中一个革命性的事件——人们由吃地瓜变成了吃煎饼，为了获得做煎饼用的铁鏊子，他踏上了艰辛的寻鏊旅程，正如普罗米修斯偷来火种一样，金祥含辛茹苦餐风饮露，在漫长崎岖的山路上奔波，一道道山梁熬尽了他的气力，沿路乞讨的凄苦使其身体变得瘦弱不堪，但他终于把鏊子背回了小村。在金祥这个人物身上我们看到了源于民间自身和生命要求的悲壮英雄行为，与"夸父追日"等民间神话原型有着深刻的内在联系。

如果把金祥这个人物和《创业史》中梁生宝这个人物做一比较，会更清楚地看到两种叙事方式的区别。在《创业史》中，梁生宝作为新时代的农民，他承载着作家对农民的一种新的理想，在梁生宝进城买稻种的叙事过程中集中体现了作家对新的农民精神——克己奉公、勤劳质朴、无私能干等优秀品格的讴歌。我们仔细体味一下作家的这种叙事不难发现，梁生宝的精神与当时政治意识形态对农民的要求是一致的，也就是说作家的叙事是从意识形态的立场去叙述梁生宝的所作所为，梁生宝的精神不是如金祥一样从民间大地上自觉、自由地诞生，而是由作家顺乎意识形态的要求创造出来的。

当金祥以其源于民间的内在精神成为人们教育孩子长志气的楷模时，露筋和闪婆则以其漂泊一生的方式获得了爱情的自由和在野地里奔腾流畅、充满魅力的时光，他们与自然合而为一，与万千生灵一起流露出压抑不住的欢喜，待在它们之间心头泛起一种永恒的生之依托，露筋与闪婆的情爱就在这中间不拘世俗，顺其自然，进入了一种浑然苍茫的大爱之境。在民间大地上产生出的金祥与闪婆、露筋这自由的生之精灵是如此美丽，与其说他们经过艰难的努力实现了自己的某种目的，倒不如说他们完成了人类生命的辉煌。在民间大地上所诞生的这种自由精神伴随着金祥、闪婆等人的成长焕发出了夺目的光辉，与民间叙事融汇在一起的这种民间自由精神，也为我们自身的精神成长带来了某种可能性，当我们吸吮着民间的营养自由生长时，我们的精神是否也会如金祥、闪婆一样获得生命的坚韧、强悍，变得勃勃富有生机？

张炜的《九月寓言》不仅使人们摆脱了以往伴随着主流话语控制而产生的观念化阅读定势，获得了一种自由精神的生长和真正审美意义上的愉悦，而且使人们进入了一种诗性境界，这种诗性的境界就是对人存在的一种诗意关怀。由于这种诗性，我们才在藏污纳垢的民间世界中看到美的光芒，也看到了民间世界在转化为艺术境界的过程中，作家人文情怀的意义。

在张炜的《九月寓言》中，这种诗性的人文情怀就是对于人及其与人相关的那一棵草、一棵树、一个动物的悲悯关怀和深切爱意与柔情的触摸。正如张炜自己所说："在安怡温和的夜晚，野草熏人，追思和畅想赶走了孤单，一腔柔情也有了着落。我变得谦让和理解，试着原谅过去不曾原谅的东西，也追究着根性里的东西。"[1]这根性就是民间的藏污纳垢状态。在展开这一问题论述之前，有必要说明一下张炜这种诗性民间情怀产生的原因。在张炜看来，这种诗性的深切爱意与现代生活中产生的那些世俗的知识分子是格格不入的。他认为将"知识分子"这个概念俗化有伤人心，于是出现了逍遥的骗子、昏聩的学人、卖了良心的艺术家，这些人在势与利面前一个比一个更乖戾，而投入原野之中，在万千生灵之间，灵魂才能得到升华，同时在投入民间大地时也才能摆脱现代城市文明的发展所带来的对人心灵的压抑和异化。在此张炜显然是从人类生存及当代知识分子所面临的精神问题来追问人的现代性到底是什么。从这样的角度来理解张炜诗意的悲悯和对民间大地的关怀时，他实际上是在追寻我们生存的当代所失落的某种精神，包括知识分子人文精神所包含的某些重要内容。当张炜把他悲悯的诗意情怀和无限的柔情爱意投入到民间大地时，在大地上生长出的那与生命相关的精脉之气是那样的清新、迷人，这精脉之气透露着野性、执着、坦然和真诚，昭示着民间社会中所可能包含的某些现代人重要的精神资源以及民间所具有的重要当代价值。

在张炜的《九月寓言》里，诗性的情怀就包含于藏污纳垢的民间世界中，按照陈思和的解释，"藏污纳垢"是一个中性词，所指的是一种状态，是民间世界丰富、驳杂景观的真切描绘。在《九月寓言》的民间大地上既可以看到主流意识形态与外部力量侵入民间后的作用，也可以看到民间以其自身的包容性和内部力量消解这种外部侵入的过程；既可以看到他们对

---

1　张炜:《融入野地》，作家出版社，1996 年，第 45 页。

工区的不同生活方式充满的羡慕，也可以看到他们对工区的本能抵抗和仇恨。工区的黑面馅饼、胶筒皮靴、澡堂，甚至工区里的男人和女人都带来了他们内心的冲撞，他们渴求这些东西又总肆意地去诋毁这些事物，洗澡的女人回来后虽然显得美丽至极却又要遭到男人的毒打。人和人之间的关系也是既简单又复杂，既有朴素、善良、炽热的友情又有刁钻、邪恶的狡诈；既有传统观念与现代文明的冲撞，又有生命本能欲望与生存环境的冲突；他们既可以狂热地爱着一个女人又可以对这个女人进行无休止的虐待……这就是一方乡土世界中，人的生存方式与行为方式。在此，美与丑、善与恶、本能欲望与精神追求相互紧紧纠缠在一起，难以做出明晰的判断，这大概就是陈思和所说的"藏污纳垢"的原生状态。张炜以自己悲悯的情怀与爱意，沉浸于藏污纳垢的纷繁、浑厚与清新中时，伴随着每一个生命的跃动，写下了曲折动听的乐章。一个作家一旦在"藏污纳垢"的状态中，看到生命自身的光辉，以审美的情怀去审视民间生活时，"藏污纳垢"就成了一种美的境界，具有了诗性的特质。

《九月寓言》中，"大脚肥肩"这个人物就蕴含着许多非常有意味的内容。大脚肥肩对其儿子争年和儿媳三兰子是非常残忍的，她肆意地毒打争年，不给他任何自由，等争年被迫与三兰子结婚后，她也不把三兰子当人看，使三兰子受尽了磨难，而她的一切所作所为又都与她盼望他们过一种好日子的想法联系在一起，用她自己的话说就是："媳妇家谁能不挨打？能熬过去就是好样的。听妈话，好好干活儿，瓜干装得大囤儿满小囤儿流，小日子谁也比不过。"这个人物显然难以用现代人的道德标准去衡量她是否合乎理性，善与恶，卑鄙与高尚是纠缠在一起难以分清的，然而在这混沌之中，我们则看到了乡村人独有的一种生存方式和生命追求。特别是她与独眼老人那种心心相印的情感交流更是有着一种动人的诗性力量，独眼老人为了寻找他当年的意中人，抛弃一切，到处流浪，他临去世时对大脚肥肩倾诉的一生漂泊之苦及内心情感的煎熬，使她备受煎熬，也使她备受震动，肥肩一场从未有过的大哭开始了。在他们这种独有情感方式及生存方式中，我们感受到了什么？既有情爱欲望的真诚，也有生存环境对情爱的残害，既有负心的忏悔与内疚，也有迫于生存不得不为之的无奈与悲怆。乡村人的这种生存状态同样也体现在其他人身上，小豆子这个漂亮的女人几乎天天要承受男人的毒打和虐待（一到夜晚小村的夫妻们都在炕上相互厮打），这种厮打充满了欲望的暴力，可夫妻之间却在这种暴力游戏中找到了生存的平衡。小豆子承受折磨，却从未想到要离婚，她万般无奈中与别的男人共同登上性爱的顶峰，也没有使人感到龌龊的道德背叛，相反，却有着生命的舒畅。张炜在《九月寓言》中对这种藏污纳垢民间形态的艺术感悟就是这样深沉和丰富，他无意去指责他们多么愚昧和残忍，也无意去赞扬他们多么坚韧和伟大，他就是以悲悯的情怀和爱意去描绘民间大地上的万生万物，万生万物都在急剧循环，生生灭灭，长久与暂时都是相对而言的，但在这纷纭无序中确有什么永恒的东西，这永恒的东西就是生生不息的顽强力量以及民间大地的平和坦荡、绵绵悠长，还有走向民间写作的丰富、动人的艺术魅力。有了这种永恒的依托，就有了精神与艺术不断发展的可能，这正是民间写作在 90 年代的重要意义所在。

民间蕴含着巨大的生命活力，这种活力不仅在于给予知识分子以丰富的启示，获得精神自由生长的可能，并使其意识到民间大地上存在的文化经脉，而且这活力还体现在它自身难以更改的生活秩序，以及对其自足性的顽强坚持和对外部力量的抵制与消解。如果说前者是对人的生命、文化的思考，那么后者则主要在生存的层面上看出民间存在的整体意义。生命与生存是相关的，但又有所不同，生命对于人而言是内在的，是属于自我的，而生存则更多地指向与人相关的各种社会关系以及生活方式。

绝对的自足对于民间大地而言是不可能的，因为任何一个时代的主流话语都会以各种方式去控制、侵入民间，问题是民间也会以自己的方式去消解外部力量的介入，在这一过程中，我们可以看到民间生存的智慧以及我们理应坚持的价值取向。理解民间的自足性首先从语言开始，"语言不仅仅是表，是理；它有自己的生命、质地，它是幻化了的精气"[1]。在《九月寓言》里这来自生命的精气飘溢着幽默、智慧以及诗意的传奇色彩。这民间的话语系统始终以其自足的完整性坚持着自己的纯粹。金祥和闪婆的"忆苦"，在特定的历史阶段是有着浓郁的意识形态意义的，凡是经历过那一时代的人，对于忆苦的场面大概仍然记忆犹新，那时忆苦的明确意义在于"不忘阶级苦、牢记血泪仇"，珍惜今天的生活来之不易，然而这种意识形态意义上的忆苦在民间社会的话语系统中，却得到了奇妙的转换。意识形态意义融入民间话语后，对于以往苦难的回忆成为忆旧讲苦的材料，他们虽然也讲"财主心黑"等，但其意识形态的意义指向已变得非常微弱，民间故事的传奇性色彩则得到了强化，在忆苦的过程中感受到的是人们面对苦难的一种达观态度，忆苦不是让人记住苦难与不幸，而是获得精神的愉悦和轻松。民间话语的这种自足性实际上是民间生存自足性的反映。在《九月寓言》的那个小村庄里，夫妻之间、父女之间、母子之间出现了什么问题，甚至方起试图政变推翻赖牙的统治这样的大问题，都有他们自己独特的解决方式而不依赖于外部的力量。这种生存的自足性更为典型地体现在与工区人之间的关系上。秃脑工程师和廷芳父子二人是与乡村人有着深切联系的，他们在小村的遭遇既让人同情，又让人惊叹于小村人一致对外的那种力量。秃脑工程师频频进出那个小村，村里人相互询问"他算什么鸟啊？"进而他一进村，就被一个老婆婆伸出手指点画着骂，红小兵还布置人在工程师经过的路口上挖陷阱……廷芳作为一个工区的年轻人不仅受到乡村年轻人的嘲弄、排斥，而且还被吊在树上痛打一顿，乡村对工区的抵触可以说是狭隘、保守的，但似乎不能如此简单地解释他们的行为，实

---

1　张炜：《融入野地》，作家出版社，1996年，第45页。

际上他们在抵触过程中所体现出的是一种对自由自在的生活方式和他们生存自足性的坚持，也隐含着张炜对工区人精神的某种嘲弄。秃脑工程师和廷芳对小村的迷恋，是否也从另外一个角度说明，民间世界里有一种强大的力量在呼唤和诱惑着他们、给予他们精神和情感上的依托？

历史的每一个阶段都是在相互的对比和发现中向前发展的，小村和工区虽然同属一个历史阶段，但其生存方式和文化特点则是有差异的，它们也在相互的联系中发现着自身的缺憾，尽管这种联系是以对抗的形式出现，但精神的交流却是不可避免的。肥与廷芳最后出走应该被看作对民间和工区已有生活形态的否定，还是民间精神的一种升华？不管怎样去解释肥与廷芳的出走所可能包含的文化意蕴，但有一点是可以肯定的，这就是他们带着热情、向往以及民间大地上滋生出的精脉之气，开始了又一阶段的流浪，他们在抛弃过去的同时，在精神上又延续了民间的那种精神自由生长的力量。他们像一匹健壮的宝驹，声声嘶鸣、炽起长腿在原野上奔驰，它的毛色与早晨的太阳一样。"天哩，一个……精灵。"这精灵是在民间大地上吸吮着苦难、万物的元气，甚至腐朽的朝露成长起来的，它带着原始的野性、青春的欲望、自由精神的渴求，自由自在、自足自为的民间哺育了它的灵魂，它又反过来以民间的生命力撕破了民间的封闭与自足，呈现出创造的激情和新生的快乐。民间的复杂与丰富、死亡与新生、毁灭与创造都包蕴其中，为未来精神发展提供了无穷无尽的希望与可能。

在《九月寓言》中，张炜寻找精神的自由生长，以悲悯的情怀沉浸于民间大地上，发现民间的丰富，并在民间生存的自足性中，看到内在的生命活力。他的这种诗性的民间写作在90年代的写作中有什么重要的意义呢？站在民间立场上的写作可能有多种路数，既可以如莫言，以天马行空狂气与雄风穿行于民间，也可以如张承志，流浪草原皈依宗教；既可以在民间世俗性之中徘徊，也可以在民间精神性之中获得滋养（民间的世俗性与精神性之间的关系是极为复杂的，两者之间在一些作家的创作中是分裂的，而在张炜的创作中是一致的，民间不能等同于世俗的原因就在于其精神品性的差异），不管民间写作有多少变化，其意义首先在于使个性获得了充分的展示空间，获得了一种独特的艺术经验。当张炜摒弃了先验的观念，以一颗完整的心灵去感悟思考民间的内容时，他面对的是本真状态的自我和本源状态的大地。由此，那些新鲜、独特的艺术形象扑面而来：红小兵的酒、赶缨的长腿、赖牙的狠毒、大脚肥肩的残忍与内心的苦涩、三兰子的不幸、廷芳的痴迷、金祥的坚韧、独眼老人的执着、闪婆与露筋流浪生活的舒畅……每个人物都有着源于土地的独特韵致。如果把张炜的《九月寓言》与《古船》相比较，也许会更进一步地看到这种独特艺术经验的可贵。《古船》的写作显然与《九月寓言》不同，《古船》是从文化—道德的角度来反思历史和现实，青春的激情融于人道主义的思辨中，虽然作品具有了强大的思想力量，但作品独特的、有血有肉的艺术经验却部分地被思辨力所压抑，显露出观念化的痕迹。我无意去比较两部作品孰优孰劣，因为不同形态的作品都有可能为文学发展提供它的意义，但有一点可以肯定，那就是独特的艺术经验是一部优秀的作品不可缺少的美学因素。

张炜《九月寓言》还提出了一个非常重要的话题，这就是知识分子如何坚持和发展自己。张炜在《九月寓言》中，带有一个明显的情感意向——融入民间大地，在与民间的亲和、融合过程中，获得精神生长的力量，以抗拒当代社会给人带来的精神阻隔。这种精神阻隔，我理解有两层意义：一是工业化的现代文明所带来的人的感情的冷漠与沟通的艰难；二是知识分子的精神在 90 年代由于各种各样原因的制约所带来的"坚守的困境"。这的确是 90 年代人文知识分子所面临的两个精神难题。《九月寓言》所提供给我们的富有生机的民间大地能否给予我们的精神以新的生长力量？这一点在前几部分中已有论述，不多赘述，但凭直觉就知道："只有在野地里，人可以漠视平凡，发现舞蹈的仙鹤。泥土滋生一切；在那儿，人将得到所需的全部，特别是百求不得的那个安慰。野地是万物的生母，她子孙满堂却不会衰老。她的乳汁汇流成河、通入海洋、滋润了万千生灵。"（张炜语）对于民间大地的这种精神依托，是否是一种民粹主义的思想？我想两者是不同的，其根本区别在于：走向民间是一种价值立场的选择，是为个人精神的发展提供更广阔的空间，在融入民间的过程中，不是绝对依附民间的世俗性、泯灭自己的主体力量，而是在民间的世俗性中，发现民间精神的价值。那么，在走向民间的过程中，是否会"陷入泥淖"，失掉知识分子的精神追求？因为民间的藏污纳垢并不包含有多少现代性的思想。这种诘问显然缺少对民间立场的正确理解，实际上人类思想（包括知识分子的思想）的产生、发展都离不开民间的支持和依托，更何况精神的生长并不是直线型的发展，人类社会的进步所导致的精神的进步，有时候是以反社会进步为前提的。譬如现代工业文明的发展所带来的人们对现代文明的批判，你能说这种批判性思想不是一种现代性思想吗？而这种思想在精神发展链条上就与以往的历史有着某些割舍不断的联系，对于人的精神发展现象以社会现有进程为标准做简单的对应性批评是不合适的。

另外，从文学史的意义上看，"民间"往往成为一种新的文学潮流的精神资源，以其内在的原生活力激活人们的思想。譬如西方浪漫派在其产生之初就以民间为其精神依托，以其清新、洒脱、自由开创了一代新风。诞生于20世纪初的五四新文化运动，其核心是思想启蒙和个性解放。似乎这种知识分子的启蒙立场与民间没有多少联系，实际上五四运动之初的白话文运动就是来自民间的启示，以"引车卖浆者之流"的民间语言对抗已成规范、缺少生命活力的文言文，以适应现代知识分子表达启蒙思想的需要。由此看来，丰富的充满变化和富有活力的民间大地是蕴含着多种精神产生的可能性的。当然，民间也包含着许多腐朽的东西，问题在于如何看待这种腐朽，更何况腐朽往往与新生并存。我们在90年代重提"民间"的意义正是源于对精神创造的渴望，源于对一种富有生命力的文化精神的期盼。

# 第十九章

## 韩少功：与民间的对话及意义的发现<sup>*</sup>

韩少功小说创作的独特性在哪里？他为当代小说创作提供了哪些新的因素？这是我们在阅读韩少功的小说时一直思考的问题。从 20 世纪 70 年代到目前为止，韩少功的小说文本所呈现出的意义是多方面的，从艺术思维到小说语言，从人物形象到表现手法……他总是有着属于自己的独特个性，这种个性又是开放的，不断吸纳着世界文化范围内所出现的文化与文学因素，使其个性变得更加丰富和具有活力。然而，在这变化中，我们也分明看到了他的"不变"的轨迹，这就是从《西望茅草地》《月兰》《吴四老倌》《远方的树》《回声》到《爸爸爸》《女女女》《归去来》《史遗三录》再到《马桥词典》所展现出的艺术世界始终与乡村民间有着密切的联系，他在与民间的对话中，不断地丰富着自己对民间的理解，呈现出一个知识分子精神情怀的生成过程和对艺术的不倦追求。

一

"文革"结束，在痛定思痛、百废待兴的社会气氛中，韩少功开始在文坛崭露头角。文学重生的背景是反思"文革"所带来的精神创伤。韩少功作为知青一代作家，在"文革"后登上文坛，是带有鲜明的那代知识青年的血气方刚，阅读他这个时期的作品，很自然地看到知青一代所具有的旺

---

<sup>*</sup>　本章与李雪林合作撰写，原载《当代作家评论》1994 年第 6 期。

盛活力和不灭的信心，一股朝气蓬勃、重造一切的决心张扬在作品中。正因为怀有这样的信心，韩少功很自然地以一个知青作家的身份加入了当时的创作主流。他在这特定时期怀着促进社会进步和完善的责任感，急于重新建立在"文革"中被摧垮的民心，塑造出一个个优秀的带头人的形象，另一方面他也急于给那个经历创伤的社会以总结性的发言，所以这个时期的创作多数还是带有反思文学的影子，然而在反思中却有他体验到的农村的真实，他把这一特点展现了出来。《吴四老倌》中的"吴党委"吴伟昌为了达到一亩三百万蔸基本苗，违反农田耕作规律，硬让农民按他的要求重插秧苗，一种好大喜功的心态其实是代表了那个时代很多领导干部的价值取向；农民也以自己的方式表达自己的好恶，公社里用来宣传政策方针的喇叭的电线一次次被吴四老倌割断，他听不惯那些不切实际的大话空话，"快莫讲了！天天割尾巴，割脑壳，'割'得老子烟都没得烧！老子听起心里躁！"于是他把广播线作铁丝，用来做了尿桶箍，农民天然的想象力在这里发挥到了极致，吴四老倌用尿桶戏谑了那些大鸣大放，以自己独有的方式表达对于基层独断专行的不满和抵制，并使人真切触摸到了民间的脉搏和来自民众的声音。

韩少功在反思"文革"的同时表达了对农民的同情，但是他更多的是对农民身上不可避免的劣根性进行了批判，这种批判是从清醒的知识分子、历史的反省者角度出发的，韩少功说：

> 我力图写出农民这个中华民族主体身上的种种弱点，揭示封建意识是如何在贫穷、愚昧的土壤上得以生长并毒害人民的，揭示封建专制主义和无政府主义是如何对立又如何统一的，追溯它们的社会根源。从某种意义上说，这是不再把个人"神圣化"和"理想化"之后，也不再把民族"神圣化"和"理想化"。这并不削弱我对民族的感情，只是这里有赤子的感情，也有疗救者的感情。

这种"揭示"集中在了《回声》中的根满身上。根满是那个时代的典型农村青年，劣根满身，活脱脱一个 60 年代的阿 Q，在历次运动中他都冲在了最前头，虽然他经常在口中说"毛主席说……"，实际上他根本无法领会真正的阶级斗争、真正的革命是什么，但是这丝毫不妨碍他发挥自己的政治热情，他的一切行为看似很有目的，抓贼啦，办"孙大圣""革命组织"啦……但实际上他的任何行为都是出于自己偶然的、盲目的、无意识的甚至"凑热闹"的动机。小说中，作者居高临下，嘲笑了根满的一举一动，虽然根满是作者目光的关注点，但是他始终没有走入作者心目中真正的中心地位，作者更多的是鄙视他身上的愚昧无知，直到最后目送他因为"挑动指挥宗族械斗""唆使暴徒围攻革命干部"的罪名而走向断头台。

显然，韩少功自然地把自己当作一个伤痕累累的年代和伤痕累累的民众的疗救者，这继承了"五四"一代知识分子的启蒙传统，虽然他们并没有鄙视来自民众的力量，依然相信来自民间的巨大活力，但是他们更相信民间是一个需要启蒙的场所。在他眼里，民间主要是指现实的、自在的民间空间，知识分子的价值立场是政治的、启蒙的立场，民间是承担其社会改造使命的场所。政治意识形态和知识分子的启蒙意识在韩少功这一时期的作品中异常协调地契合在了一起，而且他把知识分子的先天政治热情寄予在上层的自上而下的力量上，从而借此向民间发出了呐喊。

二

在如上分析中可以看出在创作中韩少功的精神世界是很矛盾的，他既要歌颂，又要揭露；既同情农民，又批判农民，对于知识分子的改造力量也透露出一丝犹疑，这种矛盾心理在《月兰》中集中体现了出来。

1979 年发表的《月兰》表明韩少功对于"文革"现实的思考已经更深

了一步，认识到了事物的复杂性和丰富性，不再以单一的政治视角去看待问题。《月兰》中，"我"作为一个刚从中专毕业到机关参加工作的"小字辈"，是怀着满腔热情奔赴农村的，农村也是敞开胸怀容纳了"我"，可实际上我并未真正感受农村，"我"只有改造它的热情，却没有真正理解农民，"我"仅仅只是会下达"禁止放猪和鸡鸭，保护绿肥草籽生长"的命令，却不知道猪、鸡鸭是农民生活的根本。农民的想法是再实在不过的，一切政治上强压下来的东西如果与农民的意愿发生矛盾的话，这种政治的意愿只是一厢情愿。农村妇女月兰迫于生活的重压，放鸡下了田，接下来的种种事件，写检讨的恐吓、丈夫的打骂使得她不堪忍受选择了自杀，留下的儿子过继给了别人，"我"在内疚中关心着这个孩子的成长。在这篇小说中，作者不断地向读者展示农村妇女月兰善良美好的心灵，"月兰是个好妹子。只说那年春插，队上牛乏了力睡在田里，她一气拿出十几个鸡蛋、两斤甜酒给牛吃，还硬是不要钱"……于是月兰的死亡更给了人们以极大的震撼。但是对于"我"，作者也是小心翼翼地突显"我"的明理和自我解剖意识，并没有以月兰的死来丑化"我"的行为，小说结尾处"这些意念使我奋发，叫我沉思，沉思那些我应该沉思的一切……"或许恰恰表明了韩少功对知识分子自身和民众关系的思考向更深一层迈进。他看到了"民间"自身所蕴含着的某种精神并不能完全由政治来取代，"月兰"这个人物分明带来了韩少功思想上的某种变化，对于月兰，他不仅是单纯的同情，还有对她身上美好一面的赞叹和惋惜。他意识到了在"政治意识"之外还有一片精神的原野在震撼着他的灵魂。在《文学中的"二律背反"》一文中，韩少功认为人们的生活内容不仅仅是政治，文学没有理由一律带上强烈的政治色彩，政治思想不是思想的全部，政治内容也不等于艺术形式。这种文学观念的变化，是否正是由于民间文化形态所蕴含的丰富内容给了他深刻的启迪？这也就不难理解韩少功为什么会主张从民族传统文化的土壤里去寻找"文学的根"。寻根文学的产生离不开改革开放的时代背景，离不开西方文化、文学对本土文化、文学带来的冲击，但"寻根"本身也说明了在本土的文化世界里，蕴含着支撑作家精神世界的力量。韩少功敏锐地意识到了这一点，向传统文化、民族文化寻找文学发展的新因素，成为寻根文学的代表作家。

这个时期的寻根作家在寻找文化之根的旗帜下，不约而同地寻到了偏远闭塞的边缘地带，贾平凹的"商州"，李杭育的"葛川江"，扎西达娃的"青藏高原"，韩少功则寻到了神秘的湘西。在他眼里，正是没有被所谓现代文明异化的地方仍然保有着民族文化最本质最生动的部分，韩少功把传统文化的根基放置在了民间当中，传统文化更多地体现在"民间"的世界中。

在这个寻根的过程中，他写出的《归去来》《女女女》等作品都表现出对民间文化形态的思考和认识，他试图在对东方文化的重铸中寻找优势，这种优势在哪里？这种思考显然使韩少功的小说具有了浓厚的理性色彩，贯穿着"五四"以来现代知识分子的启蒙意识，但他的启蒙意识与五四时期的知识分子是有差异的，这种差异在于他的价值取向上的两重性：一方面要批判民间文化形态中糟粕的一面，极力表现了湘西原始山民的野蛮、蒙昧、互相杀戮，带有强烈的审丑色彩。正因为他已经把传统文化的根基放置在了民间当中，所以对于民间文化形态中糟粕的批判在一定意义上也就是对传统文化的批判。这种批判突出地表现在丙崽的身上。丙崽具有的象征意义似乎已经成为定论，他几乎集中了民族的大多弱点、缺点，他丑陋、愚蠢，身世不明却又有着难以言说的神秘力量，任何的外力似乎都无法使之灭亡，动摇他活在人们周围的生命力，作者对此充满了忧虑，保持着对于民间落后性的清醒意识，那么文化的根在哪里呢？难道寻到的竟是民族传统文化的劣根？

另一方面韩少功又富有激情地寻找着支持民族的根，这就使得他的寻根小说在批判的同时又表现出对民间生存真相的探究的努力，正是在这一点上，我们看到韩少功对民间文化形态的审美意义和艺术精神给予了高度重视，并把它纳入自己生命的体验中，用各种方式（包括西方现代派的表现方式）多方面地进行展现，民间的各种材料进入到文本世界中，具有了浓郁的本土性特点，同时，也就有了文本内容的复杂。《爸爸爸》《女女女》《归去来》《蓝盖子》《诱惑》《史遗三录》里都表现了民间文化形态的审美性一面，展示了一个闭塞、神秘、怪诞、奇特的乡村世界，那些美妙的乡间歌谣源远流长，男女之间原始的欲望冲动自然真实，韩少功寻找到了民间的自在状态，把久违的民风、民俗、民间气息通过传说、民歌、巫术等方式艺术化地展现，从审美的角度肯定了民间文化形态的精神价值，正如他所说的："乡土中所凝结的传统文化，更多地属于不规范之列。俚语，野史，传说，笑料，民歌，神怪故事，习惯风俗，性爱方式等等，其中大部分鲜见于经典，不入正宗，更多地显示出生命的自然面貌。"韩少功把散落在穷乡僻壤的各种民间生活状态都一一捡拾了起来，朴素的地理风情、自然风光、人文景观构成了一幅民间世界的美妙画卷，也透出了自己的生命与民间生命的血脉联系。《女女女》里描述民间对生殖的崇拜，延伸出不孕妇女裸体在山岭上接南风、喝蜂窝和苍蝇熬出的汤汁等风俗；还有篷船在船老板的控制下"镖滩"的惊险场面；《归去来》中乡民让我用高大的澡桶洗澡，大嫂还要不断地来添水；《史遗三录》中身怀绝技的杨猎户那墙上的铁铳，每当门外有猎物出现，它就扑扑直跳……而《爸爸爸》中丙崽的弱智（也是文化的弱智？）是否也表现出一种对无限生命力的寻找？这种复杂表明韩少功在接近民间并与之对话的过程中，充满了矛盾和游移，仅用启蒙理性显然难以解释他的文本中所表现出的丰富和复杂，一旦把传统文化这一概念放置于丰富的民间文化生活中，是难以对美与丑、善与恶做出简单的评判的，"根"是"劣根"，还是"优根"，也是无法说清楚的。就像韩少功《归去来》中迷失了自己的回乡者，无法确立自己的身份。

韩少功在更大的询问中接近民间。我们也在更大的询问中走进《马桥词典》。

三

顺着韩少功的创作轨迹读下来，《马桥词典》使人惊异地发现了作家看待世界的方式发生了明显的变化。《马桥词典》是90年代文坛的重要收获，争议引发了更深入的思考。韩少功用词条罗列来串联历史事件的方式，展现了一个叫作"马桥"的乡村世界的风土人情，像丁德胜、常青山那样的领导楷模已经没有了，小说几乎没有鲜明的中心人物，小说成为完完全全的乡村生活的记录。

90年代的市场化进程，资本、经济、物欲、财富给予这个时代以前所未有的冲击，在作家眼里，金钱的力量造成了贫富的差距、精神资源的匮乏、人文精神的失落，知识分子的边缘化……知识分子处于前所未有的惶惑之中。

相比于韩少功早期强烈的政治意识，在《马桥词典》中主流意识形态完全退到了幕后，成为小说的隐形存在，或者说是被生活忽略的存在，所谓的主流意识形态在马桥人这里已经看不到它无所不在的强大威力，只剩下本义一个与上层保有关系的乡村干部，但是本义身上更多的是作为一个民间领袖所具有的民间话语权力，即他在马桥社会里统领人们的权力，但是这恰恰以一个民间领袖的形式出现，具有了更多的民间色彩。这样一个民间世界显然与外部世界有着千丝万缕的联系，也能够看到政治意识形态对其生活的影响，但却有着自身的生活逻辑和运作逻辑，韩少功在这里发现了什么呢？

《马桥词典》首先在语言上完全是一种摆脱了权力话语的民间语言，每一个词条所带的方言口语色彩使得你必须遵循它自身的读音、意义去理解它后面的故事，这已经在一定程度上营造了这个民间世界的氛围，使作者和读者都置身于这种语言的海洋中。"嬲"字是作者用来指代发"nia"音的那个字，读音、字形在正规的汉语词典里都没有，但在马桥的词典里却是不可忽视的一个字，对于这个字可以发出阳平、阴平、上声、去声四个音调，而每一个音又代表不同的意思，并直接与马桥的日常生活发生着联系，具有不可替代性；"醒"和"觉"在马桥人的理解与普通话思维正好相反，苏醒是愚蠢，睡觉是聪明，这似乎体现了马桥人自己的判断；再比如"贱"，问你身体贱不贱竟然是问身体好不好的意思。另外，"飘魂""企尸""走鬼亲"等词本身就带有很强烈的民间传说色彩。但是马桥的语言绝不是盲目的、虚幻的，它带有马桥人生活的印迹，"乡气""神仙府""九袋""晕街""军头蚊""小哥""破脑"等，大量的词语只有置身于马桥世界才能感受到它独特的含义，而作者也最大限度地还原了这生动的民间语言，让它鲜活地展现在小说中。这种民间语言所具有的强大生命力已经被作者发现并认同。

其次，乡村生活隐秘的一面在小说中有了一次神话般的诠释，每一个词条如果分析都是一次对马桥生活的领略，石臼的打架、三毛神奇的来历，盐早喷洒农药后获得的抗毒性从而把咬伤自己的毒蛇毒死，本义他爹剩下半个脑袋还活了五年，走鬼亲……这些民间世界的奇妙景象，铁香、万玉、梦婆、九袋爷、马鸣、志煌、希大杆子……这些民间世界的精灵性人物，构成了一个自由自在的民间世界。韩少功说："人本身是很神秘的。人的神性是指一种无限性与永恒性。我想把瞬间与永恒、有限与无限做一种沟通。我想重创一个世界。我写的虽然是回忆，但最能激动我的不是复制一个世界，而是创造建构一个世界。"在这一点上，《马桥词典》与张炜的《九月寓言》具有极大的相似性，都复活了一个生动的民间世界。在《马桥词典》里我们不得不佩服那种民间活力的激发，它已经不同于丙崽的家乡那种阴郁的神秘氛围，马桥已经成为一个马桥人自由自在生活的现实家园和精神家园。他们在民歌中展现自己对爱情、亲情的理解，当你从字面上读到那些歌谣的时候，你怎么能不感叹马桥人在歌声中所发泄出的原始生命力；铁香身上所无法压制的原始性欲张扬而不讲任何道理；马疤子手下的兵因为抢了人家的东西被酷刑处死，行刑时"哼都不哼一声。……马疤子手下的兵连贪财都贪得硬气"。整部小说字里行间都穿透出马桥人的一股旺盛的力量，不可遏制。离家十多年、出走江西的本仁回到马桥，他的婆娘已经改嫁，"过了两天，他回江西了。走那天下着小雨，他走在前面，他原来的婆娘跟在后面，相隔约十来步，大概是送他一程。他们只有一把伞，拿在女人手里，却没有撑开，过一条沟的时候，他拉了女人一把，很快又分隔十来步远，一前一后冒着霏霏雨雾往前走"[1]。不讲道义的出走竟然没有引起婆娘丁点的怨恨，关系和谐而又得体。可见，马桥有自己的行为准则。这个准则不是来自政治的规定，虽然政治的规定不会消失于马桥，但是这种政治的规定给予马桥人生活造成的影响只是约束，而不是成为他们行动的准则，不具有强大的标尺作用，人们只是在不违反它的情况下选择着自己坚持的生活。当盐午因为"反动"的罪名被公安局抓走后，马桥的男女老幼并不觉得这是一种耻辱，反而觉得这是一件有头有脸的事，在他们的眼里，盐午是有资格反动的，倒是对于另外一个嫌疑犯他们认为根本不配和盐午一起被抓。而对于外界所认可的不管是道德的还是文化的主张他们也保持自己的解释，根本不受影响。例如他们禁忌结婚时女方还是处女，更喜欢女方挺着大肚子进门，因为由此证明的生育能力是马桥人最看重的；再比如"科学"一词，本来的褒义色彩在马桥已经消失了，只剩下"学懒"这一隐含意义与之相联系，他们竟然把"科学"和"学懒"画上了等号。这就是他们的思维，这就是他们的方式。"在他们心中，马桥是一切的中心，其他都是'夷边'，'文化大革命'、印度支那打仗，还有本义在专署养了两头马，都是'夷边'的事"，"我怀疑他们从来有一种位居中心的

---

1　韩少功：《马桥词典》，作家出版社，1996年，第14—15页。

感觉，有一种深藏内心的自大和自信。他们凭什么把这些穷村寨以外的地方看作夷？"[1] 当韩少功借助"我"发出这声疑问时，背后隐藏的是对于马桥人独立自信的民间精神的感叹。

当然，韩少功也没有在小说中回避民间社会先天的"藏污纳垢"性，对于女性的漠视和鄙视，宗族之间的械斗，男女之间混乱的性爱关系，对于等级决定的"话份"的肯定和推崇，这些都是民间社会不可避免的。正因为作者正视这些所谓的"污垢"，才让我们看到一个真实生动的民间，流露着作者对普通劳动者的爱恋与对于人生的肯定，而另一方面我们也看到，所谓的"藏污纳垢"并不是简单地可以以真假、善恶、美丑的标准来界定的，从另外的角度看，这些"污垢"可能恰恰是马桥人民间精神的体现，为械斗付出生命正是他们为宗族利益而牺牲自己的忘我的品质和勇敢的气节；男女之间混乱的性爱也使马桥充溢着一种毫无顾忌的原始生命力；"话份"的确立是马桥人规范乡村秩序的自觉，也给予马桥人向上追求的动力。这种"藏污纳垢"的复杂性体现了民间价值的复杂性，同时也说明韩少功对民间建立起了一个开放的视野，走向了与民间的平等对话。

《马桥词典》中的每一个词条都可以咀嚼，而且令人意犹未尽，每一个词条的背后都跳动着民间世界土地的脉搏，当我们面对词条和词条蕴涵的人、情、物时，可以清晰地感受到最接近大地的生命喘息，这本"词典"已经浑然一体，互相应和，我们真的担心任何单个词条的分析会遗漏马桥民间世界最精华的部分。《马桥词典》的变化是令人瞩目的，视角是知识分子的，立场却有了民间的色彩。在整个文本中没有再如《回声》中对民间生活的改造心态，审视民间的目光变得温和可亲，也没有了寻根文学的强烈的知识分子寻找文化之根的目的性。知识分子的精神在这里获得了另一种存在方式，换句话说，民间的生命作为审美的对象，使知识分子意识到

---

1　韩少功:《马桥词典》，作家出版社，1996年，第172页。

了仅仅在观念中的自语是远远无法和实际的社会发生交往和沟通的。

写到这里我们不禁要问：韩少功的创作所呈现的是一个知识分子回归民间的情怀，但是所表现在作品中的是始终未变的作为一个知识青年的乡村记忆，为什么同样是对生活过的乡村的生活的反观，却会呈现如此巨大的差异呢？从批判到对话，其实任何一个作家在创作中都无法彻底摆脱他所生活过的土地，韩少功也是如此，当他作为一个知识青年在农村时是希望以自己青年的政治热情来改造乡村的，但韩少功作为知识分子的清醒意识使他并没有一味地陷入与乡村格格不入的境界，他始终寻找与乡村民间的最佳契合点，在这个过程中，他逐渐形成开放的视野，把民间纳入了自己的创作中，而这个过程又是与20年社会的变迁以及文学的变化联系在一起的；另一方面他也希望自己的创作在更深远更广阔的天地里扩展，所以他也有意识地开拓写作空间，而民间能够提供给他丰富的写作资源，给予他一个拓展写作空间的途径，一个情感的栖息地。《马桥词典》就这样诞生了。

韩少功三个时期的创作不管与"民间"呈现为何种关系，但一直没有远离民间，他一直在找寻一个与民间对话的最好角度。我们也清晰地看到在他所有的创作中一直没有隐去的，就是韩少功作为一个知识分子在其中的审视目光，即使在《马桥词典》中，他也时常站出来引证历史，解释词条背后的文化内涵。韩少功正是抱有一个宽阔的胸怀和清醒的思考意识，在与民间的不断对话中，发现了民间的意义所在，并认识到这种意义的珍贵性，这是韩少功的可贵之处。但是正因为这种强大的知识分子理性精神使得韩少功更倾向于抽象出民间世界的意义所在，这种抽象在某种程度上有可能把民间宽厚、粗糙、随心所欲的嚣张——这些最实在、最可爱的沙粒过滤掉了，观念形态的生活相对于民间的本真世界而言，其内在的活力总是要受到某种限制的。两年前出版的《暗示》虽然看上去作者的用力之处是在文体和艺术形式上的探索，但这种探索本身也隐含着作者对民间意义的重视。而近年来他的中篇新作《山歌天上来》《报告政府》又明显表现出他对民间世界活生生的质感的兴趣。在韩少功与周围世界的对话意义的变化过程中，我们看到了一个知识分子的心路历程和一个艺术精灵的不倦寻找。

# 第二十章

# 民间与启蒙（代结语）*

——关于二十世纪九十年代民间争鸣问题的思考

在 20 世纪 90 年代的文学研究和文学批评中，"民间"愈来愈引起人们的广泛关注，这不仅表现在它作为一个文学批评术语和文学史研究的视角提供了生机勃勃的理论活力，而且作为一种文化意识和价值立场触动了知识分子对自身存在价值的思考，正是由于"民间"与当代文化和文学的这种内在联系，引起了人们对这一问题的讨论并展开了争鸣。争鸣的焦点是在于提倡民间是否意味着放弃启蒙、放弃知识分子所应承担的社会责任，导致知识分子价值和主体地位的失落？是否走向民间就意味着排斥"五四"以来的新文化传统？与这些问题密切相关的是如何理解"民间"，"民间"是否有其相对独立的存在形态？这些问题的提出对于深化"民间"问题的讨论是有意义的。但在讨论过程中对于民间概念的使用和内涵的理解上是有差异的，因此确认民间的内涵及其与启蒙之间的关系，以及民间在 90 年代提出的意义，对于当下的"民间"讨论就有了一定的必要性。

一

走向民间是否意味着放弃启蒙和知识分子所应承担的社会责任？这一问题牵扯到三个层面的内容：一、如何理解"民间"；二、如何理解启蒙；三、知识分子与启蒙和"民间"之间的关系。认为走向民间就意味着放弃

---

* 原载《当代作家评论》2000 年第 5 期。

知识分子的启蒙立场和社会责任的论者，大都认为"民间"本身并不包含有多少现代性的内容，因为迄今为止的民间文化形态大致是悠久的农业文明的产物，在历史上当知识分子的道统与国家政统发生冲突时，政统更多的是通过民间发挥作用，中国民间文化传统与官方意识形态在历史当中形成了水乳交融的深层关系，民间的存在价值就值得考虑。这种观点，显然有悖于中国社会的历史事实。我们可以把民间区分为乡村民间、市井民间和知识分子自身的民间等几种类型，这几种类型与国家权力之间的关系可能有强有弱，有所差异，但它有着相对独立、相对稳定的一面却是事实。有的论者承认"民间"的存在，却认为对于今天的中国来说，"民间的"就意味着传统的和非现代性的。"走向民间，则意味着走向传统和丧失现代性"[1]，并且认为"真正的民间已经成为各种陈旧观念的旧货场"，"当代中国的民间文化像一锅大杂烩，其中煮着全部自发的生机和几千年积淀的陈腐。在这里生机是微弱的，腐朽却因为长期发酵而气味特别浓烈"。[2] 当"民间"的内涵被界定为与现代性无关的一种文化形态时，它与知识分子的现代启蒙立场也就丧失了联系，知识分子走向民间，当然也就会失去了启蒙精神和放弃社会责任的承担。对于"民间"与"启蒙"之间的这种理解看似有一定的道理，但实质上却犯了简单化的毛病，忽略了民间文化形态的复杂性，忽略了知识分子与民间之间割舍不断的深层联系。我认为民间不仅以其丰富的精神滋养着知识分子的灵魂，而且在知识分子精神与民间精神的联系中不断赋予民间以新的内涵，这已是被文学史的发展过程所证明的道理，从《诗经》到明清小说，从《十日谈》到西方的浪漫派，都与民间精神密切相关，难道到了今天的中国，民间就远离了知识分子或文学而成为一堆垃圾？这一说法的虚妄性不言自明。陈思和在90年代所发表的《民间的沉浮》和《民间的还原》两篇论文中提出"民间"的概念时，认为"民

---

1 2　李新宇：《泥沼前的误导》，《文艺争鸣》1999年第3期。

间"是一个多维度、多层次的概念，从描述文学史的角度出发，它具备了以下几种特点：

第一，它是在国家权力控制相对薄弱的领域产生的，保存相对自由活泼的形式，能够比较真实地表达出民间社会生活的面貌和下层人民的情绪世界；虽然在政治权力面前民间总是以弱势的形态出现，但总是在一定限度内被接纳，并与国家权力相互渗透，它毕竟属于被统治的范畴，有着自己的独立历史和传统。

第二，自由自在是它最基本的审美风格。民间的传统意味着人类原始的生命力紧紧拥抱生活本身的过程，由此迸发出对生活的爱与憎，对人类欲望的追求，这是任何道德说教都无法规范、任何政治律条都无法约束，甚至连文明、进步、美这样一些抽象概念也无法涵盖的自由自在。在一个生命力普遍受压抑的文明社会里，这种境界的最高表现形态只能是审美的。所以，它往往是文学艺术产生的源泉。

第三，它既然拥有民间宗教、哲学、文学艺术的传统背景，用政治术语说，民主性的精华与封建性的糟粕交杂在一起，构成了独特的藏污纳垢形态，因而要对它做一个简单的价值判断是困难的。

如上陈思和对于"民间"的解释包含有这样几层意思：一是作为自在的民间文化空间，这一文化空间具有历史的相对性，它包括了种种复杂的成分；二是作为审美的文化空间，表现为以自由自在的原始生命活力紧紧拥抱生命本身的过程。这两者之间显然是既相联系又有所不同的。前者是现实的，后者是艺术的，或者是审美的，这两者之间相联系的中介环节则是知识分子的民间价值立场，有了这种民间的价值立场，才能使知识分子从民间的现实社会中发现"民间"的美学意义，因此，理解"民间"至少要从"现实的自在民间文化空间""具有审美意义的民间文化空间""知识分子的民间价值立场"这三者之间的相互联系和转化中分析民间文化形态的内涵。否认"民间"具有现代性特征的论点，一方面没有充分地意识到民间所蕴含的自发的现代生机，另一方面则没有看到"现实的自在民间"与知识分子的民间价值立场之间的关系，知识分子的民间价值立场并不是与民间自在文化的完全契合，而是在民间状态获得独立、自由，不受外在规范制约的个性精神，这种个性精神仍然保持着知识分子应有的精神品格。当这种精神品格与民间自在文化形态中蕴含着的生命活力和生机相互对撞时，民间的、富有活力的生机（这种生机可能微弱，甚至与腐朽纠缠在一起），就会在自在民间藏污纳垢的状态中，迸发出现代性的精神光辉，而以知识分子的心灵为中介，转化成为具有审美意义的、诗性的艺术世界，不然我们就无法说明张炜、莫言、沈从文、赵树理等具有民间写作倾向的作家作品在文学史上的意义，也就无法说明在文学史上"民间"对文学发展所具有的巨大推动作用。显然我们所理解的"民间"是多维度和多层面，而不是孤立的、静止的，在这个"民间"中流动着精神、情感、价值原则，是主体的民间立场和客体的民间世界相互冲撞、纠缠、交流而后形成的一个艺术世界。在这样一个民间世界中，知识分子是不会也不可能放弃启蒙和对社会责任的承担的，只不过其表现形式发生了变化。

正如民间相对于历史的发展来说是变化的，启蒙的方式也就应是有所变化的。当把民间看作是与知识分子精神相对立的一种文化形态，并把两者的精神趋向看作没有任何联系的两个方面时，必然会认为知识分子走向民间就意味着放弃自己的立场。如上我们说过文学史存在的事实与这种认识恰恰相反，知识分子永远无法摆脱与民间之间的关系，关键在于以什么样的价值立场和原则走进民间。既然我们所理解的"民间"包含自由自在的生命活力，在"民间"这个丰富、驳杂的文化世界中，多种文化因素相互纠缠生存，那么，知识分子就有可能在此发现与自己的精神相共鸣的契合点，同时也会在这种精神启示之下确立自己的现实文化立场。在我看来，启蒙在90年代的文化语境中，由于各种各样的原因制约带来了坚守的困境，具体表现为知识分子以居高临下的姿态去指导别人应该怎样或不该怎样，无法得到大多数人的理解，也许知识精英注定为少数人所认同，但在坚守以往思想的同时能够找到新的思想生长点也是有意义的。知识分子试图在民间中把自己的精神追求与民间中富有活力的、自由的、生机勃勃的文化因素联系在一起，使自身的精神价值立场变得更有现实意义，应该是无可非议的一种追求，至于民间文化形态是否能有这种功能自然会因对"民间"的不同理解而有分歧。如果说知识分子的这种精神价值追求是有意义的，那么当知识分子获得了民间精神的滋养时，他们会在自己生存的岗位上，以一种独立的、自由的精神充分地表达自己在"民间"中所感受、体验到的内容，使自己的生命更有精神的意义和现实的战斗力。启蒙不仅仅是以观念形态的思想出现，而且应以活生生的生命形态出现，生命包含着思想，思想转化为生命的一个组成部分，当现实生活中的生命都有这种思想的质感时，其意义显然是不能否定的。由此，我认为知识分子与民间精神之间的联系不是一种启蒙精神的放弃，而是启蒙思想的具体化、实践化。知识分子在走向民间时所认同的也并非是民间文化形态的全部，而是那一部分与知识分子相关的内容。如果由于民间的多维度、多层面和丰富、复杂，而以这种复杂性去否定其文化形态中有意义的因素，据此再去否定知识分子走向民间就是放弃自己的社会责任承担显然是不合适的，也是一种误解。

在90年代"民间"问题的讨论和争鸣中，还有一个问题需要说明的是，从文学的意义上讨论民间和从社会学意义上讨论民间是有区别的，"民间"在90年代的泛化和引起歧义与这种视点的不同有着重要关系。在社会学的范畴中，民间会被作为一个纯粹的客体去分析它有无存在的可能，如果存在又具有哪些具体的特点等。从文学的意义上讨论"民间"，虽然也应以社会学意义上的"民间"作为基础，但却带有个人的主观情感和价值想象在里边，因为在文学意义上讨论"民间"必须以具有民间意义的文学作品为重要讨论对象，而文学的"民间"与社会学的"民间"显然是不能等同的。如果把两种"民间"混为一谈，也就无法说明"知识分子民间价值立场"的意义，更不能说明"文学民间"所具有的精神品格和意义。这也就出现了把民间区分为"乡村民间"和"市民民间"，而认为知识分子民间立场与市民民间有着深层联系，而应该拒绝"乡村民间"的观点。从文学的意义上说，这两种"民间"是有所区别的，但有着同等重要的意义，难道可以说那些以"市民民间"为写作对象的作家是作家，那些以"乡村民间"为写作对象的作家就不是作家了吗？在这两种"民间"中都会有一种知识分子的精神所在。

由此，在"民间"问题的讨论中，应该更多地回到文学的意义上考虑"民间"的意义，并重视"现实的民间文化形态""审美的民间文化空间""知识分子民间价值立场"之间的关系以及在相互联系中所赋予"民间"的意义。

## 二

在 90 年代民间问题的讨论中，认为知识分子走向民间就意味着放弃启蒙和社会责任承担的论者，还有一个重要的理论依据就是从 20 世纪中国文学的发展过程中得出了走向民间的结果就是放弃启蒙、迎合大众，导致知识分子价值和主体地位的失落，导致中国文学现代性的失落的结论。这种论断是否合乎 20 世纪文学史的事实值得讨论。在中国 20 世纪文学的发展过程中，知识分子与民间之间的关系非常复杂并且以多种形式存在着。南帆在《民间的意义》[1] 一文中曾把知识分子与民间之间的关系描述为这样几种富有代表性的关系模式：

（一）20 世纪之初，陈独秀、胡适等人发动了一场新文化运动。知识分子与民间的关系已经由启蒙的主题设定：知识分子是启蒙者，大众是被

---

1　参见南帆：《民间的意义》，《文艺争鸣》1999 年第 2 期。

启蒙对象。启蒙与被启蒙者是两者关系的第一种模式。

（二）30年代出现一场"大众文艺"的论争，知识分子与民间的关系已经产生了某种微妙的转移。首先，知识分子的启蒙内容增添了政治的比重，选择大众所熟悉的艺术形式，首要的目的是传播革命的观念，另一方面则认为大众的作家必须从大众中产生，这无形中削弱了知识分子的权威。

（三）40年代以后，知识分子与民间之间的关系彻底地颠倒过来，知识分子的启蒙者身份丧失殆尽，逐渐沦为嘲讽和攻击的对象，甚至遭受残酷的肉体虐待，知识分子与民间产生了前所未有的紧张，这种关系模式持续到70年代末期。

（四）在90年代，对于韩少功、李锐、余华这些作家来说，民间并未远去，他们的民间不再是某种理论的强制性摊派，不再是某种冰冷的意识形态虚构，他们的民间就在身边，是一个灼热的存在。这些作家观察民间、走访民间、亲历民间：他们惊奇地意识到，民间并不是理论制造的紧箍咒，民间是文学不尽的资源。文学有理由充分地描述民间；至少，文学必须充分地意识到民间的存在。不论知识分子试图与民间保持何种关系，他们首先必须与民间保持不懈的对话。

如上南帆对20世纪中国文学中知识分子与民间关系模式的描述，是符合20世纪中国文学发展的事实并富有创见的。这种关系模式证明：不同历史阶段的"民间"，对于知识分子而言其内涵和意义是有所区别的，因此，在讨论知识分子与民间的关系时，不仅需要讨论"民间"的内涵，而且需要讨论知识分子的价值立场与民间之间的关系。

我们首先分析第二、第三种关系模式。在第二、第三种关系中，知识分子的启蒙立场和"五四"以来的新文学传统的确被扭曲，甚至被强行剥夺，但这是否是"民间"的责任？在展开这一问题论述之前，我们首先应该考虑的一个问题是知识分子的价值立场。在20世纪20年代中期，当创造社的郭沫若等人喊出"到民间去"的口号时，是以否认"个性主义"的价值而归附到无产阶级的队伍中为前提的，他们要做"第四阶级"精神的传声筒。因此，从价值立场上说，他们并不是由启蒙立场向民间立场的转换，而是由文化的启蒙立场向现实的政治立场转换，他们所说的"民间"只是政治价值立场的符号，并不具有真正的"民间"意义。只要读一下郭沫若的诗集《恢复》就能体会到民间文化形态对其创作并没有构成深刻的影响，主要发出的是政治意识形态的声音。在这里政治意识形态、民间、知识分子三者是合而为一的，统一三者的既不是知识分子的精神也不是"民间"，而是政治意识形态。在30年代的大众文化讨论中，"民间"也没有构成其精神性的主导，选择民间的文艺形式只是为了传播革命观念的需要。如果说在20年代、30年代，知识分子源于内在的精神追求，从社会发展的政治需要出发，自觉地归附于民间和大众中（这种归附在很大程度上是观念性的，这个"民间"是有着浓重的政治意识的民间、与民间本身有多少联系值得怀疑），自觉或不自觉地弱化了知识分子的启蒙立场，那么从40年代到70年代末期，由于政治权力意志的强行干预，知识分子与民间的关系发生了根本性的变化。政治权力意志作为核心，不仅要求知识分子要与权力意志保持一致，同时也要求"民间"归拢于权力意志的统辖之下，这样知识分子、权力意志、民间之间的复杂关系就变得简单化了。权力意志在依靠民间、改造民间的同时也改造知识分子，改造知识分子的重要方式之一，就是不管他们愿意或不愿意都必须与民间、大众结合在一起，放弃自己的精神追求。民间是作为权力意志的承担者而对知识分子发生作用的，民间与权力的共谋构成了对知识分子的压迫，但民间本身是仍然有着权力意志收拢不了的空间的，这一点在第一部分中已经谈过，这一民间的空间又潜在地影响着知识分子的精神生成。在这种历史背景下，这一时期的文学创作出现了如下三种情况：第一种是与权力意志完全保持一致，用政治观念来虚构生活空间的作品；第二种是仍然坚持知识分子立场写作，表达知识分子精神的作品；第三种，虽然与政治权力意志的要求保持一致，但由于与民间保持着深层次的密切关联，并且这种联系是一种自觉的价值观念上的认同，其作品在贯彻权力意志的时候，不自觉地流露出与其不完全一致的内容。用陈思和的话说就是民间隐形结构形态。在这一历史时期受到推崇和赞扬的是第一种类型的作品，而第二、第三两种类型的作品都不同程度地受到批判，前者如延安时期的丁玲和新中国成立后"胡风集团"分子的创作，后者如赵树理的小说创作。赵树理是有着民间立场的作家，他把自己的小说解释为"问题小说"，所谓"老百姓喜欢看，政治上起作用"，都包含了这种意思。他所说的"起作用"，不仅仅是利用通俗方法将国家意志普及远行，也包含了站在民间的立场上，通过小说创作向上传递民间的声音。当权力意志要强制收拢民间，不喜欢民间真正的声音时，这种站在民间立场上的写作也受到谴责。从如上分析可以看到在这一时期国家权力意志是既不喜欢知识分子的启蒙立场，也不喜欢知识分子的民间立场的，知识分子与民间的关系更主要的是表现为知识分子与政治之间的关系，由此可以说，知识分子在这一时期启蒙立场的丧失并不是走向民间的结果，而是自觉或被迫接受国家权力意志的结果。如果看不到知识分子、民间、国家权力意志三者之间的复杂关系，简单地把知识分子主体价值的丧失看作是走向民间的结果，显然是偏颇的。

现在我们再来分析五四时期和90年代知识分子与民间之间的关系模式，在这两种模式中知识分子在民间之中不仅没有丧失知识分子启蒙立场和主体价值，而且使知识分子的精神资源获得丰富和发展。五四时期的启蒙主题决定了知识分子与民间的关系是启蒙和被启蒙的关系，也就是用西方的现代性思想来启人心智。但是我们应该充分重视"五四"知识分子在启蒙与被启蒙的关系中所包含的另一层意思，就是在为"民间"启蒙的同时也充分利用了民间的文化资源，五四时期不仅充分重视"引车卖浆者"之流的民间语言以适应传播新思想、新文化的需要，而且还在1918年春，发起了征集近世歌谣的运动，在《北大日刊》上开辟了"歌谣选"的栏目，

"这种破天荒的文化现象，很快成为国内报刊的一时风气"[1]。像刘半农、沈尹默等新文化运动的倡导者们不仅亲自收集、整理民间歌谣，而且还用民歌的形式仿作新民歌，把民歌的有益成分引入自己的新诗创作中。五四时期的现代作家为什么会对"民间"表现出如此的热情？钟敬文作为新文化运动的参与者在谈到这一问题时认为当时北大歌谣运动的那些主持者和参与者，差不多都是致力新文学和新文化的人，"他们所以重视歌谣等民间文艺的搜集、研究工作，正因为这是民主文化活动中应有的一个项目。从另一方面说，它也是对他们民主思想的一种测验或证明"[2]。在五四新文化运动中，关于妇女解放、妇女的民主权利，无疑是一个引人深切注意的话题。这种时代的新思潮，自然要反映到当时主持采集、编选歌谣的知识分子的脑中和笔下。"……例如《歌谣选》中第71、72两首歌谣，内容都是关于女子嫁夫的。……编者给它加的按语'可以见华人蔑视妇女人格之一斑'。这不是明白地表达出他对妇女问题的民主思想吗？"[3]"在《歌谣》周刊里，这种民主思想的倾向表现得更为显著。过去社会流行的歌谣，大半产生自广大受双重压迫的妇女的心和口，或者由他们守护、传授下来。在旧歌谣里，关于妇女生活、遭遇的作品数量相当多；这种情形自然要反映到《歌谣》的文章上，因此，它直接、间接关系到妇女问题的篇章很不少。单就婚姻问题，后期就出了几个专号。"[4]由上引证可见五四时期知识分子的启蒙思想不仅与西方的近世人文主义思潮联系在一起，而且与中国民间文化中所包含的民主性思想有着深刻的联系。民间文化在五四时期并非完全作为启蒙的对立面而存在，而是在相互的联系中，在交流与选择中构成了其新思想的一个部分，甚至可以说它是五四新文学传统的一个侧面。我们从五四时期刘半农、沈尹默等人的诗歌中不仅能读到民歌中所具有的情致，也能看到由"民间"的男欢女爱所升华出的个性主义精神。从这个意义上

---

1　钟敬文：《民间文艺学及其历史·自序》，山东教育出版社，1998年，第1页。

2 3 4　钟敬文：《民间文艺学及其历史》，山东教育出版社，1998年，第417—418页。

说，知识分子的精英文化价值取向并不是完全排斥"民间"的，在"民间"中同样包含着可以转化为现代性思想的资源。

在 90 年代知识分子与民间的关系模式中，也同样可以看到"民间"对于知识分子的存在所具有的重要意义。知识分子走向民间从价值立场上说主要有两个层面：一是知识分子从自身的精英立场出发，发现了"民间"文化世界中所具有的有意义的内容，进而使知识分子的精英价值准则与民间价值准则得到统一；二是从真正的民间立场出发，把民间文化世界作为自己灵魂的栖息地，并在其间感受着民间世界的丰富与博大，为民间自身的深厚所震撼。知识分子走向民间的这两种立场是有所区别的，前者更多地保留了知识分子的精英立场的特点，而后者则更多地保留了民间文化的特点，但在具体的文学作品中两者往往难以更加明晰地区分，因为作家在走向民间的时候，往往是一个自我精神与民间不断碰撞、交流、沟通的过程，他们在拥抱民间的同时，民间也以灼热的胸怀拥抱他们。90 年代具有民间倾向的作家所表现出的正是与"民间"的这种对话过程，他们在这种对话的过程中是否放弃了五四新文学的传统，放弃了对社会责任的承担？只要读一下韩少功的《马桥词典》、李锐的《无风之树》、余华的《许三观卖血记》、张炜的《九月寓言》等作品，就能深切地体会到他们对于民间大地的描述中浸透着一种博大的人文情怀，他们在把自己的心交给民间的同时，民间则给了他们抗拒压迫、守护生命的精神滋养。张炜在《九月寓言》中寻找精神的自由生长，以悲悯的情怀沉浸于民间大地上，发现民间的丰富和内在的生命活力；余华则在《许三观卖血记》中看到了坚韧、温厚的生命是以怎样的一种方式抗拒着各种力量对于生命的戕害。这种生命精神、人道主义情怀难道与"五四"以来的启蒙精神传统是相背离的吗？

通过以上论述可以看到"走向民间"并不意味着对于知识分子精神的放弃，相反倒有可能使知识分子精神获得更有意义的一种存在形式，关键是看知识分子以怎样的价值立场和方式走向民间。如果在走向民间时自愿被民间藏污纳垢的复杂所淹没，那是自己的事，并不是"民间"的责任。

## 三

"民间"的多维度和多层次内涵，增加了这一问题讨论的难度，但它的存在无疑给知识分子精神的发展、文学艺术的生成提供了丰富的文化空间。对于90年代"民间"理论提出的意义，限于篇幅，不再赘述，仅简单提出两点以引起进一步思考。

其一，我们目前对于新文学传统的理解主要强调了五四文学在与世界文学的联系中所产生的现代性思想，而相对忽略了在与"民间"联系中所产生的新的思想和审美倾向，中国的"民间"与世界文学共同构成了20世纪中国作家的精神资源，对"民间"的进一步研究，不仅会使我们看到更加丰富的新文学传统，而且有助于进一步地理解20世纪文学的本土性、民族性与世界性之间的关系。

其二，如果放弃从文学史的角度讨论政治意识形态、知识分子精英文化、民间之间的关系，仅就启蒙与民间在当代所呈现出的意义而言，也不能简单地对立起来，而应看到知识分子在与民间的对话过程中，会发现这一形态中蕴含着丰富的精神内容，民间的那种自由自在、富有活力的生活方式，不仅启示知识分子应有的自由的精神品性，而且也会使知识分子在民间的自由与丰富中获得新的精神生长，这正是"民间"理论在90年代的重要意义所在。

# 附录｜当代文学史写作的新思路及其可行性*

## ——对于两个理论问题的再思考

学科研究的进展离不开两个条件：一是对新材料的发现，一是对于已有的材料做出新的理解与阐释。在很大程度上，这二者是相辅相成的，新材料的发现导致新的研究视角、研究思路与理论模式的出现，而新的研究视角、思路与理论模式也常常会导致对以往视而不见的材料暗角的再发现。在当代文学史研究领域，这同样是学科进展的必要条件。陈思和主编的《中国当代文学史教程》(以下简称《教程》)，在这两个方面所进行的探索在引起学术同仁关注的同时，也引出一些很有意义的争议性意见。争议的重点集中在这本文学史在整合 50 年代至 70 年代的文学发展时引进的两个重要观念："潜在写作"与"民间"，正如有的批评者所指出的："考察这些范畴对'当代文学史'乃至'20 世纪中国文学史'的知识结构的冲击，辨析新的探索带来的新的问题，其意义将远远超越对一部文学史新著的评价。"[1] 鉴于问题的重要性，这也促使我们对这两个新观念引出的当代文学史写作的新思路做进一步的阐明与思考。

一

"潜在写作"的提出，是为了说明当代文学创作的复杂性，即有许多被

---

\* 该文与刘志荣先生合作撰写，原载《文学评论》2000 年第 4 期。

1 李杨：《当代文学史写作：原则、方法与可能性——从陈思和主编的〈中国当代文学史教程〉谈起》，《文学评论》2000 年第 3 期。

剥夺了正常写作权利的作家在特定的历史时期，依然保持着对文学的挚爱和创作的热情，"他们写作了许多在当时客观环境下不能公开发表的文学作品"[1]。不可否认，提出"潜在写作"的概念，是与研究者对以往当代文学史单一的性质感到不满并希望有所改变的理论预设分不开的，但也应该看到，这种理论预设之所以能够产生，与材料的积累也是分不开的。正是由于《从文家书》《傅雷家书》、丰子恺的《缘缘堂续笔》、张中晓的《无梦楼随笔》等散文，胡风、牛汉、曾卓、绿原、穆旦、唐湜、彭燕郊、黄翔、食指、芒克、根子、多多等人的诗歌，以及无名氏的《无名书稿》、赵振开的《波动》等小说在"文革"后陆续问世且引起关注，构成了"潜在写作"的概念以及相关的理论预设得以提出的资料背景。

"潜在写作"现象，在世界文学范围内也有不同面目的存在。中国古代文学史上绝大多数文学家在其身后才有诗文集刻印行世，外国文学史上一些作家生前甚少发表作品，或者在写作的当时不被承认，作品难以面世，但在身后时过境迁，作品获得面世的机会并产生很大影响的也比比皆是，著名的如卡夫卡。对于这些写作年代与发表年代差别较大的作品，文学史的研究一向有两种思路：依据作品问世与作家被重新发现的时间来讨论，注重的是其对新时代的意义；将之放在写作的年代来讨论，注重的是文学史发展的复杂性，这些在写作的年代难以面世的作家或者与时代风气格格不入，或者具有相当的超前性，因而不被自己的时代所接受，将其还原到写作的当时进行研究往往能发现被主流遮蔽的暗角与新的潮流的先声，从而发现其生活的时代的文学状况的复杂性与多元性。从成功的文学史写作的实践来看，两种思路向来并行不悖，而且往往相辅相成，并取其长。在《教程》的写作之中，实际上贯穿的是第三种思路。这种思路在文学史写作中实际上是相当普遍的，例如陶渊明身后相当时间才有昭明太子为其编集

---

1　陈思和主编：《中国当代文学史教程》，复旦大学出版社，1999年，第12页。

行世，他产生广泛的影响一直要到唐宋，但在文学史上，一般却将他放在生活的年代来讨论，并不以编集或者产生影响的年代为依据。如果说陶渊明生活的年代，因为文学生产方式的不同，还不存在所谓"公开发表"的问题，那么我们可以举与当代中国相似的苏联文学史的例子。阿赫玛托娃等诗人在斯大林时期写作的诗歌，也常常放在其写作的年代来讨论，而不必放在解冻时代后其作品有了公开面世的机会的年代才加以讨论，类似的例子还有很多。这些在古代文学研究与外国文学研究中已经形成的文学史写作惯例，运用到中国当代文学史研究中之所以会引起新奇与疑虑，其实很大程度上与文学史研究者习惯于过去的以在写作的时代公开发表的文学材料为依据的思维定式有很大关系。

不过对"潜在写作"的概念提出质疑的最尖锐意见并不针对这个研究思路，即使批评者也承认"新的文学资源极大地改变了当代文学史的面貌"，"'潜在写作'的进入，的确使我们看到了一部面目一新的当代文学史"。质疑的中心集中在"潜在写作"的资料的可靠性问题上，评论者指出，"我们在领略'潜在写作'给文学史带来的生机的时候，也同时面临着这种新的文学史方法带来的新问题，尤其是这种方式对文学史写作的一些基本原则提出的挑战。由于'潜在写作'都是在'文革'后获得正式出版的机会，因此这些作品的真实创作时间极难辨认"。"对致力于这些'潜在写作'来改写文学史的研究者而言，这些作品的真实性却始终是一个无法回避的问题。"[1] 如果我们的理解无误的话，这里所说的"对文学史写作的一些基本原则提出的挑战"，指的正是对"潜在写作"的真实创作时间的辨认问题。对于严谨的学者来说，这确实是需要认真面对的问题。由于 1949 年至 1976 年中国的潜在写作的特殊境遇，不存在像苏联那样广泛的地下文学作品在国外出版的历史，也没有像捷克那样的"桑米兹德"式的地下出版

---

1　李杨：《当代文学史写作：原则、方法与可能性——从陈思和主编的〈中国当代文学史教程〉谈起》，《文学评论》2000 年第 3 期。

现象 [1]，写作时间与发表时间的不一致确实给辨认"潜在写作"的写作时间带来很多障碍。但在这里需要对具体作品进行具体的分析，对部分作品的存疑不能否定潜在写作的整体思路的可行性。在对作品的创作时间进行辨认时需要认真地分析与归类，在这方面，我们想就目前所掌握的"潜在写作"资料的流传、保存与发表方式（不限于《教程》中分析的作品）谈一点看法。

在中国当代文学的"潜在写作"中，有一类作品是断无疑义的。这一类作品，或者在其写作的年代里已经广为流传。前者如根子（岳重）与食指的诗歌，"文革"之中就在知青之间广为流传。根子的一些作品，如著名的长诗《三月与末日》，有多多保存的原稿遗留，另一首《白洋淀》，则有上海作家陈村在当年广泛流传时的手抄本发表在 1985 年的《新创作》上面。因为根子早早搁笔，"文革"之后与文坛甚少联系，其作品的重新出土多由别人发掘，且有原稿为证，所以很少有人怀疑其写作的真实性。[2] 食指的诗歌也因为当时在知青之间广为流传，所以也比较普遍地为大家所承认。像这样确凿无疑的"潜在写作"作品其实非常多。一般来说，作品发表越早，写作时的见证者越多，作品的真实性就越可靠。但也不尽然，较晚发表的作品如果是依据作者的原稿或者较早的抄件整理面世的，也基本上可以断定是确实的。大体上，我们认为确凿无疑的作品，都有作者遗留下来的当年的文稿或者别人的抄件作为最直接的物证。就我们所见，至少可以列举以下一些作家的作品，如《从文家书》、《傅雷家书》、张中晓的《无梦楼随笔》、黄苗子的《北大荒家书》、贵州诗人哑默"文革"时期的日记等日常性的写作，以及陈寅恪 1949 年之后的旧体诗，穆旦、蔡其矫等写作于

---

1　参见克里玛：《布拉格精神》，崔卫平译，作家出版社，1998 年，第 54—57 页。

2　李杨先生在文章中说根子的诗歌保存有两首，这一点是不确切的。除上文提到两首诗外，根子至少还有一首诗《致生活》是现在可以读到的，该诗刊于《中国知青诗抄》，中国文学出版社，1998 年，第 51—58 页。

"文革"后期的诗歌，无名氏的《无名书稿》中的后三部半《金色的蛇夜》（续集）、《死的岩层》、《开花在星云之外》、《创世纪大菩提》，丰子恺写作于"文革"后期的书信、旧诗和散文集《缘缘堂续笔》，朱东润的传记文学《李方舟传》等。较年轻的诗人中的黄翔、依群（齐云）、芒克、多多、北岛、舒婷等写作于"文革"中的诗作至少一部分也有直接、间接的证据证明是可靠的。

这些作品的保存与面世又有几种情况。第一种情况是作者辞世之后由家属或者其他整理者依据作者的遗稿进行整理或发表，像沈从文、傅雷、张中晓、陈寅恪、穆旦、丰子恺、朱东润等的作品都属于这一类状况。《从文家书》由沈虎雏编选、收信人沈夫人张兆和亲自审核，《傅雷家书》由收信人傅聪、傅敏亲自编订（在后来也出版了手稿本），书信一般都有写作日期，其写作年代，是断无疑义的，只是内容可能有所删节。张中晓的三本笔记原稿写作于一些旧账本和学生练习本上，在"文革"中被抄去，"文革"后作为抄家物品发还，由其父亲与弟弟保存，通过胡风夫人梅志，辗转由路莘整理出部分内容作为《无梦楼随笔》出版，原件至少有梅志、何满子、耿庸、路莘见过，虽然经整理已非原件规模，但基本内容也只是有顺序调整，或有删无增，应该说发表出来的部分也是可靠的。[1] 陈寅恪的旧诗，据陈流求、陈美延撰《陈寅恪诗集》后记云，系依据 1978 年和 1987 年从有关方面取回的"文革"中抄走的遗稿整理，其余的则依靠其父亲的故旧及其后代的大力相助，"如吴雨僧伯父的女儿吴学昭先生极其热忱，从吴伯父劫后残存的日记和信函中，寻觅到相当数量的诗抄及有关资料"[2]，其资料来源也相当可靠。穆旦的遗作系"诗人逝世后，家人整理遗物时发现

---

1　参见梅志：《青春祭——记张中晓与胡风》、何满子：《〈无梦楼随笔〉的诞生》、路莘：《张中晓和他的〈无梦楼随笔〉》，这三篇文章作为附录收录于《无梦楼随笔》，上海远东出版社，1996 年，第 125—156 页。

2　陈寅恪：《陈寅恪诗集》，清华大学出版社，1993 年，第 179—181 页。

或友人于信中抄出"，丰子恺的潜在写作则也有原稿可查，在"文革"中写作的"一包包的文稿、画稿，藏之箱底，传之后世，以待将来重见天日"[1]，朱东润《李方舟传》的写作不但有直接的见证人，而且系依据其遗稿整理出版。这些作品整理发表时，或者原作上注明写作日期，或者有写作当时的见证人，原作者已经作古，他人也没有可能作伪写出他们具有鲜明独特风格的作品，其"潜在写作"的确凿性是断无疑义的。即使其中的个别作品系年存在小的疑问，要而言之，决不妨害其属于1949—1976年中国文学中的"潜在写作"的范围。

第二种情况是原作者仍然在世，但当时的写作保留有原稿。如无名氏的《无名书稿》的后面几部，全部完成于1960年，"文革"中被抄走，因法官李木天的关照原样封存，1978年10月发还原稿，作者在朋友的帮助下抄写、复写后以几千封信寄往境外，由其亲属帮助于1982—1984年在香港和台湾出版。最初的原稿在公安机关有案可查，抄写、寄发、接收以及出版，在海峡两岸和香港地区都有不少见证。从其出版过程来看，最早的一本《金色的蛇夜》（续集）出版于1982年12月，而无名氏于是年12月19日方才离开大陆，经香港至台湾定居，这几部书每部都有几百页（其中《创世纪大菩提》近千页），绝无在短时间内重新写作的可能。而且据作者函告，原稿保存在大陆朋友家中，其"潜在写作"的确实性也是毫无疑问的。属于这类作品的还有蔡其矫先生六七十年代的诗歌与哑默先生的"文革"日记，后者的日记虽未完全公开出版，但承作者好意，将1965—1976年全部15本日记原件寄给我们参考，蔡其矫先生六七十年代的诗歌也有保存的原来的笔记本作为最直接的证据[2]。健在的作家中保存有原稿的"潜在写作"肯定比我们这里列举的要多得多，在此处，我们出于审慎考虑，仅仅列出我们确知无疑的几种。

---

1 丰一吟等：《丰子恺传》，浙江人民出版社，1983年，第172页。
2 蔡先生的这些笔记，在1999年11月初刘志荣赴京访问时曾承见示。

第三种情况是原作者的作品抄本由别人保存，在"文革"后由保存者提供，方得以面世，或者原作发表较早，在写作的当时又有一些见证人。前一种例如依群（齐云）、芒克、北岛、舒婷等写作于"文革"后期的一些诗歌，都有当年别人保留下来的抄件作为直接的物证。以赵一凡为例，"他不仅收集和抄录过赵振开（北岛）、姜世伟（芒克）、栗世征（多多）、岳重（根子）、郭路生（食指）、孙康（方含）等人的诗，《九级浪》、《第二次握手》、《芙蓉花盛开的季节》等地下小说，还保存有大量的哲学、政论作品。其中的《出身论》曾为遇罗克事件的平反提供了有力佐证"。赵一凡的收藏大部分不幸失散，但他的朋友还是抢救出来了有关的资料。如果当事人的回忆可信的话（事实上也没有理由不相信，因为采访者与受访者都是"文革"时期地下写作的局外人），至少这些"文革"时期的诗作半数以上是可靠的。类似的例子还有依群的名作《巴黎公社》，其手稿为诗人芒克收藏。黄翔的名作《火神交响曲》，我们已经见到了 1978 年 10 月 21 日再版于贵阳的油印本，其中的《火炬之歌》标明的写作日期为 1969 年 8 月 23 日，在哑默的日记原件中 1969 年 8 月 18 日条，已经有"《火炬之歌》——一首好诗"这样的记载，且曾经在"野鸭沙龙"黑夜聚会中朗诵，有很多亲历的证人，至少这一部分的写作年代是没有疑问的。[1]

当代文学的"潜在写作"的另外一种特殊的保存方式是因为环境的恶劣，写作者无法将之记录下来，只有凭借记忆力，将之保存在记忆之中，等到环境允许，才将之记录下来。这一类作品一般是比较短小的诗歌，我们可以举郑超麟、胡风在狱中的旧体诗与彭燕郊的散文诗为例。人的记忆当然不是没有一点误差的，但大体上，这类作品的写作也比较可靠，梅志回忆"文革"开始后，收到聂绀弩的信，要求将他的诗稿烧去，这时胡风

---

1 黄翔自述："原稿先后收藏在蜡烛、竹筒、胶靴、米桶缸和故乡牛棚历年经雨水淋坏的茅屋顶上，后取出时已水渍斑斑，濒于腐烂。"见黄翔《黄翔：狂饮不醉的兽形》，天下华人出版社，1998 年，第 637 页。原稿不知是否仍然保存，但应当有"文革"中的抄件存世。

安慰她说："你放心，这些诗他会记得，因为是用心血写成的。"[1]这可以为这些作品的保存方式的可靠性提供一个注脚（在国外也有类似的凭借人的记忆保存诗歌的例子，例如阿赫玛托娃的组诗《安魂曲》及其他一些诗篇就是凭借其密友们的记忆保存下来的[2]）。同时，这些诗稿被记录下来，并不是在作者平反复出、地位与声望渐渐恢复的时候，而是在仍然遭受困厄的年代之中。例如郑超麟在狱中的 1959—1968 年写作了共 400 多首旧体诗词，这些诗词于 1968 年被抄走，到 1972 年作者在狱中的处境稍微改善，改为严密管制后就开始追忆，历十余年始追忆出 84 首。又如胡风在1955—1965 年在狱中写作几千首诗歌，因为无法笔录，只好每日默诵一遍，在反复默诵之中将之在记忆之中保存，为便于记忆，还独创了"连环对体诗"的形式，而当作者在 1965 年改为监外执行，出狱返家之后就开始抄录，到 1966 年在成都抄完。现存的胡风这一阶段的诗歌是依据保留尚未散失的抄录件整理的，应该说也是比较可靠的。至于出狱后至"文革"爆发这一阶段的《流囚答赠》，发表时胡风已经辞世，没有来得及进行修改，全部系整理者从原稿中抄出，就更为可靠了。彭燕郊作于胡案被囚时的散文诗，"当时无法笔之于书，只能每个自然段用一个语词代表，以帮助记忆，获释后逐篇默写一遍，也算万幸，居然保存下来"[3]，发表时也有获释后抄录的原稿作为依据。

在中国的"潜在写作"中，有一类作品在公开发表时作者曾经或者可能有所修改，但修改的幅度不大，仅限于字词的层面，其写作与发表出来的作品，仍然是可信的，如绿原、曾卓的诗歌。这些作品不但在作者复出不久就发表面世，而且很多保留有当初的原稿可以作为对比。例如，绿原的"潜在写作"，现在发表的有 15 首，数量确实有限，大都写作

---

1 《胡风诗全编》，浙江文艺出版社，1992 年，第 480 页。

2 曼达·海特：《阿赫玛托娃传》，蒋勇敏等译，东方出版中心，1999 年，第 131—132 页。

3 彭燕郊：《夜行》，山东友谊出版社，1998 年，第 248 页。

于 1955—1962 年因胡风集团案被隔离期间或 1966—1976 年"文革"期间，作者坦承："这两个时期对我来说，还有重要得多、严重得多的事情要做，写作只能是非常偶然的几次"，"其所以想写，可以说出于一种现在看来很不明智的习惯，即为了自我排遣而不惜冒一定的风险。一旦心血来潮，就在纸片上，笔记簿上，或者给家人的信中把它描摹下来，句不成句，段不成段，就匆匆搁笔扔在那儿，从来不曾完整成篇过"。"到 1980 年平反以后，在朋友们的鼓励下，才从留下来的笔记簿和家信中找出略具规模的几篇发表过。"这些从笔记与家信中找出来的诗作，其来源是相当可靠的，而且有原来的"笔记簿"和"家信"作为比照的对象，如果有修改，其修改的幅度依据原件也可以查考出来的。绿原先生在回答我们的函问时说："除了这 15 篇，其他一些诗料式的东西，或者融入后来的正式作品中，或者因时过境迁而被废弃掉，都算不上'潜在写作'了。"[1] 这显示出诗人自己对待这些潜在写作的态度也非常严谨，绝对没有任何含混模糊的地方。曾卓的"潜在写作"数量比较多，收录在《曾卓文集》中的就有几十首诗歌和十篇散文，其来源也非常可靠，据牛汉叙述，1981 年 6 月中旬他们见面时，曾卓就"随身带来了二十多年来默默写出的厚厚一叠诗稿……在已经翻看得卷了边的诗稿中，我第一次读到了他的《悬崖边的树》《我期待，我寻求……》《有赠》《给少年们的诗》等几十首诗"[2]。原稿牛汉先生曾经过目，属于 50—70 年代"潜在写作"的范围是没有疑义的。

对作品的第二种修改虽然有大的调整，但限于删减与极少的增加，修改仍然保持了原来作品的整体面貌，改动仅仅是在技术层面，是为了使诗作的表现力更加尖锐与集中，诗中的情绪、运思方式，却仍然是在进行

---

1　以上均引自绿原 1999 年 11 月 10 日致刘志荣信。

2　牛汉：《一个钟情的人——曾卓和他的诗》，《学诗手记》，生活·读书·新知三联书店，1986 年，第 78 页。

"潜在写作"时特殊的环境中才可能有的。因为整体上的思想与构思并没有改动，这些发表出来的作品仍然可以作为相当可靠的材料。这方面我们可以以牛汉写作于咸宁干校时的诗作作为例证，虽然后来发表时作品经过修改，但精神风貌、思维方式与特有的情绪，并没有大的改变。例如他的名诗《华南虎》最初有100行，后来吸收绿原应"尽力凝练"的意见，在1979年整理誊清时，"删去枝枝蔓蔓的东西，剩下不到五十行"，在1983年编集时，"在文字上作了少许改动"，"结尾添了两行"："还有滴血的，/巨大而破碎的趾爪！"[1]诗作中除删掉的诗句是为了使表达更加凝练之外，添写的诗句也仅仅是为了使诗中的情绪更加醒目，而诗歌中那种困厄中不屈的生命意识则是构思的当时与写成的原作中本来就有的，诗作中形象化的思维方式也没有大的变化。在掌握了作者的修改的情况下，依据发表的文本来讨论牛汉最初写作时精神上的特点与运思的特点，还是可以达到比较准确的层次的，只要研究者尽可能应该注意到其文本的相异性。牛汉一向认为："任何一首真正的诗，都是从生活情境中孕育出来的，离开产生诗的特定的生活情境是无法理解诗的。"[2]他的这些诗作也可以作这样的理解。这些诗歌的写作，也有见证人，与牛汉一起在干校劳动的绿原在为牛汉集中收录这一时期的诗作的诗集《温泉》序中写道："说来惭愧，我那时往往被安排和他一起劳动，因此往往有机会成为他的那些新诗的第一个读者。"[3]所以这些诗作的写作是确实的，发表出来的文本，基本内容是可信的。对于"曾经在一定范围内流传，'文革'后由作者本人修改正式出版，如张扬的《第二次握手》、赵振开的《波动》、靳凡的《公开的情书》等作品"，也可以作如是观。虽然我们看到的已经不是"'文革'时期流传的原作"，但正因为它们在"70年代末期至80年代初期正式出版，时代的反差不大"，作

---

1 2　牛汉：《我与华南虎》，《学诗手记》，生活·读书·新知三联书店，1986年，第98—99页。
3　绿原：《活的诗》（代序），牛汉：《温泉》，上海文艺出版社，1984年，第3页。

者的思想变化也不大，它们仍然可以看作是与原作相当接近的文本。[1]

真正引起人们关注的，也是批评者最有力的证据的，是那些经过大的改动在思想与艺术上有很大改变的作品。例如聂绀弩的旧诗，在较早的手抄本《北大荒吟草》与后来的《散宜生诗》等集子中有相当的改动，许多甚至是重作，但正因为是重作，所以很引起论者的注意，也会引起"潜在写作"的研究者的警惕。聂绀弩的旧体诗，也有较早的抄本，根据《聂绀弩诗全编》的编者后记："绀弩的旧体诗自编为集子的，最早应当是手抄本《马山集》。时为一九六二年，也就是他从北大荒回到北京的那一年"，"其次是一九六三年手抄本的《北大荒吟草》，收七律四十三首，把《马山集》中有关北大荒的集中在一起，再补上后来做的若干首"。[2]虽说聂绀弩"文革"前的写作散佚不少，许多是作者补作，而且由于作者对原作不满，对保留下来的诗篇许多做了修改，但《北大荒吟草》似乎存世，所以论者（例如徐城北）才有可能引录其中的三首与后来发表的诗篇进行比较。另据李世强回忆，聂绀弩曾托李世强夹带新旧诗稿出狱，时在 1975 年夏天。[3]这样，聂绀弩的后来发表的诗作仍然是有据可依的。如果要将聂绀弩的旧诗列入"潜在写作"的范围内进行研究，首先需要做的工作就是对这些较早的版本的发掘，我们希望能够看到对像聂绀弩这样的作品进行汇校的版本出现，这样将会有利于早日澄清一些聚讼纷纭的问题。这在很大程度上也是这类改动较大的作品共同面对的问题。

有的批评者将多多"文革"时期的诗作作为典型的例证以说明"潜在

---

1 这在对比 50 至 60 年代作家们纷纷修改 1949 年以前的旧作的情况时就更为明显。50 至 60 年代作家们伤筋动骨式的修改，与随着时代的剧烈变动作家们的思想有很大的变动（或者是为了适应时势）有关。在 70 年代末至 80 年代初发表出来的这些"文革"中流传的小说，正因为其作者是比较先觉者，新的时代变化与其原先的预期是一致的，其思想保持了一定的稳定性，所以可以认为在作品中不会出现大的思想与情感基调的变化。

2 罗孚：《〈聂绀弩诗全编〉后记》，《聂绀弩诗全编》，学林出版社，1999 年，第 531—532 页。

3 参见李世强：《夹带诗稿出狱》，《聂绀弩诗全编》，学林出版社，1999 年，第 523、525 页。

写作"研究难以确实的例子，甚至由此引出对"白洋淀诗歌"乃至整个"潜在写作"的质疑。但多多的诗歌，其写作也有很多的见证人，除白洋淀知青文学圈子中的芒克、根子、林莽、宋海泉等人之外，在北京的"地下沙龙"也有相当的影响力。多多后来发表的写于70年代的作品，其实当时在圈子内就有一些读者与抄录者，并产生过一定的影响，并非没有一个流传的过程。而且，多多的作品应该也有原稿保留，从我们上文已经提及的赵一凡保留的多多的手稿《北方的土地》来看，其风格与多多发表的其他写作于70年代的诗作是一致的，这是对于多多很早就形成的那种"对现实的冷峻批判以及波德莱尔、本雅明式的抒情风格"[1]最有力的证明。同时，值得注意的是，所有的多多的朋友以及其他"地下沙龙"的参与者，对其作品的真实性以及当年那种现代抒情风格都没有提出质疑。[2]多多的手稿现在至少还有部分保留，他的"潜在写作"是否属于有大的修改的范围尚要存疑。我们期待确凿无疑的材料面世一日会使真相大白，在此之前，我们宁可对之持比较谨慎的态度。但由多多的诗歌引发对白洋淀诗歌的质疑，则显得多少有些让人意外，即使撇开多多不谈，其中根子、芒克、林莽、宋海泉[3]等人的作品是确实无疑的。如何理解"白洋淀诗歌"群落是见仁见智的问题，所谓"庙堂"与"江湖"的"双城记"顶多只是对如何理解、如何叙述这段历史的质疑，而不能改变一些已经存在的事实。

---

1  李杨：《当代文学史写作：原则、方法与可能性——从陈思和主编的〈中国当代文学史教程〉谈起》，《文学评论》2000年第3期。

2  有些批评者引用柯雷文章只能证明多多这些诗歌在发表之后进行了修改，不能看作对最早的版本的质疑；宋海泉的回忆"毛头（即多多。——引者注）对自己的诗改了又改，精雕细琢。很多作品发表时同我当时看到的已不大相同"，说明的是多多在当时就有的一种写作态度；周舵《当年最好的朋友》里对多多的微词与"隐衷"针对的其实是多多生活中的一些表现。从中都看不出对多多70年代的作品的质疑，相反，两人都承认多多当时就具备那种"理性""现"的抒情风格。笔者为此专门电话采访林莽先生，他记忆中当年读到的多多的诗歌与后来发表出来的作品的抒情风格是一致的。

3  林莽的作品仍然保留有当年的手稿，宋海泉的诗歌由赵振先提供手稿。

因为"潜在写作"的特殊写作方式与保存方式，研究者对之采取比较谨慎的态度，这是可以理解的，但因此因噎废食，否定"潜在写作"研究的可行性，则是没有必要的。事实上从我们现在搜集的材料来看，大部分"潜在写作"是可信的。即使撇开在发表时有可能经过大修改的作品不谈，仅仅从确凿无疑的材料和仅有少许改动的作品出发，我们已经可以发现，中国当代文学中 50 至 70 年代的"潜在写作"现象是绵延不绝的，也贯穿了文学史的发展过程。《中国当代文学史教程》选取的"潜在写作"材料，除极个别存疑者之外，都属于这类确凿无疑或者经过少量修改、整体上比较可信的材料，将之整合到当代文学史的研究之中，是一件顺理成章的事情。即使从严谨的学术态度出发，对某些材料的真伪持存疑的态度，但毕竟确凿无疑的材料为数不少，可以支撑起"潜在写作"的研究框架。对于改动较大的作品，确实存在一个版本问题，但也不是毫无线索可循，这需要研究者对较早的手稿、抄件、版本的寻访与发掘。"潜在写作"的研究提上议事日程并没有多久，我们希望越来越多的严谨务实的研究者参与这项工作，能够使之更为切实可靠。

二

如果说，《中国当代文学史教程》引进"潜在写作"的思路是注重于对新材料的发现，而引进"民间"的思路则注重在一种新的理论视角下对旧有的材料的重新解读。由于《教程》鲜明地突出了陈思和个人研究风格，书中类似的偏重于"重读"的理论观念还有"战争文化心理""共名与无名"等等，与"民间"的理论视角共同支撑起文学史的框架。但因为"民间"是批评者的另一个质疑中心，所以我们在这一部分也就仅仅回答对这方面的疑问，不做其他方面的引申与阐述。

《教程》引进"民间"这个思路包含两方面的意义：一是站在 90 年代的文化立场上，对以往的文学史现象进行新的阐释，通过强调即使在表面的一元文化现象背后仍然存在着深层结构的多元精神，来打破以往文学史研究过分强调 50—70 年代时代精神为一元性的叙述假象，但突出民间文化因素等多种精神互动共生的联系，更重要的意义是为营造当下精神之塔注入新的生命活力。如陈思和所解释的：

> 90 年代一开始就瓦解了知识分子在 80 年代建构起来的启蒙传统，进而出现了商品经济下的消费文化以及与此相关的种种意识形态。这个变化给知识分子提出了两个任务：一是如何在社会转型而带来的新的文化规范形成之际，及时总结 80 年代启蒙话语的局限性，及时汲取 90 年代的文化精神，并通过自己的专业研究反映出时代的信息；二是如何对商品经济下的消费文化保持警惕和应有的批判精神，并根据新的文化特点来继续发扬"五四"知识分子的现实批判传统，其中也包括了原有的知识分子的启蒙传统。这个时代向知识分子提出的任务的复杂性就在于原来的某种稳定性的传统价值观念已经失去了独立发挥作用的可能，只有在充分吸取各种价值（包括其自身的对立价值）以后，才能在当下新的空间重新营造多元的互动的新价值立场。90 年代的知识分子中间发生的多次争论热点，都与营造这种多元互动的新价值立场有关。[1]

民间视角的提出，也当作如是观。三是以国家意志制约下的文学现象、知识分子精神传统的承传以及民间话语对文学的渗透这三条叙述线索为主来解读经典文本，在它们的既对立又相互联系中，求得对当代文学复杂形态的描述："当时许多作品的显形结构都弘扬了国家意志，如一定历史时期的政策和政治运动，但艺术作品毕竟不是一般意义上的宣传读物，由于作家们沟通了民间的文化形态，在表达上自觉不自觉地运用了民间形式，这时

---

1　陈思和、张新颖：《关于中国当代文学史的几个问题》，《当代作家评论》1999 年第 6 期。

候的民间形式也是一种语言，一种文本，它把作品的艺术表现的支点引向
民间立场，使之成为老百姓能够接受的民间读物。这种艺术结构的民间性，
称作艺术的隐形结构。"这一民间立场贯穿于整个《教程》的写作中，特别
是对五六十年代和"文革"时期公开发表的作品的解读中，使我们看到了
被长期忽略的一些文学要素。

那么，对民间的强调是否会带来一种新的危险，就是批评者提出的，
对于"民间与主流意识形态之间同构关系的忽略"。应该说，这一设问是
有充足理由的，因为"任何一个时代的统治思想始终不过是统治阶级的思
想"。其实这也是《教程》的编写者所一再提醒读者的。在分析赵树理的小
说创作时，作者明白地指出："也许并不存在一个纯粹的民间世界，也没有
一个纯粹的民间文化形态，民间总是以低调的姿态接纳国家意志对之的渗
透和改造，同时又总是从漫长岁月的劳动传统之中继承并滋生出抗衡和消
解苦难、追求自由自在的理想文化品格，而且民间也不是一个完美的概念，
它是一个包容了污秽、野蛮、苦难却又有着顽强生命力的生活空间，有关
这个空间的文化形态，又总能够比较本色地传达出下层人民的生活面貌和
情绪世界。五六十年代的文学创作强烈地体现着国家意志和时代共名合流
的意识形态，民间文化形态并不是作为这些意识形态的对立面，而只是作
为一种艺术补充出现的，只有当两者发生激烈冲突、民间立场遭到全面否
定的时候，它才会被迫以破碎的或隐形的方式曲折地表达自己的声音。"正
因为民间不是作为国家意志的对立面，而只是一种艺术补充，所以这一因
素才可能在当代文学史上发挥很大的隐形作用，也正因为它是以破碎的形
态而不是完整的形态出现，所以民间所含有的独立性因素总是含混不清地
寄生在主流话语中，曲折地体现出来。《教程》在强调民间的独立性时，没
有故意忽略同构的关系的前提。在 50 至 70 年代文学创作中，主流意识形
态与民间之间的关系是非常复杂的，赵树理作为一个具有民间立场的作家，
他以知识分子的良知和对农村真实、复杂生活的体验，写出了《锻炼锻炼》

这篇作品，像吃不饱、小腿疼这样普通的农民却也有着无奈的辛酸和悲凉。民间传达出的这种复杂暧昧的声音在赵树理的笔下虽然是破碎、曲折和隐形的，但却有着深刻的真实。《教程》对后者展开重点分析，并不是没有看到前者的同构关系，而是在已经公认的前者关系中突出了被忽视的后者，因为后者更能体现赵树理创作的民间意义。赵树理曾说自己的小说要"老百姓喜欢看，政治上起作用"。他所说的"起作用"，不仅仅是利用通俗方法将国家意志普及运行，也包含了站在民间的立场上，通过小说创作向上传递民间的声音。这种接近于民间生活本相的声音正是他的小说的魅力所在，试想在赵树理的小说中如果没有这种民间的声音，那么他的小说还有什么艺术价值可言呢？他怎么会一而再再而三地受到主流意识形态的批判，以致在"文革"中丧命？由此，《教程》的编者才认为："有没有注入民间的艺术精神成了那个时期艺术创作能否取得成功的关键。"

批评者所提出的另外一个问题是民间之所以在《教程》中占有极为重要的位置，是因为《教程》的作者为民间赋予了自由的本质，然而"民间"的传统或作为一种传统的"民间"是否能真正独立于主流政治之外是值得考虑的。批评者认为，现当代历史中的"民间"始终没有真正外在于主流意识形态，无论是在"十七年文学"还是在"文革文学"中，民间始终都与主流意识形态相辅相成，不可分离，成为主流意识形态不可分割的组成部分。这样的阐述从现代知识分子的启蒙传统来说是有一定道理的，但照我们的理解，《教程》提出民间的自由精神问题，是从一种审美精神出发的，却没有将民间的现实空间是否具有独立自在的问题列入讨论范围，因为在现实中不言而喻的现象是不需要再提醒读者的。"民间"是个很复杂、可以在多种层面上给以阐释的概念。它的含混、丰富、包容性质为多元解释提供了有效的可行性。如对"民间"是否具有自由自在的精神（不是本质），我们可以从"现实的自在民间生活世界""具有审美意义的民间文化空间""知识分子的民间价值立场"三个层面来尝试着讨论。

　　从现实的、自在的民间生活世界的角度看，"民间"的弱势地位决定了它不可能具有很大的独立自由空间，但是承认现实的严酷性并不等于可以否定民间存在着向往自由的本能。只要不将民间世界简单地视为铁板一块，充分考虑地域的复杂性和多元性，就不能否认民间传统或传统中的民间，尽管在启蒙话语里被一再描述成愚昧、麻木和精神奴役，但同样它也生生不息地保存着对非观念形态的自由的本能向往和追求。而且，越是在现实世界中不存在的东西，越是容易在文化心理上产生神圣的强烈的向往，这在大量民间文化艺术的表现中可以找到证明。尽管在民间话语里的"自由"与知识分子启蒙话语里的"自由"可能不尽相同。

　　从审美的意义说，民间的这种对自由的追求过程与艺术的自由精神是一致的。不管在何种历史时期，不管民间与国家意志之间的关系呈现为一种什么样的形态，艺术的自由品性是不可能消失的，艺术创作中一旦消失了对于美、自由的追求，艺术也就难以称其为艺术了。同样，正如陈思和所认为的，自由自在是民间最基本的审美风格，正是强调了民间在追求自由过程中所体现的审美精神。一般来说，美感只有在追求的过程中才会产生，而不是在已经存在的甚至凝固僵化的形态里。中国民间艺术——唢呐，它的高亢嘹亮，不正是生命力极度压抑以后爆发的自由向往吗？城市里灯红酒绿的场所很难容纳这种来自田野的生命呼号。在一个生命力普遍受到压抑的文明社会里，民间对自由境界无拘无束的向往（并不是实现）只能是通过审美的形式来表现，所以民间往往就是文学艺术产生的源泉。从文学史的角度来分析民间文化形态的特性时，我们当然要考虑民间在特定的具体历史时期向往和追求自由的审美精神，考虑民间与艺术之间的这种无法被具体时代所制约的关系。很显然，这种文学的、审美意义上的民间，与社会学意义上的现实民间世界虽有关系但又不能完全等同的，是另外一个文化空间。

　　从知识分子的民间价值立场而言，民间自身所具有的自在的自由生机，有可能通过知识分子这一中介环节转化为一个自觉的自由艺术世界。这种转换过程也必然包含了知识分子自由精神的自觉或不自觉的投射。反过来，知识分子在由学而优则仕的传统价值取向到现代社会的知识多元价值转换中，尤其是身处难以表达自我的环境中，自觉确认民间立场也是自由精神无法回避的中介场所。这是一个复杂的当下精神重建的问题，本文不准备讨论。仅就文学史的角度来说，从民间自由精神出发重读文学史的经典文本，目的是追问艺术魅力从何而来？这种追问不仅打破了一元化的文学史阐释框架，还进一步发现了在特定的时代背景（50年代至70年代）下知识分子与国家意志、民间之间的复杂关系，以及在这种复杂关系中体现出来的自由意志。以当代文学史的老舍为例，在某个特定时代环境下，老舍的创作心境是不自由的，这在他创作于50年代的大量戏剧中可以体味一二，但在老舍的话剧《茶馆》与自传体小说《正红旗下》里，一种舒缓自如的空间使他的文学天才发挥到淋漓尽致的程度，这样的空间是什么？很显然，对老舍这样的作家来说，当时的环境不大可能允许他的主体性通过"写什么"的层面来体现，但是在"怎么写"的层面上他仍然成功地体现自我。而这种体现的自觉通常只能借助于民间的文化空间，也许这也是当时知识分子向往自由表达的可行性通道。

## 三

引进"潜在写作"与"民间视角"这两个概念，是希望通过对当代文学史上一些早已存在的重要现象的再发现与再解读，重构当代文学史的复杂面目。在这里，"潜在写作"的思路虽然注重对新材料的发现，"民间"与其他一些重要观念则注重对经典文本的再解读，但实际上这两个思路的偏重点也有交叉的地方，例如在提出"潜在写作"的概念之后，一些过去习惯于被放在新时期文学中讨论的作品，在还原到写作年代的语境之中获得了新的意义；而在"民间"理论的烛照下，一些被忽视的文本也被重新发现。虽然说"潜在写作"与"民间"是《教程》的重要观念，但这并不是说《教程》没有贯穿其他一些思路，例如 1949 年至 1976 年文学中经典作品的解读，并不是都依靠"民间"的理论视角，例如对《时间开始了》《红日》《百合花》《红豆》《组织部新来的青年人》《望星空》《关汉卿》等作品的解读就因为具体作品而选择了不同的理论视角。忽视了这一点，将《教程》中比较醒目的创新观念（如"潜在写作""民间"）误解为《教程》的全部思想，就容易将之假想为与"公开文学"或者"主流文学"构成二元对立的预置模式。实际上，这部文学史最核心的观念是"多层次"，在这一观念之下，注重的是作家对时代的多层次反应，在这里，不论是"潜在写作"还是"公开文学"，"主流文学"还是带有浓厚民间的文学作品，共同构成考察作家对时代的多层次反应的材料，在材料的择取上突出的也是多层次性，没有厚此薄彼的意思——批评者之所以会产生厚此薄彼的印象，可能与这部文学史本身是一部以作品为主型的初级教程，重视材料的典型性而不拘泥于过去公认的经典作品有关（实际上这些经典作品在各章的绪论中都有所论述，仅仅是因为在重点分析的作品中没有论述才会给别人留下忽视这些作品的印象）。如果在评价上显得与以往不同，那也仅仅是从艺术的深度、力度、表现力出发，评价的标准，自然有争辩的余地。批评《教程》仅仅是"将颠倒的历史重新颠倒过来"，从而陷入一元文学史观，显然有很大的误解的成分。如果不限于个别语词的争辩，从《教程》的整体构思来看，"潜在写作与公开发表的创作一起构成时代文学的整体，使当代文学史的传统观念得以改变。这也是时代'多层面'文学的具体内涵"，这一思路还是贯彻了下来。《教程》为体现这一思路，特意设立了"对时代的多层次反应"一章，这一章讨论 60 年代的文学，在表达时代的多层次性时，着重比较了几类作家对时代的不同感受：一类是时代的抒情，一类是现实的讽喻，一类是私人性话语，前两类作品都属于公开文学的范围，但已经表现出对时代的不同态度，后一类有公开文学，也有潜在写作，例如丰子恺的《阿咪》那样的小品与张中晓的《无梦楼随笔》那样的札记随笔。实际上，"潜在写作"也有并非对时代采取批判态度的写作，例如胡风狱中诗歌所显示出的复杂心态，更极端的例子如李英儒"文革"时在监狱中创作的《女游击队长》体现的是前一个时代的主流意识，但在"文革"中由于"主流"的变迁，它又成为"非主流"的作品。我们可以看出，不论是"潜在写作"还是公开文学，面对时代的态度都是复杂变化的，它们汇合在一起，共同构成时代文学的多层次性。从"民间"概念来看，与之对应的不仅有"主流意识形态"这样的观念，而且也有"知识分子的启蒙传统"这样的概念，这一领域至少由三个概念构成，而在具体的创作中它们又有着复杂的关系与变化。从《中国当代文学史教程》的编写实践来看，运用"潜在写作""民间"及其他相关概念进行文学史的多元构架虽然是一种尝试，但也表明这种研究思路是可行的。

　　由此引导我们思考一些文学史研究的理论问题。文学史写作自然要尊重已有的文学作品与现象的存在，但这些已有的现象同样包括"潜在写作"与"民间"。由于人们对文学史的观念不一致，也就会产生不同的研究思路。文学史的研究自然需要发掘"那些因年代久远或因为想当然而从我们的视野中消失的认知机制"[1]，但要绝对客观地还原历史，还原一种"从我们的视野中消失的认知机制"是不可能的，因为任何文学史的研究者都有自己的期待视野与理论预设，以知识考古学的提倡者福柯来说，他的理论冲动就离不开对现代西方文明的反抗。在文学史研究中引进知识考古学这样的思路是有益的，但考古的范围也不应该限于一个时代占据主流地位的话语，而更应该考掘那些陷于边缘，或者被遮蔽的暗角中隐藏的文化信息，福柯不就是从一些不被人注意的暗角——"癫狂史""监狱史""性史"的研究考掘西方文明的知识型的转换的吗？同时，文学史的研究实际上是作为

---

1　李杨：《当代文学史写作：原则、方法与可能性——从陈思和主编的〈中国当代文学史教程〉谈起》，《文学评论》2000 年第 3 期。

对一种特殊的审美艺术的研究，任何研究者都避免不了主观价值判断的介入，"在文学史中，简直就没有完全属于中性'事实'的材料"[1]。文学史的写作总会有价值判断在里面，一旦有写作者的价值判断，就无法绝对客观，或者说，就无法完全还原历史情境，无法完全将"80 年代的文学"放置在"80 年代语境"中进行讨论，也无法完全将"十七年文学"与"文革文学"放在它们各自的语境中来讨论。《教程》提出的"对时代的多层次反应"的理论预设已经消解了原来规定的时代语境的先验性。我们承认文学史的研究应该转变为一个时代与另一个时代的对话，愿意保持对"非历史化与高度抽象化的意识形态标准或文学立场"的高度警惕，并且也致力于历史地理解历史，但与此同时也应该清醒地认识到我们不可能摆脱自己今天的价值立场，在对自己不可避免的限制保持清醒之后，一个时代与另一个时代的平等对话才有可能，尤其我们面对的是自己置身在其流变之中的活的当代文学史时更是如此。

---

1　韦勒克、沃伦：《文学理论》，刘象愚等译，生活·读书·新知三联书店，1984 年，第 32 页。